U0039003

噤啞的他者

❖曾萍萍 著

陳映真小說與後殖民論述

自　序

1979年美麗島事件之後一個春寒料峭的清早，小學生的我和兩位同學備受禮遇地坐在校長室的黑皮沙發上。因為老師在課堂上講的一句「蔣經國長得像蛤蟆」，安全人員蒞校察訪。年紀太小的我，藉由否認企圖保護我親愛的老師，但並不敢替她辯解一句。學期結束後，老師「調校」，我進入國中。

歷有年所，一個被官校退學的同學告訴我，當年那個告密者就是他。我「榮幸地」第一個聽到這個祕密。然而，後來他還說了些什麼懊悔或沾沾自喜的話，我全聽不進耳裡去。至於其中糾葛，我卻無法分說。直到解嚴前後的大學時代，閱讀有關島嶼文化之類書籍時，竟受到先父嚴重關切，前此的種種不滿才應時迸發。

我天生反骨，厭惡這種來自霸權及意識型態的威嚇。但，如何釐清其中懸疑？還是找不到頭緒。想問的總是：小學老師調到哪兒去了？如此而不由得緬想起國中時代一位哥哥是「叛亂犯」的姚老師。姚老師沒有教過我，因為自哥哥入獄後，她就沒有接過升學班。不再接下升學班的老師後來怎樣了？我也不清楚。在當時，她們的境遇或許是一種相當程度的被排擠或受懲罰吧！不過，幾多寒暑過去，時局改觀了，政治犯變成執政的院長、打天下的反動分子坐在總統府，我的老師們也應該改善境遇了，而我卻仍在疑問！

常常我希望現世能像泰戈爾的詩：「當日子完了，我站在你的面前，你將看到我的疤痕，明白我曾經受過傷，也曾經治癒了」。但我無法樂觀：如果舊傷能痊癒，疤痕卻存在，有多少人肯坦然相對？

• • •

2003年料峭春寒的一天，輾轉獲知陳映真先生大病初癒消息，因而回想起論文完成之後，幾次與映真先生討論的往事。

在統獨議題上，在文化中國、歷史中國及現實中國問題上，映真先生和我各有一些堅持。我以爲上述議題中，高踞統與獨天平兩端者，是心心念念不忘在「大同中求小異」，而我卻希望能「小異中求大同」。我難以毫無異議地接受「中國」，卻也無法忘情中國。我思考再思考，爲了不違己意，也爲了避免再次對映真先生出言不遜，我托言懷孕不適，不願再議。但，竟因此有好長一段時日，疏於關心映真先生。

映真先生信上說：一年前他因「陣發性心房顫動」，行「電氣燒灼術」內科手術。手術不慎失敗，截破心臟，大量出血，以致休克。他說他「『理論上』死去了片刻」。我端著信札，百感交集，懊悔自己輕狂。續讀信文，知道映真先生在開膛搶救後脫險，才稍懈我抖顫的雙手。映真先生在信上再次對我「深致歉意」，他說：「我反省了在統獨問題上太過over—defensive」，他又說：「人與人之間的理解與聯繫，遠比政治重要。」我豈不深知如此？當時卻因爲輕狂而怠於分說。

我感謝映真先生在我論文完成之後，十數回魚雁往返，絲毫不鄙棄我見識之粗淺譾陋。現在，更承蒙映真先生同意我們使用肖像，爲本書增色多多。

真的，對於陳映真，我應該感謝，因爲他在我長大成人的各個階段中，時時衝擊著原本是「文藝少女」的我的生命。是故，陳映真是我生命裡一個獨特的存在。

籌備出書期間，指導教授陳啓佑老師因接二連三有要事忙碌，未克撰文爲序，但他特別鼓勵我、肯定我。我感謝陳老師，在我正式成爲陳老師的入門弟子之前，陳老師就常利用課餘義務指導研究生論文寫作大法。陳老師直接而剴切的批評，令我等獲益良多。其始而當頭棒喝，終而醍醐灌頂的指導功力，是使人望而卻步，其實「即之也溫」的，因此對我所生效果，正古書所謂：「若藥不瞑眩，厥疾不瘳」！

我尤其感謝陳老師在我通過口試，修改完成之後，主動爲我寄送論文請多位先達指正。我生性駑鈍，幸賴師長督責。

我也要感謝翰林版高中、國中國文主編宋裕老師，與萬卷樓梁經理的大力促成，這本論文才有成書的機會。我還要感謝許建崑教授、蔣美華教授擔任口試委員，給我莫大的寶貴指導。許老師提出的一道問題，令我至今咀嚼反思。他問到黑澤明羅生門的結局，我大感吃驚，冷靜搜索腦中檔案，乍現靈光。有人死有人生是結局；雨停了是結局。結局不代表萬事底定，結局象徵天行健。

再者，我感謝一群獨特的男人，他們曾經在不同階段給予我不同程度及向度的影響——高中同學鄭吉雄與王彥鎧，他們其一領我看見了人間陳映真，其二帶我認識了台灣孤島嶼。此後，我便在不同的理路上自成一個拉鋸戰場。每當我因爲施力不當愁腸滿腹時，我感謝另外兩個「無所逃於天地」默默支持我的男人——外子張純良和愛子議方。

在成長的這條路上，我得之於男性者夥矣。不過，我自信不囿於男性中心的涵蓋。像我這樣一個女子，可不可以說是以一個「他者中的她者」之地位，置換了中心與邊緣的關係？一笑。真的值得一笑。

• • •

這兩年，我又添了一個男娃兒。照養相差八歲多的兩兒，使我對生命有幡然不同的感受。

我想起一個有關於「真實」與「謊言」到河邊洗澡的故事。先上岸的「謊言」，偷偷穿上「真實」的衣服；「真實」卻怎麼也不肯穿上「謊言」的外衣，寧可一絲不掛、忍人冷眼。人們歡欣迎接的新生兒，原本赤裸而真實。日後爲孩子著上外衣，竟而迷惑於外衣合度之剪裁、絢麗之款式；更竟而視赤裸的軀體爲不雅正。

但恐怕任誰都難以避免盲點及偏見，因爲人們容易接納穿著真實外衣的謊言，卻無法接受赤裸的真實。捨本逐末者，捐棄真實面的人，大率若此而不自覺。

這一本《噤啞的他者》或許音量有限，但在他奮力嘶喊之際，請側聽片刻。或許您將聽到隱隱約約的一聲：只有挺身拒絕作奴隸，主人才會消失。

最後，我期盼論文品質的好壞只關涉於撰文者的才與不才，無論如何不要褻瀆了陳映真這三個字。

曾萍萍　2003・秋

目 錄

第一章 緒論

第一節 前 言

二十世紀後半期被迫接受奴役的殖民地紛紛獨立。其中包括在二次大戰後擺脫次殖民地窘境的中國，以及自日本帝國主義束縛中掙扎而出的台灣。解除殖民象徵著一個新生的開始，但對台灣而言，日帝遺禍、國府惡政、國共內戰及其後的兩岸對峙，卻在解除殖民狀態與整補殖民浩劫的工作中，增加了治絲益棼的糾葛。因此，殖民地的獨立並不意味其人民從此獲得解放，各殖民地內在的族群問題與階級矛盾，正相繼爆發中。

有鑑於此，爲民前鋒的知識分子，有的勇於直面後殖民時期的國際關係；有的爲挑戰大敘述不惜翻轉記憶。陳映真是當中一個特異分子。在他的小說中，描繪了許多這種時代悶局裡栖栖皇皇不能終日的人。他們之中，或者熱情不足以抗衡現實，只能死；或者爲逃脫一個既定的軌道，亦步亦趨攀上權力高峰，卻徬徨；或者也有爲踵繼改革路線奔波寂寞，雖九死其猶不悔不吝。

自1990年以來，專力探討陳映真小說的學位論文，計有：羅夏美(1990年)的《陳映真小說研究——以盧卡奇理論爲主要探討途徑》，蘇慧雲 (1997年) 的《紅色的執著與白色的焦慮——陳映真及其小說研究》，以及管永仲(1997年)的《陳映真小說主題研究》等篇。他們或者以盧卡奇理論探討陳映真小說的現實意義；或者研究國府政權和社會主義體制對陳映真所形成的影響；或者就主題集中批判。三者成就已昭然可見，唯獨先進者對於社會變遷成因、民性養成過程等，似乎尚未有較完整的研究呈現。

因此，筆者試圖從後殖民狀況著手，探討日據時代殖民夢魘於今的鉅大影響。爲針對此類問題作出深層研討，擬以「後殖民論述」所提供的論點爲進路。由於同一個時代而有不同面目的呈現，陳映真藉由虛構的文本，著力描摹現實的人世，這正突顯出價值觀和人生觀的詭譎多變性。

在陳映真的小說中，有些文本呈展出親子兩代觀念的漸行漸遠，有些文本直接導因於作者好奇，作意翻轉記憶。既經翻轉的記憶，於是撩開人們對大敘述「普世價值」(universal values)的質疑：

> 國家不只是一個追求公平、伸張正義的機構，他還具有分配資源、提供正當化意識型態(或價值觀)的功能，因此，國家本身就是一種資源；對於社會中一部(分)人來說，國家的取得意味著取之不盡的資源，但是對於其他人看來，國家卻是對他們生存或福祉的威脅。①

從某種意義上言，後殖民論述之所以具有價值，在於它重新喚起對於殖民歷程的記憶。換言之，後殖民論述是作爲一種對治「遺忘」的理論抵抗。因爲遺忘的後遺症可能導致重複過去的錯，而不是超越與重建，因此，文化論者以爲：後殖民論述所提供的協助，是要讓後殖民的主體把受壓抑的記憶釋放出來：

> 記憶是殖民主義與文化身分問題之間的橋樑，記憶(memory)絕不是靜態的內省或回溯行為，它是一個痛苦的組合(remembering)或再次成為成員的過程，是把被肢解的過去(dismembered past)組合起來以便理解今天的創傷。②

需要注意的是，在恢復文化身分與過去歷史之際，論述者必須釐清兩種遺忘的類型：「一種是對於記憶的壓抑，一種是對於記憶的神經病式的否認」(陶東風2000：12)。所以，作爲一種治療方式的後殖民論述，必須針對後殖民狀況，發揮重組與重新記憶的功能。因爲身歷被殖民的事實，深深斲傷人們心靈要害，即使舊殖民狀況結束，殖民暴力依舊陰魂不散。爲了更確實掌握被殖民的過去，便要透過「重新喚起記憶」來記取教訓。或謂這個坦然面對的過程是極其困難的：

> (因為)去講述自己的屈辱歷史就是被迫去挑戰一個人自己的局限，而迴避自己的屈辱歷史則無異於繼續甘受奴役，讓暴力繼續存在下去。(陶東風2000：12)

回溯大敘述涵蓋之下的台灣，由於人們往往無法扳倒發布錯誤決策的國家建構體，爲求生存，邊緣者拚命往中心推擠，悲慘的命運於是展開。正因爲悲劇的肇端者，總是握有集權的決策少數，所以大悲劇之中，便充滿爲遂行霸權而被迫犧牲的小人物。然而，即使小人物一旦翻身，但那仍不足以消解霸權所有者的罪孽。只是更突顯作爲一個沒有權力的邊緣人，一個被中心置之於外的他者，曾經的無奈與無能。

筆者因此藉後殖民論述來研究陳映真小說，企圖整理殖民主義的罪咎，清除殘存在被殖民者心靈深處的內在認同糾葛。簡言之，本論文力圖推原一個思考的起點，意欲從後殖民論述中披沙揀金，拈取點撥的藥方，以期呼籲人們：只有挺身拒絕做奴隸時，主人才會消失。

更甚者，我們可以勇敢地質疑大敘述；我們可以無畏地拒絕被收編；我們更可以藉由肯定自己，以還原自己本來具有的尊嚴。但若人們不甚了然，或恐墮入永遠的「他者」之境，欣然接受作爲一個「囁啞的他者」③的命運。

第二節　「後殖民」意涵界說

自八十年代末期迄今，挑戰文化宰制與威權體制的理論並列紛呈④，其中「後殖民論述」尤爲當代顯學。「後殖民」(post–colonial)一詞涵蓋的範圍包括：自殖民時期開始至殖民時期結束，所有殖民主義所造成強弱懸殊的政治體與經濟力，及其帝國進程影響下的文化。

帝國殖民過程應推原到十四世紀末，以剝奪爲主的海權帝國時代。歷經十五至十八世紀重商主義時代，持續對外進行海權擴張。値時，海權帝國嬗遞改貌，攻佔的途徑和目的，開始產生轉變。主要歐洲國家透過將工業成品運銷非洲，將非洲奴隸運至美洲，將各種原料轉送歐洲的手段，逐漸形成所謂「大西洋三角」這種人力和資源的掠取。肇端於十七世紀後的工業革命，以自由工資勞動爲中心的資本主義生產方式出現，促使其生產力大增。導致以開發掠奪自然資源與勞動人力爲主的帝國主義時代告終，而近代歐洲經濟學定義下的帝國主義腳步漸漸來臨。到了十九世紀末至二十世紀初，大半落後國家已然身在歷史學者所謂的「新帝國主義時代」(the Age of New Imperialism)——或稱爲「帝國的時代」(the Age of the Empire)——的進程裡。

就「新帝國主義時代」的特色來看，這期間，同時有數個強權國家大規模地對外進行版圖擴張，強行建立殖民地。換作今天的角度，這種幾個國家同時向外擴張、彼此競爭的帝國主義已經不算新了。不過，這種近乎全球性的大型攻城掠地，其意義應在於：它開闢了二十世紀帝國主義的場域。

早期帝國資本主義，憑藉武力對落後地區進行征服；晚期帝國資本主義，則憑藉經濟優勢對第三世界實行無聲無臭的改造。十八至十九世紀的殖民時期，以軍事武力進行侵略和占領，其結果必然引起被壓迫民族的反抗；十九世紀末，民族獨立解放運動風起雲湧，正是被壓迫者怒潮大反撲的具體證明。

不過，經濟的滲透已經逐步形成精神控制的局面。此時，世界貿易以高過生產力的速度成長，跨國企業打破了國家主義的藩籬，資本國際化的程度加深，高度整合的資本主義世界體系於焉形成。特別是除了跨國企業集團，各式各樣的文字和電子傳媒，以及縱橫全世界的電腦資訊網絡，更助長其威勢。以往侵略國與被侵略國之間的「支配——服從」模式，是帝國主義下被殖民者的夢魘之一；而經濟上之蠶食鯨吞、巧取豪奪，以及文化上之偷天換日、潛移默變，事實上亦是帝國主義的一個脫胎。

因此，殖民母國把殖民地當作軍事戰略基地，並進行原料、勞力等經濟價值剝削與壓榨的事實，已然廣拓其面向。殖民時期，被殖民者固然因為領土淪陷，在政治、經濟、軍事、外交，乃至社會、文化各層面受制於殖民者；殖民時期結束，即便殖民者撤退了，其帝國主義所遺留下來的陰影，卻未曾消滅。在文化脈絡上，在意識型態上，帝國殖民主義繼續以其帝國話語，進行不同運作模式的支配與宰制。

拜工業革命之賜，西方早就在人類文明發展歷程中，占據主導地位。工業革命為人類描繪了一個幸福、美好的遠景，更為這種撫之無形、嗅之無味的滲透作用厚植了實力。即使在二次大戰後，人們開始意識到殖民經驗的後遺症，進入到所謂「後殖民時期」，然而，迎拒不定的發展中落後地區國家，並無可抉擇，只好向發達、進步的西方交心。換言之，控制更為內在的心靈部分，是一種文化霸權；而文化霸權，只不過是經濟霸權的必然延伸罷了。不管人們此刻多麼警醒，都只能是「事後之明」了。

因之，「後」字意謂此論述空間的延展，而非線性時間的斷裂。以下有必要對「後」字作深入探討。為探討「後殖民」的「後」字意涵，可先著手了解「後現代」的「後」之義。

有學者以為「後現代主義」的「後」有雙重含意。其一是「在……之後」，指稱的是一個歷史階段；其二則關注於「重讀」、「詮釋」以至「文本性」。援用後者含意的學者，用引號突顯後現代的「後」，強調其複雜的屬性，是將現代性文本化，並重讀之，而非全盤否定⑤。另有學者以為後現代的

「後」，並不是基於現代而反現代的，如果將「後」等同於「反」，恐怕會將「一個更生的過程變成僵死的重複」(朱耀偉 1994：23)。更令學者擔憂的，還在於：「雖然後現代文化往往標榜反整體化、反中心及反霸權，但它在東方所產生的影響也許跟現代主義所產生的無多大分別。……也許後現代也像現代主義般被體制化了，變成了權威文化，變成了文化侵略的共謀」⑥。

何以如此呢？因爲這些「後」字背後，隱約暴露出以西方爲中心的神話之性格。亦即殖民主義正不費吹灰之力，藉後現代的「後」，易容爲「後殖民主義」，卻還「使人產生已擺脫殖民主義，到達殖民主義之後的新歷史階段之錯覺」(朱耀偉 1994：24)，以致漠視「後」之具有「重讀」、「詮釋」的精神。尤有進者，針對迴異於過去以不斷擴張侵吞爲主要手段的殖民主義，學者有如下的反思：

> 本世紀中葉以後，文化和意識型態的滲透，則是以「後」殖民主義的權力話語運作的方式實現的。也就是說，當第一世界的「現代性」和「後現代性」主題成為第三世界嚮往和追求的目標時，它們在第三世界的播散就在重新製造一個西方中心神話的同時，設定了西方後現代話語的中心權威地位。⑦

因此，身爲非洲黑人的知識分子，亦有發出喟歎者，正是深怕自己有「淪爲『他性機器』(otherness machine)的危機」⑧。這現象指出後殖民知識分子的困境，在於他們仍然身處西方中心的邊緣；而且不意間，在業已經過殖民者制度化的範圍中所製造出另類的文化，極可能解除人們對以西方爲中心的殖民主義之深化或轉型的戒心。

總之，後殖民的「後」，並不提供新歷史階段的保證。倘若輕忽隱藏在「後」字底層的解釋，如同贊翼其與殖民主義之勾結，則(後)殖民地知識分子也就難辭其咎。因此，憂心忡忡的批評家警告人們：存在其中的變化正在於：領土侵略的殖民方式，已轉型到文化空間的滲透擴散。這說法，點出兩種不同的「後 (–) 殖民主義」⑨：

第一種是有連接號的「後—殖民主義」(post—colonialism)，這是一種「抗衡性的後殖民主義，是在獨立後殖民地中找到的」；

第二種是沒有連接號的「後殖民主義」(postcolonialism)，這是一種「共謀的後殖民主義」，它是在「組成殖民主義之過程的同時，有著不同變化的產物」，這變化如被化約，則會造成後殖民時期已脫離殖民主義的幻象。

緣此而有論者將殖民論述又推向不同的階段。如《牛津文學評論》出版「新殖民主義」專號，以「新」字點明後殖民與後現代的共謀。其編輯指摘現代性的「後」是一種遲來的瘡疤，因爲他本身所包縛的當代文化，正隱含著殖民歷史⑩。人們不應忘記，文化滲透的過程及其諸多意涵，是相當繁複的，先行探討殖民化發展路線的內在邏輯，將是一個突圍的方向。

以台灣爲例，殖民經驗是多重而複雜的。歷經葡萄牙、荷蘭、日本等國的殖民；甚至於以某種程度和視角來看，幾個時期以來，中國墾殖定居或移民的許多歷程，使這塊土地充斥著異族和異文化；當然這或者也融鑄了母族群和母文化於其中，但對居住在這塊土地的人們來說，不管是先來後到，他們大都領受著介入程度不一的、既相似而又個別的殖民或被殖民經驗。而這樣的殖民經驗，究竟是哪一種「後」字可加以申述和詮解？這就是我取徑「後殖民論述」來研究陳映真的小說所側重的論述場域。

第三節　重要理論根據

有形的殖民文化會產生強制性的同化現象；無形的殖民文化，則可能導致「文化原質的失真」⑪。葉維廉便指出：符號殖民在商業社會中，造成「化」而不「文」的現象。他舉1964年沙特在羅馬的演講爲例，他認爲沙特在演講中提到「殖民者所必須面臨的意識的內在牴觸」(葉維廉1995：134)，正是爲了製造殖民主義中「文而化之」的神話。而且最諷刺的是，即使是一個自稱受過啓蒙運動洗禮的知識分子，囿於這格局，也只得建立一個自圓其說的析論架構，以便作爲神話製造的重要策略，來替殖民行爲辯解，並使之合理化。而這作法就是：使種族歧視成爲無可避免的意識取向。其策略靦顏借名於兩則神話：

一則是「啓蒙者和異教徒 (含野蠻人、吃人族) 的神話」(葉維廉1995：134)。這是說「殖民者在這個論述世界裡自畫爲啓蒙者，一種替天行道的論述便隨之而起；軍事侵略則視爲拯救及啓發野蠻人的行爲」(葉維廉1995：134)。這神話文飾侵略的醜惡，侵略者搖身而變爲救贖者。其二是指「現代化」的神話。葉維廉(1995：136-7)說：

所謂「現代化」，不應該是一種絕對的、不必反思的價值取向：……現代化的過程在第三世界所發生的效用，一面是啟蒙的，如所謂德先生與賽先生之可以「新民」；但另一面則是壓制的，如迫使本土文化的改觀，迫使本土文化落入次要文化或落入遺忘。……。所以說，「現代化」只是掩飾「殖民化」的一種美詞。

葉維廉所指出的兩則神話，前者又稱「白人神話」，是殖民時期的帝國話語，它的運作方式恪遵所謂「曼尼克亞喻況」⑫ (manichean analogy) 的二元法則。在這法則中，殖民關係的話語，使一切神秘化的策略依此併入，且因此卸去對立的力量。歐洲向外擴張時期，殖民事業的政治及文化，即以一種優惠的呈現系統表現出「一元中心主義」(monocentrism)。從十九世紀的帝國擴張，一直到文藝復興的初期，歐洲對其他世界所進行的支配式衝刺的累積成效，皆以複雜的形式被支撐強固下來，因而產生所謂的「文化奴屬」(cultural subservience)現象。它在文學寫作的表現上，是使有關於風格、文類的理論與有關語言操弄的普遍特色之假設，以及知識論和價值系統等皆隨之而調整。而由此所衍生的大敘述(grand narrative)，便持續地以白人殖民者爲中心，甚至深刻影響被殖民者，使他們即使在後殖民時期仍甘受支配⑬。

爲質疑歐洲文學理論所潛藏的「普世共性」(the universal) 之錯誤意念，後殖民論述是以逆寫帝國爲己任的⑭。理論家企圖轉移對「歐美中心主義文化的知性關注與方向，發展爲全球性的多元文化論述。引進從前被壓抑於殖民主義的堂皇大話下的邊緣聲音與主體」⑮。

但後殖民論述者在探討「文」之合法性，與質疑「化」之導致文化原質失真的同時，常常陷落弔詭矜奇之境：殖民、反殖民、去殖民、解殖民、新殖民、後殖民……，不論它以何種面目出現，作爲一個知識分子，究竟該如何整理這文化或文而化之？究竟該接受或批判，又將如何作出因應呢？「後殖民論述到底是建設著理想中的多元文化主義，還是實際上強化了原有的二元對立模式」⑯？這絕不是一項可簡單化約或二分的課題。

以下將敘述本論文之重要理論根據，以便著手探討殖民或被殖民經驗在小說微觀的視野中，所企圖呈現的台灣社會之宏觀樣貌，希望從中尋找較爲適切的路徑，並自期勿困於跼天蹐地，徒然爲識者所哂。

首先需要注意的是：在台灣採行後殖民論述的適用性。有學者即對此提出異議，如廖炳惠認爲：在台灣談後現代和後殖民論述，「由於理論的失當以及部分學者長期以來的實驗、試用、引介與強作解人，從台灣來談後現代和後殖民經驗已不再那麼簡單；更不是提倡本土論述，揚棄理論，即能解決」⑰。因此，他認爲要先對所謂後現代文化發展脈絡展開深入的討論⑱。

他並認爲：打從後殖民論述者企圖擺脫強調本質之作法開始，在面對現代化的同時，還要提出保存本土文化之策略；或者，在面對既已形成所謂「暴力結構」的第一世界，及其本身所存在的問題時——諸如：對於內在含混交織的矛盾，如何加以定位，並與之「協商」？如何透過解讀來重組權力關係？如何說明殖民時期的翻譯活動、宗教儀式的作用，以及歷史記憶等——也還得進行重新檢討。所以，固然不容小覷後殖民論述這股蔚然成風的力量，然而，這些論述大抵上以非洲、印度經驗爲準，與亞太地區的殖民經驗並不相同，「在此地談後殖民、後現代，事實上已有幾分新殖民的味道，是在推介或進口歐美理論」(廖炳惠1994：69)，尤其是「用後殖民的理論來分析台灣文化與文學」(廖炳惠1994：22)。

但是話說回來，面對席捲天下的狂風飆浪，我們又無法置之度外；有鑑於此，如何因應台灣的特殊經驗，讓它在「一連串的殖民、移民過程中，語言與文化的承襲、抗拒、吸收行爲一再演變」的狀況下，得以突顯台灣特有的經驗殊爲重要。但爲謝絕盲入甕中，我們必須對該歷史論述的塑造過程有所反省：

> (一)、後現代(至少古典後現代)有其西方現代情境下的局限；(二)、後殖民是在具體歷史經驗中發展出的論述，對其他社會不一定適用；(三)、目前在亞太地區所發展出的雙語(或雙語以上)的資訊消費與再生產現象，已非這些理論所能掌握；(四)、如何以亞太文化經驗，在後殖民與後現代的差距之間，找出另一條路，至少對雙語知識分子而言，可能是個挑戰。(廖炳惠1994：69)

目前台灣正處於晚期殖民(late colonialism)與新殖民主義(neocolonialism)交匯之際，同時本土化運動亦受到質疑，因此，廖炳惠並認爲：在這樣微妙而流動的多元變數中，必須在新舊殖民體制中找到倖存策略。而且，「台灣在多重殖民與移民經驗之後，語言和文化主體性仍在重新協商、認定之中，後殖民時代似乎一直不曾來臨」(廖炳惠1994：23)。

學者如此三覆斯旨，著實令人感到仔肩綦重。因此，我們自然不能輕忽，其中所開啓現階段後殖民論述在台灣的重要思考焦點與意義。俗話說：「急脈緩受」，面對種種衝擊之際，要慎思其論述在不同場域中所顯現出的意圖；更有必要熟慮各家論述者向前瞻望時的隱微內涵。以下即簡介幾位重要的後殖民論述文化批評者理論：

佛朗茲・法農 (Frantz Fanon)，1925年生於西印度群島，受法國醫學訓練，在阿爾及利亞從事精神醫療，曾目睹被殖民者身上所遺留的殖民餘毒。其論說指出：被殖民者獨立之後的最大矛盾和無助，是沒有本身的國家文化。因一切制度、機構都是殖民者留下來的，被殖民者有一種「明天不會更好」的心理，致使他們的認同架構扭曲。因此法農發展出有關殖民行爲的心理和社會結果的分析論述。

他在1967年發表《黑皮膚白面具》(*Black Skin，White Masks*)一書，其中論及的內在認同危機，是繼他在1961年發表的《人間苦難》⑲ (*The Wretched of the Earth*)論點，他持續地指摘殖民活動影響及強化後殖民社會中的個人及集體的心理型態，使他們即使在獨立之後仍狃於故常，脫離不了被殖民的「劣等人種」的意識。他的論述意欲喚醒被殖民者，指引他們認淸真相，他並鼓吹革命，倡言被殖民者必須具有與殖民者勢力持久對抗的需求。

法農強調：所有被殖民者都經歷過殖民大業所強加於身的壓抑與詆毀。在共同的政治、社會、心理作用下，被殖民者自己承認了其種族的異性，及其所謂的「黑人特質」。就在被殖民者被壓服而默認了這些特質的虛構本質下，被殖民者也就欣然地戴上殖民文化的白面具。如前所述，法農的論點立基於政治上的對立，他將殖民者與被殖民者這種二分法的特色，定名爲「曼尼克亞主義的錯亂」(比爾・阿希克洛夫特 1998：135，及頁II、頁33、89、143、187等) (manichaeism delirium)，並認爲其結果將導致極端的善惡、黑白、真假之二分對立。

法農的論析方式，是著重在帝國與殖民的辯證上，因此，他把後殖民地區內任何形式的文本，都看做是從屬於殖民者與被殖民者的關係，及其所涵蓋下的政治、社會及想像的控制，由此提供了「解殖民」的暗示。其思想迫使歐洲宗主國在思考自身的歷史之外，也必須思索被殖民者漸漸覺醒的歷史。

如果說法農開啓了探討殘留於殖民地心靈殖民之遺毒的課題，薩依德則是以「殖民話語」爲研究對象，另闢新境。他是英美人文學科學者中最早抨擊帝國主義、種族關係和殖民地問題及其權力結構的人。

愛德華・薩依德 (Edward W. Said) ，1935年生於巴勒斯坦的耶路撒冷世家，曾遷居埃及；高中以後就學於美國，是巴勒斯坦國家協會重要成員。1978年發表《東方主義》(*Orientalism*) ，其後陸續撰寫相關著作，諸如《世界、文本與批評家》、《音樂營造》、《文化與帝國主義》等。他在《東方主義》裡，探討巴勒斯坦和中東問題，痛斥美國將中東納入其研究領域，是一種收納版圖的謀略。

在探討「權力失衡」的重要觀點中，他指出：東方是西方帝國主義以殖民想像所建構的神話。西方是中心，東方的位置則在迢遙的他方。後來，隨著古文字轉譯成功，所謂的亞述學、埃及學、漢學等學科出現了，東方一度成爲西方文明和語言的發源地，同時也變成他的競爭者。於是，東方變成一個一再出現的大寫「他者」(the Other)，他者是西方中心的對立面，使西方能看到自己。借用維金尼亞・吳爾芙的名言來說：「幾世紀以來，女人被當作男人的一面鏡子，使他們顯得高大了一倍。」⑳換言之，就在這裡，女人失去了主體性。女人的存在，只爲陪襯、證明男人的強壯高大。借如將這個女人置身於該論述中，其所形容的就是東方；相對於高大強壯的西方，它是柔弱陰性的東方。

東方主義是西方歐洲的概念，它說明了東方與西方的關係，是一種權力的象徵。薩依德借用葛蘭西(Gramsci) 的文化理論說明，以爲文化處於民眾社會 (相對於政治社會)，它之得以影響民眾思想及其社會，不是透過統治手段，而是經過「認可」(Consent)的程序。特因文化形式的影響力比其他更甚，葛蘭西稱此爲「霸權」(hegemony)。薩依德以爲：西方歐洲文化正可用這種居於優越位置的文化霸權比擬。所謂「位置性優越」(positional superionity)，是指西方的東方主義者，往往利用其位置上的彈性來訂立策略，倚賴它去研究東方，並對東方進行重組和編碼，而使西方人在一連串與東方人的關係中，立於不敗之地(朱耀偉1994：38)。用薩依德的話來說，指的就是「以子系分支 (filiation)的假裝，作理性的合併聯營(conscious affiliation)」(比爾・阿希克洛夫特1998：4)。要對付這種文化霸權所採的因應措施，就是鼓舞本地人找到自己的文化發言位置，進而破除西方所自認爲中心的帝國迷夢。

採取這樣的因應措施，是因爲所有的後殖民社會都被強加區別，而非本質地被了解。因此他要喚起有關語言、真理、權力，及三者之關係的某些思想方法，並釐清之：

> 真理於為了特定話語而設的規則系統中被當作真的；權力則合併、決定及證實真理。真理永不位於權力以外，或被剝掉權力，真理的產生是權力的作用。(比爾・阿希克洛夫特1998：182)

「Orientalism」通常被譯爲「東方學」，產生於十六到十七世紀歐洲資本主義對外擴張時期；直到十八、十九世紀，研究「東方民族的特徵、風格和風俗」之社會歷史、語言文學，及物質與精神文明的成績，有了重大發展，於是「東方學」這一具體的學科名詞產生。不過，薩依德所謂的「Orientalism」，其涵意要更深而廣。以一個東方人的角度觀察，「它不僅包括了西方對東方在學術上帶有傾向的研究，而且包括了西方在客觀世界、政治和社會生活、文學作品中對東方所持的根深柢固的偏見」㉑。

據悉，《東方主義》書版封面用的是十九世紀法國藝術家郎・里昂・皆拉姆(Jean Leon Gerome)標題爲「弄蛇人」的油畫。這主題很自然地令人聯想到西方電影中所描繪的東方。尤其是伊斯蘭、阿拉伯的場面。其中君王淫奢享樂與弄蛇人逗玩大蟒蛇的景況，正暴露出西方人眼中的所謂東方形象，它是陰鬱、豪奢、逸樂、墮落、神祕和殘忍的。

薩依德藉此指出，這是幾百年來，西方對東方所誤解和渲染的刻板印象之一。東方這個形象既成事實，東方自己無法申辯。薩依德認爲：

> 任何關於東方的書面文件的價值、準確性和力量並不依靠東方，而是以排斥和換位來把東方的「真正的東西」變得

多餘和不重要。因此，所有的東方主義都是遠離東方的，東方主義能夠產生意義完全取決於西方而不是取決於東方。(張京媛1995：41)

這些書面文件深刻地影響西方人，從此，他們透過別的西方人的眼去看東方。並且多數資以認識東方的知識，是間接獲得和容易產生誤會的。

然而，受到李維史陀結構主義的影響，《東方主義》陷入二元對立的結構中，因此受到某些評議。有學者指出，薩依德的結論過於簡單，對於東方主義者以對立面來處置陌生世界的問題，薩依德以爲其缺陷只在於他們沒有將東方納入人類經驗的一部分。於是在薩依德的思想結構中，這二元對立就產生出：西方之於東方、富裕之於貧窮、男人之於女人、雄辯之於沉默的根本的區別。但這二元結構分析，省略了本地人對東方的研究這個中介物，因而暴顯出他的侷促處。殖民者能「征服」他人，不保證就能使他人「心服口服」，這其間實際上還具有空間，可發展屬於民間的聲音㉒；並且，薩依德也輕忽了十八世紀歐洲啓蒙運動中，有某些知識分子採用東方的材料和方法，來批判西方自己的事實。

爲了彌補二元對立失之化約的罅隙，1985年，薩依德在〈再思東方主義〉(*Orientalism Reconsidered*)一文中，提出重新考量東方主義的策略，他認爲應參酌女性主義、黑人或少數民族的文學批評所提出的共同問題。藉由他們被排擠到邊緣地帶，卻還能向中心和典則提出顛覆性質疑的經驗，來提補東方主義爲擺脫二元對立思維模式工作的重要性。1993年，他再度以《文化與帝國主義》一書，擴展對東方研究的詮釋，並涉及現代西方世界與非西方世界之間的普遍關係。其中所謂的「對位式閱讀」(contrapuntal reading)，主張閱讀文學作品時，需同時注意其所賴以產生的主流歷史，及其反抗主流的另類歷史。有異於以往的二元論，薩依德認清帝國主義的主流霸權於今仍烈，因此欲以對位式的讀法，提供一種不流血的抗爭。他指出：即使是主流霸權文化，也無法自外於其他文化，它必須與其他文化有對立但相互依存的關係。

再者，很多社會裡，女性從屬於被邊緣化了的他者，她們比其他被殖民者更低一級。思碧維克(Gyatri C. Spivak)對被殖民的女性之雙重從屬的問題，即有主要論述，她針對被弱音的主體之沉默，提出重要討論，並以「次等女子」(subaltern woman) 的形式，企圖證實次等的或被性別化了的主體，沒有可以說話的空間，藉此暗示：次等女子和殖民地所有男女，都被迫沉默及弱音 (比爾‧阿希克洛夫特1998：190-193)。

女性主義，是具有類似後殖民論述特色的平行話語，例如：它把男女關係比喻爲判然分明的帝國權力與殖民地。女性主義及後殖民論述，正努力地重置被邊緣化的一切。在早期，她們企圖顛倒支配者的權力結構；現在則轉離該簡單的顛倒，而朝向質疑其權力結構的形式與模式，試圖暴露出構設該經典時的虛假性，由此動搖經典的正當性與合法性。

思碧維克出身於印度加爾各答的中產階級，其所立基的女性主義理論與實踐，強調解構與政治必須共同發生作用，並就殖民與新殖民議題，提出顛覆性分析，以小說敘事角度爲切入點，解構歐美的女性主義，開拓第三世界女性主義的論述空間。她以《在他者的世界——文化政治論文集》一書致力主張：除了西方中心，還有其他世界的存在。〈三個女人的文本和帝國主義批判〉一文，則試圖呈現第三世界自己，希望第三世界在帝國主義支配下，能找到自己的發聲位置。另外，還有《後殖民批評家》及〈次等人可否說話？思考寡婦犧牲〉等著作，亦持續開展她的關懷。

從她挑戰帝國主義的種族誌的視點觀察，這與單方面的反殖民論述不同。她的分析，力求擺脫薩依德的二元對立架構。她認爲應該重視及重新發明邊緣歷史，其論點不在斷然分割殖民者與被殖民者，也不採取東西雙方對峙的立場。她以爲：在後殖民時期，只能與現有的暴力結構斡旋。她並且指出此暴力結構已無從溯源：「(許多文學)作品暗示我們再也無法恢復帝國的歷史，或以同樣的語言去找回祖國已經喪失了的文本。」(廖炳惠1994：49)

在楊格 (Robert Young)所編輯《牛津文學評論》的「新殖民主義」專號中，思碧維克表示：這種新殖民主義很難對抗，因爲它是「經濟的，而非國界或文化上的」㉓。例如：文明程度、學術價值等等，其評鑑的標準，往往取決於西方，西方借若是中心，他者便永遠是邊緣。在後殖民脈絡的閱讀經驗中，更無奈的是，有一群人寧可跟隨西方腳印亦步亦趨，而斷送自身的主體性；尤有甚者，更反過來壓抑自己。思碧維克有一句相當重要的話，就直接點名批判：「只要你以某種形式參與，你便是東方主義者；你是黑人或白人也沒有關係。今天你無需有適當的膚色才能成爲一個東方主義者。」(朱耀偉1994：109)基於這個原因，在帝國主義的支配論述下，如何從中努力爭取具有主體性的論述，才有可能穩踞「解除殖民」(decolonization)的立足點。

殖民者與被殖民者錯綜複雜的糾結，使多數後殖民知識分子爲尋求更有力的政治利益，而纏鬥在本質與二元對立之間。對此，思碧維克主張就地協商，採取一方面接受，另一方面加以解構的方式。如上所述，她不認爲表面上脫離殖民統治的殖民地，就可以重新書寫自己的歷史，因爲帝國大業所策動的知識暴力，仍使他們脫離不了殖民主義所產生的影響。事實上，許多優秀的後殖民論述者，出身於歐美各大學術研究機構，他們的菁英身分，以及他們受教與研究的機構，所賦予並鞏固其觀點的歷程，都有必要以解構的方式，思維其結構過程與框架限制。在以「協商」方式擴大討論空間的同時，他們必須「對本身在第一世界的學術機構，並且接受其贊助等事實要加以反省，一方面善加利用，另一方面則避免其政治代表問題」(廖炳惠1994：21)。

雖則如此，仍有學者指出，思碧維克誤把第三世界自我呈現之目標放在支配論述中。職是之故，她和解構大師德希達同樣面臨解構哲學上的困境：必須倚賴結構，才能解除結構。楊格就以爲：「(她的)作品的矛盾在於她像認定了其第三世界女性的異質只可在第一世界的某種同質化之下才可達成。」(朱耀偉1994：103)換言之，她自己對殖民論述的分析，亦籠罩在帝國主義影響之中。不過，或許這就是她用自己本身來提出證明：在殖民帝國影響下，的確再沒有可以「回應自己」的文本了。

不同於思碧維克，荷米・巴巴 (Homi K. Bhabha)堅稱「次等人」可以說話，本土的聲音也可以被恢復。他認爲被殖民者因爲對殖民帝國的話語有不正確的模仿，而這些不正確的模仿，不意中破解了殖民帝國所產生的作用，因而他介紹「模擬」(mimicry)和「諷擬」(parody)的意念，暗示：次等人其實已經說了話。這些文本，後來即被發展爲解析後殖民狀況的「病徵式的閱讀」(symptomatic readings of texts)。換言之，在後殖民寫作的實踐上，棄用了所謂「中央英語」的真確性(authenticity)和本質 (essence)，其意義即代表語言已被藉作不同的示意，但爲方便了解，仍保持其類似狀態，而這就有助於從帝國語言那裡，奪回自己種族的某些文化。

巴巴把文本的喻況閱讀作「旁喻」㉔，而不視作比喻。因爲他認爲比喻是文本修辭，無法使普世主義的閱讀方式卻步，他認爲旁喻更能使文本病徵化，而且還可借重文本，來改變殖民者對社會及其亟於轉化的工作之強度，使閱讀具有超越文本的社會、文化與政治力量之特色，並讓被殖民者在普世主義和國家主義理論所提供的模擬性觀點之空間中，有餘裕建立其模擬的過程，因爲就在介乎文本與已被構設的現實之間，文本的本質，已架起了反思和表達意義的途徑。

統括之，以身爲土生土長於印度的波斯人巴巴來看，其觀點「主要是以解構批評結合班雅明的翻譯理論，分析殖民者與被殖民者交互牽涉的敘事與翻譯問題，以殖民經驗中，雙方所無法控制的謠傳、耳語、無意義的聲音，去切入文化想像與外來文字之間的互動空隙」(廖炳惠1994：21-22)。他的分析著眼於時間的流程與殖民雙方各自的焦慮上，他以爲被殖民者所擔心懼怕的，事實上不是只有被殖民者在承受，因爲來到異地的殖民者也不安心。原初所認爲的殖民雙方之立場和態度，在巴巴觀點中，是一種刻板印象。因爲實際經驗裡，雙方的立場和態度是不斷地在「模擬」(mimicry)過程中，產生分歧、斷裂和演現之效果，其導因即是：殖民雙方既想了解對方，卻又害怕誤解，而自陷矛盾㉕。

換言之，他是以後殖民社會的本質爲出發點，考慮各種文化所產生的混雜性。因此，在一些文本中，帝國主義排外的過程被暴露出來，但帝國主義之所以排外，正暴顯其本身暗藏的恐懼。這種矛盾而曖昧的憂慮，就在他者被構設的過程中同時產生。原因是在殖民處境中，帝國話語爲表示它凌駕於他者，必須將他者描繪成與自我具有極端差異之樣貌，並藉之區分掌控與受支配的身分。他者既已被構設爲不同於自我，其所具有的他者性(Otherness)，於是乎在巴巴所謂的「重複及移遷」(repetition and displacement)過程中產生。因爲在任何主導話語的構述裡，都存在著某種內殖的抗衡，所以帝國權威及其所控制的場景本身，將因爲對立的效應，而引發其曖昧性。此曖昧性被混雜及模擬，帝國主義的憂慮，也就無可避免地隨之而來。

巴巴的著作《文化定位》(*Location of Culture*)是一本後殖民論述文集；另外，《法農讀本》是他研究、詮釋法農的重要著作。其相似於思碧維克立場的是：巴巴也不認爲被殖民者可脫離帝國殖民的影響而重新書寫歷史。他提出的後殖民論述，強調所謂的「含混、交織」(ambivalency，hybridity)，這是目前最常被引用的。

在後殖民論述中，許多作者、作品都努力地想抹去歐洲中心的歷史意念及時間組織，或者想使歐洲歷史在嶄新及壓倒性的空間中癱瘓。從歷來被殖民者逆來順受的歷史，及其自願橫遭毀滅的過程之觀點看，他們因此覺得有必要毀壞這種不正常的狀態，並使敘事觀點重寫，進而將這許多的文本的觀點轉移到「他者」(Other)身上(比爾・阿希克洛夫特1998：36-37)。

但巴巴以爲敘述模式、歷史及現實主義對於作爲模擬式閱讀的文本而言，有其共謀的企圖，他並指出把後殖民作品閱讀為社會及歷史模擬，也有隱藏性的危險，因為當這種閱讀方式忽視帝國表層之下殖民行為仍舊存在的事實時，而一律將被殖民事實吸納於殖民者傳統中，只能暫緩兩者的極端本質。雖則相互對抗、控訴的局勢好像得以平息，但矛盾將愈益加深。因此，巴巴提出「重新定位」(relocate)的觀念，試圖找出殖民雙方所無法掌握的含混地帶，再度發展各自的文化發言位置(廖炳惠1994：32，49)。

巴巴批評薩依德創造了東方和西方兩極，他認為所謂「東方」並不是單純地發自殖民者。如果任由這種以政治和意識型態為導向的表現系統去操盤，不見得就使「歐洲能安穩並無隱喻性的跨越東西」(朱耀偉1994：101)；因此，東方主義在薩依德的強調及表現下，只是被動地讓西方文化控制。巴巴扭轉這視點，他力圖重新調整作為殖民化權力及行政工具的東方主義之焦距(朱耀偉1994：101)。

詳言之，「東方主義」可分為三個部分：一是所謂的東方學，即學術界的東方主義；二是建立在東方與西方的區分上，是一種本體論和認識論的思維模式；三是指一種在西方宰制下被重新建構和知識編碼的東方的文體。顯然薩依德著眼於後二者——即東方主義，是被西方意識所構設的一個東方話語的歐洲概念。他認為被殖民社會不應該被有意識地區別於外，因此指出：

> 正如西方自身亦並不僅在那裡一樣。……。人創造自己的歷史，他們能夠知道的，是他們所創造的，而把它伸展至地理：正如地理和文化的實體——別提歷史實體——該

「東方」(Orient)及「西方」(Occident)的地點、地區、地理的扇面皆是人為的。(比爾・阿希克洛夫特1998：181-182)

因爲以殖民雙方關係所透顯的權力象徵，使東方只得被命名和界說。西方擁有權力，自然能遂其所願地加強東方主義的敘述，並使之經久有效。而薩依德所持的反殖民論述，卻因爲是在東方主義的範疇和架構之下，進行對東方主義的批評，最後竟被支配性論述挪用了。巴巴認爲薩依德這種批評恰巧替西方找到它們的弱點，一旦西方泯除其弱點，它們的暴力等級恐怕就會更見升高。楊格因此亦批判說：

我們可以說東方同時為歐洲的毒藥和解藥，因為它在對歐洲文明構成重大威脅的同時，也代表了對西方失落了的精神價值的治療，並為歐洲通過亞洲之重生帶來希望。(朱耀偉1994：101)

巴巴對薩依德所謂「政治微觀地理學」(或稱「想像式地理」(imaginative geography))(廖炳惠1994：22；朱耀偉1994：227)的批評，顯然言之成理，權力的確不單純屬於殖民者。可是，巴巴所認爲的殖民論述，其殖民雙方之間的含混、交織關係，雖在西方的系統中發揮著作用，但每有含混時，利益終將歸於誰？這便頗受質疑。畢竟擁有權力的人才有發聲位置，意義之產生，恐怕還是由支配者所主導詮釋的。

如此則使巴巴同樣陷入思碧維克的困局：自我呈現的目標若必得在支配者的容許下完成，則其意義何異於初始？換言之，要解構別人之前，必須先成功地解構自己，亦必須找到相應而不受束縛的發聲位置，否則只是騰爲口說。然而，這課題的確矛盾而艱難，也正因此，更顯出殖民過程所引發的紛亂糾葛之難於釐清。

對於從殖民地阿爾及利亞踏上法國土地後，才首次體認到自己是黑人的事實的巴巴來說，「感覺到這種身分的詭異，似乎自己的地位很特殊，比別人出眾，但是同時又不如普通的印度人，不能講他們的語言，無法被認同爲『真正』的印度人」(廖炳惠1994：27)，這種邊緣而又邊緣的身分處境，讓他很自然地成爲法農的最佳詮釋者。對於被迫戴上殖民者的白色面具、操用殖民者語言、認同殖民者文化，並且必須藉此以樹立自己的身分的黑膚被殖民者，在歷經變動不居的時間流程後，殖民雙方是否依然絕對對立？巴巴和法農都以爲其中脈絡複雜難分。

巴巴指出法農的話：「『The Negro is not. Any more than the White man.』這句話中間的句點，突然結束，正好道出殖民與殖民之後中間變動過程中最有意思的戲劇及謎般的性質。」㉖嘗試詮解之，或因他的黑人血統及其黑皮膚使他永遠無法變成真正的白人，這是一個不爭的事實；然而，有些黑人在不理會諸般因素，以及白人所強加的低劣民族之刻板印象，則他們甚至已經超越了白人！而白人呢？相對來說，白色的皮膚並不保證其地位之不墜。

但問題往往如法農在《黑皮膚，白面具》書中一再提到的：「黑人不是人」、「人要的就是成爲白人」、「白人認爲他們比黑人優秀」、「黑人不惜任何代價要向白人證明他們的思想一樣的豐富，他們的智慧、知識有一樣的價值」，以及「對黑人而言，他只有一種命運，那就是成爲白人」。一個「黑人」是不是「活著」，端看白人是否認可他。但是認可的標準何在？上仰憐惜和乞求認可代表危機永遠存在。

《逆寫帝國》的作者們認爲，後殖民批評學現正循著兩條主要途徑進行：

> 一方面，透過特定的後殖民文本的閱讀，及他們在特定的社會及歷史脈絡之內及之上的生產的效應，而另一方面，透過既有的喻況及模式如諷喻、反諷及比喻的「重看」(revisioning)，並以後殖民的方度，再讀「經典」的文本(cononical texts)。(比爾‧阿希克洛夫特1998：211)

因爲這兩途徑，一以聯繫學科內的傳統範圍；一以文本性及文學性(literariness)強而有力地顛覆一般敘述，爲重要的新題材再闢蹊徑。

綜觀之：理論的最終目的，在於重建所有文本的後殖民閱讀，也在於轉移被中心設定的不變價值系統之效應，所以，即使有學者宣稱台灣未曾進入所謂後殖民的進程，然則我們在大時代中仍可找到研究及思考的空間，因爲理論的取向充滿了無限的可能。特別是就陳映真而言，所謂後殖民主義時代，早就在五十年代侵入心靈、占駐家園了。

第四節　陳映真小說與後殖民論述之開展

1991年，巴巴在接受廖炳惠的訪談中表示：學院喜歡找新題目研究，由此形成的風尚，有時被推行，有時難免遭排斥，但這不完全表示對這風尙有任何了解。

> 這種研究也面臨一種不容忽視的威脅，那就是普遍的文化相對論，借用此一新課題，試圖完全消除後殖民環境的文化創意及歷史意涵，乃至其政治與社會目的，而且，目前大學及社會上也逐漸出現新的多元論，或如Richard Rorty等人所提出「重新描述」說，一心要重新界定白人文化的容忍性，企圖鞏固大傳統。(廖炳惠1994：30)

由此可知，論述空間的可能性時時在詭譎多變的氛圍中游離。不過，細究之，某些議題的開展，對人權上的弱勢族群來說，總有其積極的意義。因爲不斷地透過這些學術和社會互動所形成的新的社會契約，能讓我們對一些社會問題重新協調與評估。諸如：種族、國籍、性別、社群、法律等之不對等。即便有人不完全了然，至少它拓展了思考的空間。

文化批評拓展思考空間，小說書寫亦具相等作用。小說說的是故事，故事是小說的基本面，也是小說的最高要素，應該沒有人對此提出異議，不過，佛斯特希望能包含更多一點別的東西，以突破一成不變而低下老舊的故事規模。所謂「多一點別的東西」，指的就是「和諧的旋律，或對真理的體認等」㉗。如何能夠讓小說的最高要素一一現形，則需要情節的鋪陳。佛斯特(1984：84)認爲：

> 情節是小說的邏輯面：它雖需要有神祕感，然而那些神祕之物必須在後頭解決清楚；讀者或許可以游移於謎樣的世界裡，而小說家則必須頭腦清醒。

頭腦清醒之具備，代表一個作家存在與否的確據，陳映真可說就是這樣一位思慮清晰、質性特殊的小說家。詹宏志說：

> 他，單獨地思索身處的時代與社會；思想於中，形於文學，使他的文學與他的思想有著相互為用的密切關係，也因此成為台灣小說家中，最可以深探其思想、其哲學的作家。㉘

是以詹宏志稱他爲「文學的思考者」㉙。他往往能洞燭於混昧、識鑑於幽微。早在六十年代，他發表的〈將軍族〉、〈唐倩的喜劇〉、〈六月裡的玫瑰花〉等早期作品所呈現出的社會議題，要遲至七十年代後半及八十年代才受到公開討論㉚。七十年代晚期至八十年代初期，陳映真基於「(要)寫一切渴望國家的獨立、民族的自由、政治與社會的民主和公平、進步(的作品)」㉛之理由，又以有關「企業下人的異化」爲主題，發表「華盛頓大樓」系列小說。

他認爲：作家首要的功課，即是要透過有自覺的學習與思想，不昧於欺罔，致力理解眾人處境，並藉由認識生活的現實面，進而認識屈身企業下的人的異化本質，尤其要認識企業所追求的利益現實：

> 企業為了有效地達成它唯一的目的，即利潤的增大與成長，展開精心組織過、計劃過的行為。這些行為，以甜美、誘人的方式，深入而廣泛地影響著人和他的物質生活和精神生活。㉜

陳映真標出這原屬於政治經濟學範疇的議題，而使他被譏笑是在寫作「經濟論文」㉝，但「陳映真的理智總是讓他先看出時代的問題，總是讓他走在時代的前面」㉞，所以，他是最早批評現代主義的知識分子，也是最早討論臺灣殖民經濟本質的作家。

八十年代，在當時「表達言論上相對性的自由化」㉟的條件下，他試圖刨開關於五十年代初葉的台灣歷史。更為了「對當時人們的夢想、鬥爭和幻滅、對當時條件下的人的活法和嚴酷的考驗下的倫理和理念，帶著嚴肅的檢討心，在回顧中加以逼視」㊱，他拓展了反省與思索的新場域，領先寫出〈鈴璫花〉、〈山路〉、〈趙南棟〉三篇所謂的「政治小說」。

十二年後，在二十世紀的最後一年，他推出新作〈歸鄉〉㊲，企圖重新整理老兵的問題。與眾不同的是，主角被換做是羈旅大陸、遍歷波折、屢嚐苦辛之後始得返鄉的台籍老兵。有人質疑：這裡似乎出現了異於陳映真所自奉的「以社會人而不是畛域人的意義開展著繁複底生之戲劇的」㊳立場，「新作〈歸鄉〉裡，省籍甚至成為一種弔詭的反諷，……有意藉創作打破存在於台灣社會中省籍的迷思」㊴。不過，我認為省籍的分別或對待的逆轉，只是他想要釐清的主要問題之一。如他所言：

> 我的作品很早就對於在台灣生活中不同省籍的人的命運有一份執拗的關懷。對膚色、信仰、種族的歧視已不為文明所許，何況對於同民族的兄弟呢？我關心這個主題，就說明這個問題一直沒有解決。㊵

因此，他真正迫切開拓的應在於他所執一不悔的理想上。亦即以他的話來說，整個台灣數十年來籠罩在後冷戰氛圍中，卻一直無法撥雲見日資治於歷史的「思想的荒蕪」，才令他心急。

本論文雖採用後殖民論述來研究陳映真小說，但因為無法一律比附，希望以它為一條路徑，以便提供具體探求陳映真思想光譜之富有時代意義的方向。陳映真小說中，思考信仰與教義的〈加略人猶大的故事〉和〈獵人之死〉兩篇，以及探討越戰的〈賀大哥〉和〈六月的玫瑰花〉兩篇，因未直接相關於在台灣的後殖民狀況，是以排除於討論範圍。2000年發表的新作〈夜霧〉因尚在連載中，是以將在本論文結論處酌予合併討論。因此，本論文所探討者計有三十篇小說作品。

陳映真小說所關懷的層面大抵有三類：一是直接相關於美日帝國主義影響者；二是明顯受到帝國主義干涉，因而產生影響的大陸與台灣省籍議題，及其所導致的懸宕多時之中國問題者；三是因城鄉發展步調不一，從而對社會意識之變遷及個人思想之養成產生莫大影響，及其所呈露出的中心及(或)邊緣的問題者。

嚴格來說，在台灣這樣的政治社會環境中，能夠數十年不改其志者並不多見。因為關於政治社會議題的論爭，每每瀕近臨界點時，總有人選擇走向修正路線。而且所謂原則或基本理念，若不再是「政治正確」，難免遭人側目，其主張者則往往急於討好大眾(或選民)，而順應時局多所支吾。但是，陳映真這半生一直是一個「獨特的存在。……(他是個)對未來仍有憧憬，對末世仍有悲願的烏托邦主義者」㊶，南方朔以為這種人所秉持的第一要義，即是要批判現世之墮落，重現快樂無憂的理想世界㊷。

因此，在他大半篇幅不算長、數量也不算多的小說作品呈現下，並無法使他所鋪敘的層面一一受到周全的照應。特別是做爲一個「意念先行」的作家，陳映真在他小說中所述，攸關台灣戰後歷史發展與意識型態之形成背景等等有關議題，常常只點到爲止，甚至留下許多有待深思的空間，是以我們將參酌他的取擄有力，咄咄面數帝國主義其罪的評論雜文，並綜觀大時代的多重面向，以釐清其中原委。

陳映真的兼具理性和感性的小說，能分釐毫絲地沁入人心，令人生發起洶湧感觸與久久不止的悸動。以他自己所寫的〈試論陳映真〉㊸一文來檢視：1959到1961年，在《筆匯》月刊鶯啼初試時，那充滿濃重的「慘綠的色調」㊹之作品，顯得憂悒、感傷、蒼白和苦悶；到了1961至1965年，在《現代文學》發表的作品㊺，也還保留著相當程度的慘綠青蒼的色調；不過同時也表現出感傷情緒趨於終結，關注群眾與社會的熱情，逐漸取代自憐自傷㊻。根據〈試論陳映真〉㊼一文所述，這兩個時期呈現出的重點，大約有七：

一、貧困的哀愁、困辱和苦悶的情緒，瀰漫在故事的背景」。如：〈我的弟弟康雄〉、〈故鄉〉、〈死者〉、〈祖父與傘〉。

二、「悶局中的市鎮小知識分子，因著他們的沉落和無出路，有時也有改革世界的意識和熱情」。如：〈鄉村的教師〉、〈我的弟弟康雄〉、〈故鄉〉。

三、「市鎮小知識分子的改革論之不徹底的、空想的性格，……表露出市鎮小知識分子往往是行動的無能者」。如：〈鄉村的教師〉裡的吳錦翔、〈我的弟弟康雄〉裡的康雄、〈故鄉〉裡的哥哥、〈一綠色之候鳥〉裡的趙如舟，乃至〈唐倩的喜劇〉裡的夸夸其談的讀書界。

四、「市鎮小知識分子在社會中間的地位，在歷史的轉形時期，往往使他們比誰都早而敏於同時預見一個舊有事物的枯萎和新生事物的誕生」。如：〈那麼衰老的眼淚〉、〈死者〉、〈兀自照耀著的太陽〉、〈一綠色之候鳥〉。

五、「在這絕望的、灰黯的世界中，陳映真又似乎偶爾要十分吃力地試圖劃燃一根小小的火柴來照明和取暖」。如：〈淒慘的無言的嘴〉、〈將軍族〉、〈一綠色之候鳥〉、〈兀自照耀著的太陽〉。

六、「從題材上去看，陳映真的小說還有一個特點，那就是他對於寄寓於台灣的大陸人的滄桑的傳奇，以及在台灣的流寓底中國人和本地的中國人之間的人的關係所顯示的興趣和關懷」。如：〈那麼衰老的眼淚〉、〈文書〉、〈將軍族〉、〈最後的夏日〉、〈第一件差事〉。

七、「陳映真在處理大陸人和本省人的人與人之間的關係時，是將他們置於一個從來不認識大陸人、台灣人的社會規律下，以社會人而不是畛域人的意義開展著繁複底生之戲劇的」。如：〈那麼衰老的眼淚〉、〈將軍族〉、〈兀自照耀著的太陽〉、〈第一件差事〉。

自1966年至1970年，陳映真從《現代文學》轉戰《文學季刊》，從在這裡發表小說開始，他烙上逐漸邁進現實主義道路的軌跡。縱觀呂正惠(1988：55)、封祖盛㊽、岡崎郁子㊾，以及葉石濤㊿諸家的分期：入獄七年爲一分水嶺，前此者是爲第一期；出獄之後著力於第三世界和新帝國主義關係者，是爲第二期；自1983年寫作「政治小說」及其後，是爲第三期。

不論分期如何，在〈試論陳映真〉中所引述的二十多篇小說，大抵代表了陳映真青春正盛的歲月裡，其心靈的結構和精神的狀態。以他自己的說法來看，處於當時社會層級結構中間地位的市鎮小知識分子，除了努力找出路，謀一較高所得的職業，其餘的工作皆不利於安定。而安定與否，正是影響知識分子堅守理想或隨波逐流，甚或慘遭淹沒的重要變數。

於是爲從這種困局中脫身，1965到1968年，他暫時停下寫小說的筆，而譯成《共產黨宣言》及日文《現代社會之不安》等書，並陸續有多篇評論文章的面世。這段過程裡，所發生的重大事件有：《劇場》雜誌之創刊；美國經援與軍援之宣布停止；「加工出口區條例」之通過實施；文化大革命之啓幕；《大學雜誌》之發行；及陳映真之被捕㉛。三十歲盛年遭劫入獄，著實有助於澄澈思想，回首慘綠年代：

> 他不曾理解到：市鎮小市民的社會的沉落，在工商社會資金積累的吞吐運動的過程中，尤其在發展中國家，幾乎是一種宿命的規律；他不曾懂得從社會的全局去看家庭的、個人的沉落；他也不曾懂得把家庭的、個人的沉落，同自己國家的、民族的沉落連繫起來看，而只是一味凝視著孤立底個人的、滴著慘綠色之血的、脆弱而又小小的心，自傷自憐。(陳映真1984b：164)

幽於縲絏，竟不能「有效地」改造他的思想；反而騰出一段時空，迫他直面世局。陳映真因此領悟：

> 由於市鎮小知識分子在社會上的中間的地位，對於力欲維持既有秩序的上層，有著千絲萬縷的聯繫；而對於希望改進既有社會的下層，又不能完全地認同，於是他們的改革

> 主義就不能不帶有不徹底的、空想的性格了。……(然而)言行之間的背離，不斷地刺痛著他們的猶豫、敏銳的良心，使他們痛苦，使他們背負著愴絕的愧疚，使他們深深地厭惡自己，終而至於使自己轉變成為與始初完全相背反的人。他們墮落了。(陳映真1988b：167)

驚覺身爲文藝知識青年的自己，如此折翼委落深淵，恐將負疚於歷史，陳映真小說中的知識分子和他自己，於是「懷著這種無救贖的、自我破滅的慘苦的悲哀，逼視著新的歷史時期的黎明」(陳映真1988b：169)。〈試論陳映真〉一文，明則與欲振乏力的過去斷離，實則宣告全新的、擁抱現世人間的熱情重新點燃。其自謂：

> 一九六六年以後，契訶夫式的憂悒消失了。嘲諷和現實主義取代了過去長時期來的感傷和力竭、自憐的情緒。理智的凝視代替了感情的反撥；冷靜的、現實主義的分析取代了煽情的、浪漫主義的發抒。……。他停止了滿懷悲憤、挫辱和感傷去和他所處的世界對決。他學會了站立在更高的次元，更冷靜、更客觀、從而更加深入地解析他周遭的事物。(陳映真1988b：170)

爲證實人們受縛於習以爲常的困局，迸裂的「枷鎖上的斷痕」[52]，應該提供反思機會，於是陳映真在題材路徑上，從哀憐小我個人放大到悲憫大我人間世。如前所述，他寄情於台灣和大陸的中國人之興趣及關懷上，並力圖點正被湮滅的歷史真相。以下一段文字即透露轉捩的機鋒：

> 新的和舊的帝國主義在中國的侵凌，數百年來，在中國發生了長遠而複雜的影響。作為東南中國的台灣省，更是尖銳地經歷了東洋和西洋殖民體制的毒害。……在這個背景下，一九四五年的光復、一九四九年國民政府的播遷來台，使海峽兩岸的不同發展階段的社會、經濟、政治和文化，在台灣發生了廣泛的接觸。三十年來，這個接觸還在進行著不斷的相互調整、再編成和共同發展的過程。……(其)結果，便是部分人心中產生了所謂中國歷史的孤兒、棄兒和受害者的意識，因而走向分離主義的道路。在大陸人方面，則因某些人承繼了前近代的大華夏主義的惡遺留，也助長了分離主義的成長。(陳映真1988b：171-172)

如果不是個人內心踏實而堅決，耗時七年的改造，滴水也能重新形塑一塊頑石；悲情的自怨自艾，無濟於家國諧和和團結，陳映真從此選擇在失焦的歷史狂潮和社會怒濤中載沉載浮，而仍不放棄奔相走告，大聲疾呼。此後不管來自鄉土文學論戰或台灣意識論戰的反擊如何強有力，絲毫不能使他萎頓。能夠支持一個人孤軍(或援軍不多)挺立在人群中繼續奮戰，怕不是干涉於政治利益所能一言以蔽之的，而該當以夢和理想的堅持來解釋吧！[53]

在《作品集9》序文裡，尉天驄有一段陳映真被移送景美軍法處，他去探監時的情況描述。他說，坐在候見室等待，還想著要問陳映真的第一句話，該是哪一類的比較好，當隔著厚玻璃看見了陳映真，竟讓他問了一句生硬(而令人噴飯)的話：「哎呀，沒想到您仍然沒有瘦下去？」[54]面對一連串窮追猛打，雖然你能識破來者的矛盾，可是這來者既賣矛也賣盾，攻防武器都在他的手上，赤手空拳的你又能怎樣？要近身肉搏？想打了就跑？還是諂笑告饒？若非極堅信自己理想的正確性，恐怕無法半生達觀以對，還自在其中。

只是，年輕的歲月橫遭禁錮幽閉，其後果對這反體制者而言，雖在意料之中，其衝擊卻也是始料未及的吧？因此對「白色的荒廢的五十年代」，他能夠同情共感地再藉小說之筆悲悼《鈴璫花》、《山路》、《趙南棟》裡頭受羈押的一群人的悽楚。回憶初次會見大肅清時代雖倖存卻遭終身監禁的人們：

> 在這以前，五〇年初的肅清，是禁書上的記載，是耳語中恐怖的故事。但被移送到台東的那一年，歷史成為活的、血肉的人。然而這活的、血肉的歷史，在當時，已經被禁錮和湮滅了將近二十年。……。他們以僅僅只是活著的事實，對禁錮者和湮滅者，發出那禁錮者和湮滅者也無可如何的嘲諷。㊺

不過，嘲諷歸嘲諷，歷史仍被模糊了焦點：五十年代受難人們以抗日、愛國爲起點所堅持的社會主義理想，已不爲人所諳。左翼思想有嚴重顛覆當局之虞，致使正烈的青春澆熄於孤島；而其整個進程，甚且已被收編在「黨外」時代以迄今的台灣民主化洪流中。

經過時代擠壓變形的現實，就陳映真所認知的世界而言，或許仍無法理喻：

> 在台灣，大多數的人們絕不以民族的分裂與國土的斷裂為羞恥、痛苦和悲哀。……。「要怎樣理解台灣的這樣的情況

呢？」……。要以僅僅是四十年不到的台灣戰後史的發展，來抹殺、否定和湮泯中國民眾所創造的數千年的歷史；寧可奉承及身可見其衰敗的強權，而以強權的眼光卑視一切中國的事物，卻註定了要和才只不過四十多年前那些唾棄自己的民族，瘋狂地使自己「皇國民化」的士紳、知識分子一樣，在歷史的轉折中灰飛煙滅。我於是看見歷史對於歪曲歷史者的冷峻的報復了。一個人以平庸的智慧，安靜地看透那只要中才之智就能看破的一時代的愚癡。這又是何其不堪的寂寞呢？(陳映真1988q：13)

雖則感慨浩嘆，陳映真依舊持續展開對抗帝國主義的行動，這樣一位髮蒼而「不怕寂寞的獨行者」56，仍然栖栖皇皇不能終日；只是在此時此地的政治社會下，陳映真作為一個噤啞的他者，還要從被噤啞的喉頭奮力叫喊，這生命力量的迸發，著實教人欽敬，亦不禁令人生想起陸游的詩句：「自笑滅胡心尙在，憑高慷慨欲忘身」。

註釋

① 見施正鋒：《族群與民族主義》(台北：前衛，1998年7月)，頁17。

② 詳見巴巴：《The Location of Culture》。轉引自陶東風：《後殖民主義》(台北：揚智，2000年)，頁10。

③ 借名於曾健民編：《噤啞的論爭》(台北：人間，1999年)。

④ 從八〇年代英美與歐洲相繼湧現的書籍中得知，當道的理論約略有：解構學、記號學、詮釋學、拉崗心理學、新馬克斯主義及讀者反應理論等；以及至九〇年代初期，繼續發展的後現代主義、後殖民論述，以及女性主義和文化研究批評等。勉強從中尋求相似特色，約有三端：一是有解中心之趨勢；二是產生了異於以作品(work)

為主的，而強調讀者重要性的文本(text)觀念；三是質疑、顛覆所謂的典律。

⑤ 見朱耀偉：《後東方主義——中西文化批評論述策略》(台北：駱駝，1994年6月)，頁23。其中引述薩維沙特及莫頓(Mas'ud Zavarzadeh & Donald Morton)的看法。

⑥此為朱耀偉引證於李歐塔(Jean Francois Lyotard)說法。見前揭書，頁24。

⑦王岳川：〈後現代主義文化與價值反思〉，《文藝研究》，1993年1期，頁44。

⑧對殖民方式轉型之研究，見亞比雅(Kwame Anthony Appiah)的〈後現代主義的「後」是否後殖民的「後」？〉，引自朱耀偉：《後東方主義——中西文化批評論述策略》，頁26。

⑨關乎此之說明見朱耀偉：《後東方主義——中西文化批評論述策略》，頁26與頁230中引Vijay Mishra and Bob Hodge的〈What is Post (-) colonialism？〉之意見。但朱氏引據中，對有無連接號的說法前後不一，今就相關理論辯證，從頁26之引述為準。

⑩ 同上注，頁26與97。引述自楊格(Robert Young)所編輯的「Neocolonial Times」《The Oxford Literary 13》(1991年)：頁3。

⑪ 詳見葉維廉：〈殖民主義・文化工業與消費欲望〉，收於張京媛編：《後殖民理論與文化認同》(台北：麥田，1995年7月)，頁125-133。

⑫ 見比爾・阿希克洛夫特、嘉雷斯・格里菲斯、凱倫・蒂芬著，劉自荃譯：《逆寫帝國——後殖民文學的理論與實踐》(台北：駱駝，1998年6月)，頁Ⅱ及頁33、89、135、143、187等。

⑬ 以上詳見上引書頁Ⅱ及頁22-23。其產生內殖的大話，可參考鴨布都爾・楊莫漢密德(Abdul Jan Mohammed)之言所引申的道德文化上不可見的優劣對立。

⑭ 如上注，作者有關於「後殖民文學的理論與實踐」之著作，即以「逆寫帝國」(The empire writes back)為名。

⑮ 同上注，頁3。引文中「大話」即前所述「大敘述」(grand narrative)。

⑯ 同上注，頁4。其見仁見智的觀點，如阿里夫・德力克(Arif Dirlik)認為後殖民論述應廢除中心與邊緣之二元對立模式，使全球社會原本之具多元性與偶然性的一面還原；克瓦姆・安東尼・阿皮亞(Kwame Anthony Appiah)認為後殖民的理論家，不但沒

有解構白人神話中的二元論，還可說只不過是些「買辦知識分子」(comprador intelligentsia)。

⑰ 見廖炳惠：《回顧現代——後現代與後殖民論文集》(台北：麥田，1994年9月15日)，頁62。

⑱ 有關討論見前揭書。

⑲ 或翻譯作《大地之不仁》。

⑳ 見維金尼亞・吳爾芙著，張秀亞譯：《自己的房間》(台北：天培，2000年1月10日)。

㉑ 見張京媛：《後殖民理論與文化認同》(台北：麥田，1995年7月)，頁36。

㉒ 例如與薩依德東方研究旨趣類似者，有1980年代印度的「下層民間研究群」，致力發掘未被殖民者徹底宰制的民間聲音，透過口述或其他方式，希望重寫歷史。不過，要注意的是這群研究者，大多出身於英國大學，而且居所遠離本土，似乎也不在民間其位。

㉓ 引自朱耀偉：《後東方主義——中西文化批評論述策略》，頁109。

㉔ 如現實主義裡，旁喻具有支配性。詳情見：《逆寫帝國》，頁56-57。

㉕ 同上注。此處所謂「模擬」(mimicry)，廖炳惠翻譯為「翻易 (翻譯及改易)」。

㉖ 以下嘗試詮解，茲因所見各參考書籍中，對這句話皆未直接翻譯或解釋。

㉗ 見佛斯特：《小說面面觀》(台北：志文，1984年4月)，頁22。

㉘ 語見詹宏志：〈文學的思考者〉，《陳映真作品集》(台北：人間，1988年5月10日)第15之「論陳映真卷」(以下略稱《作品集15》或《作品集某》)，頁1。

㉙ 同上注。

㉚ 如〈將軍族〉的故事，隨著李師科、王迎先案，引發討論大陸籍老兵問題；〈唐倩的喜劇〉之揭露知識界面貌者，先行於七十年代後半的鄉土文學論戰；〈六月裡的玫瑰花〉，則是具反省力和前瞻性的第三世界作品。

㉛ 語見陳映真：〈顛躓而困乏的腳蹤——《夜行貨車》自序〉，《作品集9》，頁27。

㉜ 語見陳映真：〈企業下人的異化——《雲》自序〉，《作品集9》，頁29。

㉝ 呂正惠：〈從山村小鎮到華盛頓大樓〉，《小說與社會》(台北：聯經，1988年)，頁67-

69(或《作品集15》)。

㉞ 同上注，頁67(或《作品集15》)。

㉟ 陳映真：〈《山路》自序〉，《作品集9》，頁35。

㊱ 同上注。

㊲ 自88年9月22日起於《聯合報》連載；同時收錄在人間出版社發行的「人間思想與創作叢刊」《噤啞的論爭》一書中。

㊳ 許南村(陳映真)：〈試論陳映真〉，《孤兒的歷史，歷史的孤兒》(台北：遠景，1984b年9月)，頁172。以下所採本文逕標示以「陳映真」為作者。(或見《作品集9》，頁3-14。)

㊴ 見宇文正：〈訪陳映真談新作〈歸鄉〉第三問〉，《聯合報》1999年9月24日。

㊵ 同上注。

㊶ 見南方朔：〈最後的烏托邦主義者——簡論陳映真知識世界諸要素〉，《作品集6》序文，頁19。

㊷ 同上注。

㊸ 1975年特赦減刑出獄後，以許南村為筆名，剖析自己前此的創作歷程及特色。原為《將軍族》和《第一件差事》二書的序文，又收錄在《孤兒的歷史‧歷史的孤兒》，頁163-173；及《作品集9》中。

㊹ 指以下十一篇：〈麵攤〉(1959.9)、〈我的弟弟康雄〉(1960.1)、〈家〉(1960.3)、〈鄉村的教師〉(1960.8)、〈故鄉〉(1960.9)、〈死者〉(1960.10)、〈祖父和傘〉(1960.12)、〈貓牠們的祖母〉(1961.1)、〈那麼衰老的眼淚〉(1961.5)、〈加略人猶大的故事〉(1961.7)、〈蘋果樹〉(1961.11)。

㊺ 指以下六篇：〈文書〉(1963.9)、〈將軍族〉(1964.1)、〈淒慘的無言的嘴〉(1964.6)、〈一綠色之候鳥〉(1964.10)、〈獵人之死〉(1965.2)、〈兀自照耀著的太陽〉(1965.7)。

㊻ 據文中所述，指的應是呈現出比較明快、理智和嘲諷色彩的以下四篇：〈哦！蘇珊娜〉(1966.9)、〈最後的夏日〉(1966.10)、〈唐倩的喜劇〉(1967.1)、〈第一件差事〉

(1967.4)。

㊼ 以下引號中文句，保留原文敘說。

㊽ 詳見封祖盛：〈陳映真論〉，《作品集15》，頁50-68。

㊾ 詳見岡崎郁子：《台灣文學──異端的系譜》(台北：前衛，1997年1月)，頁188。

㊿ 詳見葉石濤：〈論陳映真小說的三個階段〉，收於陳映真：《作品集1》，頁21-22。

51 指自1967年5月被捕，至1975年，坐監七年。

52 此言引用米樂山(Lucien Miller)一篇批評陳映真短篇小說的題目。其義以「摘自法國存在主義大師及劇作家加百列・馬色爾(Gabriel Marcel)的金科玉律，即人類被習慣的枷鎖緊縛，而在一次又一次的生命危機中，這些枷鎖被迫斷裂。」見《作品集15》，頁110。

53 如在《劇場》雜誌時期，與陳映真志同道合的劉大任，在去過大陸後就將失望之感做了批評。除以《浮游群落》、《杜鵑啼血》數論當時，並曾說：「……我一向把自己認為是知識分子。如果是知識分子就不能不堅持兩件事。一件是任何場合都要站在民間這一邊，另一件是自己絕對不當政客。我想，由於這樣，可以做社會批評家，要寫作時，可以恆常保持客觀的心情。但是，陳映真是不一樣吧。他把自己當做政治人物、社會革命家，所以假如他要去中國，就考慮能否和那邊高階層的重要地位人物見面這一點，一定要腐心於使將來在台灣自己的政治立場變得有利。知識分子怎樣？農民和勞動者怎樣？這些事他並不想知道吧？我想，這就是兩個人不同之處。」岡崎郁子亦因陳做了中國統一聯盟主席，而寫成〈簡直像政治家的頭銜〉一文，陳映真針對此事申述首尾，並藉此反駁分辯道：「由於看左翼的書和馬克思、毛澤東寫的書，就被迫過了七年黑牢，也當過兩年中國統一聯盟主席，所以我容易被人認為是政治性的人物，其實是不對的。我最大的關心是民眾，因而民眾不存在的文學是不可想像的，第三世界文學論也出自那裡的。不能把為自己的夢想戰鬥的人都說是政治性的人物吧。」以上詳情見岡崎郁子：《臺灣文學──異端的系譜》，頁10-16；及頁232-233。

54 見：《作品集9》，頁21。

㊺ 陳映真：〈被湮滅的歷史的寂寞〉，見《聯合文學》第四卷第十期(1988q年8月)，頁11。

㊻ 借用陳映真一篇序文題目。

第二章

走過世紀的台灣

第一節　殖民主義籠罩下的台灣

自 1895 年馬關條約割台，台灣在日據五十年間，歷經十九任總督及三次政策轉變：(一)、前期(1895—1919)：為第一至第七任的「武官總督」時代，其治台任務在於鎮壓台人的武力抵抗及招撫蕃人，並意圖奠基開發台灣；(二)、中期(1919—1936)：是八至十六任的「文官總督」時代，為對治台灣人的政治運動，改採「日台一體」的懷柔策略；(三)、後期(1936—1945)：是第十七任至第十九任的「武官總督」時代，此期任務重點在於：整備台灣為太平洋戰爭的南方作戰基地。

對於日據時代日本人的功過評騭素來紛紜，試舉二說為例：王育德推崇日本「把台灣建設成幾乎十全十美的資本主義殖民地」①。蔣君章認為日人在台灣雖有建設，但其「第一目的，是繁榮日本，而不是為台胞謀福利；第二目的，是要把台灣經濟造成永遠依賴日本的情勢，以便其對台灣的徹底控制」②。

持平而言，被納入資本主義化編制中，台灣社會一改舊貌，各方面明顯地有長足的進步。但是實質上，卻產生更多弊端。學者即認爲：

> 台灣社會之所以會有資本主義的萌芽和發展，並非來自台灣歷史條件的要求，而是由於淪為殖民地而受到日本經濟體制的支配所致。日本在台灣進行的現代化改造，……是為了加速扶植日本資本主義的成長。……藉著現代化的假面，日本殖民者可以更為科學而理性地對台灣人的身體與思想進行控制。這種跛腳式的資本主義，構築了日本殖民統治的重要基石。③

進一步來說，日人治台時期在農業成就上不可謂不大，甚至使得光復後來台的大陸農業專家大開眼界。不過，他們之所以「對當時台灣盛加稱讚，當係以大陸的狀況作爲參考背景的」④，而且能注意到日本殖民經驗所留下若干傷痕者，仍大有人在，如蔣夢麟即指出：電力及化學肥料雖十分普及且大量應用，但是台灣並無製造電器用具的工廠，也無大規模之肥料製造廠，「理由何在，一言以蔽之，殖民政策是也」⑤。

第四任總督治台期間，台灣農業生產大增，然而在「工業日本，農業台灣」的政策分工下，其農作重點被迫僅限於米、糖的單一耕作(monoculture)，這卻造成日後台灣農業發展的畸形化，此一則因台灣農業成就在於提供日本工業化後的糧食短缺窘境；其次則因日本靠台灣所輸入的廉價米糖以平抑物價、壓低工資、加速資本累積及工業擴充，並且使日本得以用較低的國際行銷價格，來提昇其外銷工業的競爭力。因此，成爲日本第一個殖民地的台灣，在其目標規劃中，台灣所扮演的角色是策略性的。它使日本即使在西方勢力漸增之際，也能無後顧之憂，正因爲「有了台灣，日本能監視從西南方逼近其本島的孔道，以及中國貿易的海道。位於琉球鏈的尾端，台灣鞏固了連續的南方陣線，以發展日本的亞洲帝國」⑥。

所以，殖民台灣不僅是日本的一個象徵性的勝利。在本質上，台灣提供日本主要的食物來源，使日本能夠利用台灣的農業潛力，來彌補本身逐漸成長的工業部門(George T. Crane1986：33)。除經濟措施外，日本也提供台灣社會改善的基礎，使台灣意外獲致邊陲國家一向缺乏的資源與開發。然而，日本的若干開發雖對台灣產生正面影響，台灣人的利益永遠在日本人的利益之下，因此，「這是一面剝削，一面開發的一個例子」(George T. Crane1986：33)。

中日戰爭初期，亦即是在小林躋造及中川健藏時代，正式以皇民化、工業化、南進基地化爲戰時日本殖民台灣的三大政策⑦。這便是延續著1937年蘆溝橋事變之前，日本對台實行的奴化改造。它以「皇民化」運動逼使台灣人向殖民宗主國交心表態。這整個政策方針的轉變，起自1931年九一八事變爆發，台灣成爲日本向大陸華南及東南亞挺進的重要基地，爲就近補充軍需，並增加其戰鬥力，於是有「台灣工業化」之舉。迄1936年，皇民化、工業化、基地化政策，已將台灣編入日本的總體戰體制內。這時的日本帝國主義治台總方針，其手段爲鎮壓抗日組織、禁絕使用漢字、禁止以中文寫作、阻斷思想、言論及集會自由，代之以強力推動天皇崇拜、皇國共榮史觀，迫使台灣人同時陷入思想殖民歷程。

究其實，台灣的工業化是與日本的戰時體制同時推進的：日本軍事的勝敗直接影響台灣工業化的腳步⑧。換言之，台灣的工業化程度，完全取決於日本殖民母國發展的需要與設計。

但1945年8月15日軍投降，戰敗之國不得已而放棄其工業化遺產，卻有人以感恩的心視日本之建設為台灣工業化的先河，因之時有批詆其荒謬者。其實，日本留給台灣的工業化遺產，不僅突顯其殖民帝國的痕跡，同時亦埋下日後國府接收台灣所造成的一連串政治及經濟影響的伏筆。

戰爭期間，「皇民奉公會」是鞭策台民總動員的主要機關。據林衡道所述：奉公會成員中，有兼地方公醫負責軍伕體檢的，其不肖者常趁機索賄，富家子弟多能因此得以免徵；而貧苦者雖久病，亦不得倖免⑨。為使台灣青年投入戰爭，奉公會設置多種組織，如「拓南農業戰士訓練所」、「拓南工業戰士訓練所」、「海洋訓練所」、「高砂青年隊」等等。將近二十一萬人被動員到東南亞及華南戰區，其中約有兩萬八千多人充當炮灰，其他人員在戰後淪為俘虜，身羈集中營，他們備受折磨，只有幸運者才能死裡逃生重返家園。

皇民奉公會主要依「皇民奉公會實踐要綱」來「臣道實踐」國民運動。設立奉公會的重要意義，在於它被規劃為「以台治台」，既能確立方向，又能迅速獲致成效，因此，有利於掌握台民之心，「皇民化」於是成為許多台灣人順理成章的革新目標。

戰爭前後大約八、九年之間，在各級行政體系、軍警及媒體的宣導和勸誘下，混淆台灣人身分認同的志願兵制度，即因皇民化運動獲得空前迴響。殖民地人民原不具備當兵資格，然而日本在大東亞戰爭中吃緊，以致在1944年8月29日，台灣總督發布諭告：台灣為攻防第一基地，使命重大，須舉國一致，共同爲皇國努力。是故，作爲被殖民者的台灣人，遂加入敵視中國的太平洋戰爭。

關於台民兵役種類，有所謂的軍伕，其地位最低賤，是採抽調方式，人民沒有反抗的餘地。另外，有秉諸「臣道實踐」所造成的「志願熱」，大異於抽調軍伕的無奈，它展現了皇民化運動的絕大效力。志願兵制度的重點歸納如下⑩：

> 第一，志願兵制度之施行是一種榮譽，對此充滿感謝、感激。……第二，志願兵制度給本島青年帶來希望和指示，使青年們受到鼓舞。……第三，志願從軍將使台灣青年成為一個完整的人、正當的男兒。……第四，軍事訓練可養成集團生活。……第五，軍事訓練或青年鍊成運動，可提昇、淨化島民意識。第六，志願兵制度使島民意識昂揚為日本精神國家意識。……第七，大東亞戰爭解放亞細亞民族，因此驅逐英美是東洋人應做的事。……第八，當兵，掃除舊家庭的汙濁，才能推開芥蒂。……第九，戰歿英靈進入靖國神社，便能實現內台一體、建立輝煌的大東亞。……。(柳書琴2000：11-19)

原始要終，日本爲鞏固其殖民霸權，迫使台民爲保身而遠政治；並以控制經濟活動爲手段，將台民鎖納於既經設計的生產模式中。簡言之，「當甘蔗的種植在某些第三世界國家經常採用大規模農場的經營方式時，台灣的甘蔗生產則是由小戶的自耕農與佃農來耕作，或者由日本糖廠將其擁有的大片耕地簽約租放給農民。於是，台灣的農業相當普遍迅速的商業化了」⑪。這也是影響日後台灣因農業商業化而得以促使工業發展的契機之一。不過縱使如此，仍不可或忘其對土地併奪及勞力壓榨的原始動機，即令日本人都難以自圓其說，無怪乎矢內原忠雄便一語道破：甘蔗糖業的歷史，正是殖民地的歷史⑫。

對於日本長達半世紀的壓榨，初期迭興的抗日行動，大抵能表達其脫離殖民而復歸祖國的思想指向。但逐漸地，現代性與殖民性在台灣人的心靈投下巨大的、自相矛盾的陰影，「從早期的抵抗，到中期的畏懼、妥協、靠攏，以至後來的屈服與改造，軌跡甚爲清晰地刻劃出日本殖民主義的滲透過程」(陳芳明2000a：82)。

如前所述，太平洋戰爭爆發後，原來殖民母國統治者眼中的他者——台灣人，被視如日本同胞一樣接受動員徵召，作爲志願軍及炮灰。九一八事變起，長達十五年的中日戰爭與太平洋戰爭烽火蔓延，台民被迫鎖困於日本帝國主義的共犯結構之中，使大陸與台灣的關係益顯複雜。在此期間遠赴大陸者，有少數知識分子是明目張膽地自願以次等日本人身分，操弄流利的日語，與大陸新興自治政府合作。不過，最常見的仍是像吳濁流筆下《亞細亞的孤兒》⑬的主角一樣，小心翼翼地不願傷害彼此的感情⑭。

但做爲日本共犯結構的這層關係，仍在復歸祖國的過程中，種下兩相猜忌之因。1947年二二八事件之肇端，即由於大陸來台官僚認爲台民深中殖民遺毒，必不可輕信，台民亦因各方面未獲得平等及誠意的對待，而導致激烈衝突，正式暴露出分隔五十年之後，大陸與台灣迥異的思路。二二八事件雖使光復以來台灣人的憤怒和委屈極致傾洩，然而在當時的歷史條件下，縱使台民以血淚強力要求高度地方自治、全面民主改革、實施廉潔政治、停止國共內戰、振興經濟及公平分配，以及因反內戰而反蔣的運動順勢而起，最後都因武力鎮壓，使一切訴求被迫「消音」。然而，這場事變卻已深深傷害彼此日後的和諧。

於是台灣的命運由此彰顯其弔詭性：十九世紀末，各國蠶食鯨吞中國的結果，使台灣淪落為日本殖民地。在日本獨占資本及發達工商業的過程中，卻造成台灣外爍式的經濟發展契機。然而，歸還中國以後，尚未脫離封建體制的中國官僚資本主義架構，又層層阻撓台灣的資本化進程。因而1949年國民政府撤台，使台灣民眾再一次受到嚴重衝擊。但二二八殷鑑不遠，腥血未乾，人民為求明哲保身而避談國事。人民長期噤不敢言，復屈從於國民黨式的意識型態教育而堅決反共，反共於是等同於反中國。

再者，播遷台灣不久後，國府以白色恐怖進行思想清理，主張改革的菁英分子非死即傷，非逃即囚，再沒有置喙餘地申明國共糾葛及中國命運，台灣與祖國的臍帶於是徹底被切斷。台灣因此愈來愈迴異於中國，中國遂變成一部份台灣人的夢，和另一部份台灣人的痛。日本帝國殖民主義對日後台灣政治發展的影響，由此埋下分根別枝的苗。

所以，造成日後台灣人身分認同問題的關鍵，實莫過於日據時代的現代化運動所造成的影響，與戰後國府接收初期的二二八事件、國共內戰，以及白色恐怖之後的思想禁錮，連帶的，美國在相關時期中所扮演的角色，亦備受矚目。以上所述正深刻突顯日據之後台灣的後殖民體質。

第二節　變遷中的戰後台灣社會

繼1921年1月31日蔣渭水爲殖民地台灣寫下「臨床講義」⑮之後，精神醫師陳永興爲「拯救台灣人的心靈」，也臨床診斷出台灣人辛酸苦楚的病灶：「一、病名：政治精神官能症(Political Neurosis)。二、原因：長期政治環境適應不良。」⑯他指出：台灣，因二二八事件而心靈久病(陳永興1989：32)，然而當局卻昧於現實，對當時肇禍的陳儀，竟作出將他升官爲浙江省主席的處置。

懸疑的是，日後平反二二八事件，國民黨把責任推給了共產黨，理由是國共內戰期間，陳儀私通共產黨。後來陳儀被押解至台槍斃，是以他在國共內戰期間通匪的罪名處決，而非對二二八事件處理之舉措失當。其實不可諱言的，當時負責接收台灣的行政長官陳儀的確篤信三民主義即國家至上的社會主義。他推崇計劃經濟即「統制經濟」，意圖掌握最重要的工業控制權，而且把從戰敗國手中所接收的日產同業單位，都變成持續與民爭利的公營獨占企業⑰。國共內戰期間，大陸物資缺乏，陳儀爲國民黨政府在大陸的戰事籌措財源時，更是表現得不遺餘力。不料，日後國民黨政府一概推諉自身的責任，將共產黨的罪過併上陳儀的惡政，教後者一律代爲受過。

獨占的國營企業形同壓榨台民的巨掌，使光復初期農民顛連輾轉於國家資本之下，不滿的情緒一波接一波。國府擁有統治優勢利於施政，人民瑟縮於保守的官僚體系中。雖則如此，人民不堪長久被壓制，其反應便逐漸由敢怒不敢言轉爲紛紛起而抗爭。因此，1950年代的土地改革，雖「改變了台灣的土地所有權結構，創造了自耕農階級，而且也改變了農村的政治權力關係，使茁壯中的自耕農逐漸取得農村政治的主導權」(黃俊傑1995：102)，而且農業生產力的提昇，更直接爲六十年代中期以後工業起飛奠下基礎。

但以1947年1月28日彰化溪湖糖廠衝突事件爲例，可管窺農民對國家資本主義保護下的國營企業之不滿，也「可以反映二二八事件前夕，『山雨欲來風滿樓』，全省各地農村不安定之一斑」(黃俊傑1995：109)。因此實際上，許多衝突點都是因爲台灣農民的生計直接遭遇威脅。專治台灣戰後史史家即指出：

> 日據時代以降，資本主義的入侵，使台灣農業生產日趨商品化，愈來愈受到國內及國際市場經濟的主宰。而農村的一切生產資材如土地和勞力的「商品化」性格也日趨強烈。這種資本主義化的發展趨勢，到了光復以後，隨著出口導向的經濟體系逐漸建立，而促使台灣農業發展更深刻地受到世界資本主義的市場邏輯的制約。日據時代的台灣農民，一方面飽受日本帝國主義殖民統治的欺凌，另一方面又深受資本主義的壓榨，他們期望光復後撥開雲霧見青天。(黃俊傑1995：111)

無奈戰後台灣的經濟局勢，一方面爲國民黨在大陸的國共內戰籌措財源，二方面因大陸和台灣之間不平等的貿易關係，持續地剝奪台灣剩餘的經濟能力，政府不僅在感情上傷了台民的心，連活口生計也不免橫加剝削。

島內情勢迭生風波的年代，也正是內戰方酣之際。1947年二二八事件發生之前，適逢蔣介石致電陳儀嚴防共黨分子潛入台灣，並指示：「臺省不比內地，軍政長官自可權宜處置也」⑱。後來衝突爆發，陳儀即循蔣思路，認定二二八事件是共黨策反，因此在請兵鎮壓的報告書中，深文周納將民眾打爲暴民。職是之故，即於二十八日宣佈臨時戒嚴，表示「必要時當遵令權宜處置」(許介鱗1996：64)。果不其然，在二二八事件處理委員會向陳儀遞交處理大綱遭到拒絕接受後，台灣行政長官公署即下令進攻二二八事件處理委員會，而國軍增援部隊亦陸續到達中。3月9日，警備總部下令台灣戒嚴，血腥鎮壓開始。但由於附麗於美國，國府得以維持其「強控制體」態勢。

戰前，日本支配台灣的一切：「在內部，他們爲了本身的利益而操縱經濟和政治體系；在外部，台灣的整體生產力高度依賴了日本的貿易，而且隨著『東亞新秩序』的需求增加而發展」(George T. Crane1986：36)。然而，當日本戰敗，台灣雖脫離了日本殖民的命運，不過，「台灣最後變成『美國世界體系』的亞洲前線的一部份」(George T. Crane1986：36)。不同於日本的只是：「美國並沒有像日本一樣施加正式的殖民政策於台灣；而較像一個非正式的帝國」⑲，它未採行直接的政治統治，但「接收了昔日日本的角色，做爲台灣的外部守護神」(George T. Crane1986：36)，將內部的管理及支配權留給了國民黨政府。

國民黨政府接收台灣後，除了「享受到了對台灣經濟的高度控制力，日本人所採行的對殖民地發展積極干預的做法，也被國民黨保留了下來」(Alice H. Amsden1986：91)。國府以殖民統治的方式進行接收，固然在感情上大傷台灣人初衷，以致引起日後嫌隙；不過，國府後來的土地改革政策，卻因集權統治政策而遂行無礙。

因此，日本投降還談不上非殖民化。當代哲學及歷史學家迪特馬・羅特蒙特(Dietmar Rothermund)以台灣和朝鮮作對比，他認為：「日本投降之後，朝鮮馬上又開始了一段新的被佔領期。美國人佔領北緯三十八度以南地區，……。由此，一個歷史性的轉折點形成了」⑳：從此，北部接受共產主義的計劃經濟模式而日益貧困，南部則接受美國經援，「受到以發展為重之獨裁者的統治，其統治方式基本上是繼承了日本人的衣缽」(迪特馬・羅特蒙特2000：223)。而台灣的命運與朝鮮相似。

戰後，台灣甚且以加工出口為經濟成長之階，成為美日經濟體系裡的一個加工基地。然而，「出口型經濟和發展獨裁都是繼承日本殖民統治的衣缽」(迪特馬・羅特蒙特2000：224)，因之，若論台灣的處境，實際上殖民統治的陰影始終如影隨形。

成為美日經濟體系中的一員，台灣仍處在仰人鼻息的地位。1950年以後，基於台海自身安全的考量，台灣迎合美國為與蘇聯對峙而形成的「環島連鎖」(Island Chains)防線的對策，而與菲律賓、澳洲、印尼、韓國、日本、琉球，同為美國的「後院」。美國為當時的台灣提供了生存空間，台灣亦向美國貢獻了戰略要塞，因此，美國雖在時序上遲到了些，卻無損於它在台灣所造成的君臨威勢。

所以，如果說中日甲午戰爭揭開了後殖民進程的序幕，所謂「杜魯門主義」(Truman Doctrine)則吹響了東西冷戰及防堵政策的號角。因為防堵政策而持續了近半世紀的冷戰，使得台灣的肢體嚴重遭受殖民主義的侵襲，亦使得台灣與中國、台灣與世界的相處模式為之丕變。

導致戰後台灣社會變遷，學者(黃俊傑1995：5-6)還著眼歷史觀點，歸納出三個最為突顯的現象：

一、自耕農階級的形成。這是土改所導致的最直接的結果之一。由於自耕農的奉獻，也直接有利於工業發展。

二、中產階級的崛起。這與戰後台灣工業化發展有關，可說是歷史上第一次在華人社會裡造成的徹底轉變，從農業社會到工業社會這種經濟結構的轉變，帶動了社會政治結構的變遷，也因此導致中產階級的興起。

三、中智階級的茁壯。九年國教之普及，使人口結構中的知識水平獲得相當程度的改觀。

以上三種社會變遷現象，都環繞著政府主導的「從農業社會到工業社會的發展」這個政策主軸而展開。

正因為「政治掛帥」與「經濟掛帥」這兩種主導性格㉑，影響了台灣的各項發展方向，也因而造成許多社會變遷現象，諸如都市化、教育的發展、社會階層的變動與婦女的新發展。其中因教育所產生的思想變遷影響最大。教育的發展不僅波及整個社會階層的變化，其他如家庭觀、教育觀、宗教觀、參政方式與個人的現代化程度等等，也都受到很大的影響。

促使教育的發展導致思想的變遷，並影響戰後台灣思想發展及中西思潮激盪者，黃俊傑(1995：32-36)認為：官方的文化政策至少主導了三項重要事實：第一，政府政策與措施之支配；第二，官方所解釋的儒家思想為戰後台灣思想的主要內容㉒。第三，政府教育政策主導的留學政策，促使出國返國留學人數增加，加速了中西思潮的激盪與融合。

台灣就在上述環境中受到西方思潮的衝擊，直接影響戰後思想界的多元發展。其中康德哲學、存在主義與自由主義較受重視與闡釋，分別對戰後台灣思想形成三道衝擊。

哲學家牟宗三引康德思想入宋明儒學，會通中西哲學，建構道德形上學體系，這是思想上的第一道衝擊。但與牟宗三立場相似的同期哲學家，「他們心神之所關注者，則是中國大陸之變局多於台灣社會之現實」(黃俊傑1995：38)，日後年輕學者逐漸體認儒學精神應進一步落實台灣時，便對這種學術主體性的安頓提出了反省。

第二道衝擊是五十至七十年代存在主義所掀起的風潮。觀察戰後台灣經驗中最能反映出存在主義動態者，應以出身台大外文系的白先勇、歐陽子、陳若曦及王文興等在六十年代所創辦的《現代文學》爲標的。這份刊物的發行，紀錄著存在主義深入台灣的歷程，它在文學內容及創作手法上所呈現的特殊質素，更深刻地影響了新生代作家的創作風格。其風格大抵而言是無根與放逐，這正是大陸來台第二代作家共同的存在感。

存在主義哲學家中，以沙特(Jean-Paul Sartre，1905-1980)最受台灣知識分子矚目，但即使是沙特的存在主義，也無法突破台灣特有的政治禁忌，人們作意忽視他的反體制精神，更對他同情共產黨的想法敬而遠之。因此，沙特在台灣僅僅被理解爲愛國抗暴的地下軍領袖，並且被解釋爲虛無的、荒謬的時代代言人。然則更虛無、荒謬而弔詭的是：沙特一生的思想重心在於擺脫體制桎梏，在台灣卻成爲體制寄生者美化生活情調的資源。有別於他在法國哲學上的貢獻，學者眼裡以沙特爲主的存在主義，在台灣並未能對現實批判與具體行動的哲學視野提供新的思維指導㉓。

西方思潮對台灣的第三道衝擊，是自由主義思想的引入。然而受制於台灣的特殊經驗，同樣未能充分在台灣思想界發展。所以，固然西方思潮大舉入襲，但真正導致台灣性格定型化，並足以影響政府政策的，卻是同樣來自西方的另一股直接的政治力量——美國——所造成的。

對台灣來說，美國在戰後透過留學政策、基金會設置、研究人員交流、提供獎學金及廣泛使用美國高等教育教科書等方式，實施美國化改造，職是之故，文化知識的根，伸向美國的土地乞食養分。戰後台灣的命運及對中國的重新認識，美國因此扮演了一個主導的角色。

第三節　後殖民歷程中台灣的發展及其侷限

如第一章所述，後殖民論述是以強大的反撲力量直接挑戰文化宰制與威權體制。它將殖民時期的範圍無限上綱，使其包括實際的殖民統治時期，以及殖民時期結束後，所有因殖民主義而改變的政經層面。這當中所涵蓋最爲重要的即是：帝國殖民進程下文化的變貌。「後殖民」著力在提醒時人反思和重新詮釋殖民主義的影響面，並希望藉此掀開不同形式的帝國殖民運作模式之面紗，以破解其宰制支配的原始企圖。

二十世紀的前半世紀，日本以領土侵略的殖民方式統治台灣；二十世紀的後半世紀，台灣以多重面貌回應殖民宰制及其日後在文化空間的滲透及擴散。以後殖民意義言之，台灣在形式上脫離了日本統治，實質上卻因日本長達五十年的統治歷程，深深地改變了台灣的體質。它變得不習慣與大陸相處；它因爲國民黨領政所造成的芥蒂，變仇日爲仇國府；又因爲國府反共策略所造成的隔閡，它從仇國府而疏遠中國。一個世紀以來，台灣苦苦企盼重獲新生命，於是而有解嚴之後加快腳步促進本土化，提出單純做爲「台灣人」的訴求。端詳這一切，更有必要對殖民前後背景進行後殖民意涵的檢視。

籠統而言，國民黨政府治台可粗分爲二階段：第一階段是1945至1949年，其本質只是轄屬關係。第二階段是指1949年國府撤台以後，到2000年5月民進黨執政爲止。第二階段治台初期，由於來自大陸的國民黨爲確保本身的經濟利益，以特有的官僚資本主義接收日人原先享有專賣權的公司，創立「國家至上的社會主義」(George T. Crane1986：37)，終於因與民爭利，在1947年初爆發衝突而鑄成慘劇。這一流血衝突事件幾乎蔓延全台，多數人民認爲治台初期的國民黨所造成的內部矛盾，與日據時代相似。

在國府治台的第一階段中，美國與國府關係頗爲微妙。美國雖支持國民黨對抗共產黨，但並不以軍隊來確保國民黨的勝利。1949年9月，因爲蘇聯試爆第一顆原子彈，這才改變美國對外政策的架構；1950年6月韓戰爆發，更使美國對台灣的態度從「不理會政策」改爲空前支持，並堅決反對中共政權。

再者，美國爲縮小韓戰戰場，避免國共在台灣海峽另啓戰端，徒增東亞局勢之複雜，且爲報復中共悍然參與韓戰，1950年6月27日，杜魯門發表「台灣海峽中立化聲明」，其後，將大筆軍援和經援投注到台灣，而且後者遠超過前者。美援的目的有三：求台灣經濟穩定、能協助美軍活動，以及促使台灣具備自給自足的能力㉔。

進一步說，1951至1954年，第一階段美援大部分屬「非計畫型」，亦即是援助物資之進口並未針對特定的經建計畫，但它影響了軍事政治的大計方針。1955至1965年，第二階段美援則爲計劃型經濟奠下基礎。

就援助台灣一事而言，「美國表面的利他主義也是強化本身地位的一種手段」(George T. Crane1986：42)。表面動機雖是爲了發展第三世界的軍事力量，其實美國真正關切的是蘇聯的軍事實力，特別是新發展的原子武力。另外，重新武裝的政策也有助於美國自己的經濟發展，使戰後機械工具業及飛機製造業低迷的景氣獲得緩解，並能維持美國在世界經濟上的霸權。

不過，就算識破美國的原始動機，形勢依舊比人強。當東西冷戰氛圍持續凝滯時，大量美軍進駐台澎金馬，立刻減輕了國民黨政府的軍事壓力，大批美援同時也打破了經濟社會的悶局，國府內外交煎的困境於是暫獲舒緩。以局勢言，鞏固台海戰略地位於不墜，俾使其有助於東西對壘的陣勢，美援應被視爲美國國防支出的一部分。

如前所述，1950年，美援基本上鞏固了國府當局官僚資本主義，同時亦穩定了戰後台灣瀕臨破產的經濟。1952年，土地改革完成，地主與佃農制瓦解，當局在美國爲冷戰戰略因素所施加的壓力下，同意推動私人資本主義政策，從而獎掖民間資本的發展。1965年停止美援之前，美資獨占台灣市場，在原料、資金、技術和經營投資方向上，對公營事業及私人企業都影響甚深。

1965年美援停止，由美方起草的〈加工出口區設置條例〉通過實施，自此進一步將台灣組織爲美日經濟體系裡的加工基地。即使在1979年1月1日美方與台灣斷交，旋而與中共建交後，美國仍以具有宗主關係的《與台灣關係法》網羅台灣，將台灣挾在卵翼下接受美國的「保護」，以及對台灣事務與中國問題之干涉。

由此推知，台灣的後殖民地經濟體質的形成，應以1948年美國國會通過〈援外法案〉(Foreign Assistance Act)爲嚆矢。台灣從這時候僅分得大陸十五分之一的挹注爲基點，到韓戰爆發起開始向上調升。1950年6月韓戰爆發，基於台海戰略地位之重要，美國便開始提供大量獨厚台灣的軍經援助。

直到後來以修正援外政策爲競選政見的總統候選人甘迺迪上台後，制定國際開發法，依法規範美援方式爲三：開發借款、開發贈與(包括技術合作)，及支持援助。因美方判斷1961年的台灣已達到經濟發展的「自立階段」，故此排除台灣於支持援助的適用範圍。此後台灣所接受的美援限於開發借款、開發贈與(技術合作)，以及480號公法所執行的販售剩餘農產品予受援國三項㉕。值時，所謂美援變成商業貸款的形式。

平心而論，後期美援對台灣經濟有一定的貢獻，如基礎建設便影響了台灣農工商業的發展。但由於部分援款必須事先擬定對象及運用方式，再向美方爭取，所以，美方在選擇的同時，亦即間接地影響甚至決定了台灣經濟發展的方向及政策。特別是1959年11月宣布的「十九點財經改革措施」，美方即以增加或減少援款爲籌碼，脅誘台灣接受其建議。這當中包括改變台灣經濟體質的多項重大方針，如：改善投資環境、放寬工業及貿易管制、鼓勵出口、限制擴張國防經費等。

在改善投資環境一項建議中，影響台灣最深遠的，即是1960年12月頒布的「獎勵(外人)投資條例」，及其所帶進的跨國企業。換句話說，從此跨國企業堂而皇之地把資本主義帶進來。於是，繼戰前日本的帝國主義及其資本主義之支配，台灣正式受到資本主義全面化的洗禮。

跨國企業的生產活動與營運策略因投資者之不同，其目的亦有顯著差異。其中，美國人是爲降低原來產品的成本而來台投資的。透過美國「國際開發總署」前身「美援公署」在台的關係，爲美國私人廠商來台投資預鋪道路。迥異於同年代拉丁美洲及其他開發中國家對跨國企業的「經濟侵略」所激起的排斥風潮，台灣爲爭取外資積極改善投資環境，因此逐漸成爲美商海外投資的理想所在地。

美商傾向於聘用外省人當高級幹部，這當中有許多人還是由政府介紹的退役將領㉖。以人力運用策略而言，因爲這些退役將領所擁有的人脈及其尊榮，間接使美商在以合作投資爲名義的前提上順利茁壯。

「跨國企業」(multinational corporations)(或稱「多國公司」)是把國際經濟體系中核心國與邊陲國的社會經濟結構扣合起來的一種跨國性組織。其起源約有三種說法：

> 第一種是從組織演化的角度出發，它認為多國公司的蔓延，是現代企業規模擴大、組織分化之後，符合營運效應的自然趨勢。第二種說法，則受到列寧的影響，它認為多國公司是壟斷性資本主義現階段的體現。第三種說法則奠基在「世界不斷在縮小」的概念上，它認為由於人類在運輸、通訊、電腦、財務處理等等技術上，有了長足的進步，使得各式的生產和服務得以傳送到世界各個角落，而多國公司就是為了配合人類的這種新能力而產生的一種制度安排。(Thomas Baron Gold 1986：10)

導致以上論點之不同，主要因爲四項爭執點：資本的提供、技術的轉移、現代經營管理觀念的灌輸、全球經濟效益與地主國主權的拉鋸關係。因此學者如Peter Evans以爲，跨國企業與地主國之間是有衝突的：跨國企業是依全球分工的觀點，在全球經營網絡中爭取最大經濟效益；而站在民族主義立場的地主國，所追求的是民族工業的自立自強，兩方的基本立場即因爲各自利益不同而產生牴牾(Thomas Baron Gold 1986：12)。

在台灣，跨國企業能立基並得到充分發展，政府所提供的優惠條件是一大關鍵。因爲對台灣而言，外資抵台不僅有助於及時消解當時政經情勢的窘困，還因跨國企業「已協助台灣在世界經濟體系中取得半邊陲地位，並扮演核心國家和邊陲國家之間承上啓下的有用角色」(Thomas Baron Gold 1986：12)，使八十年代的台灣在全球分工體系中更躍升一級，得以擔任核心國家所需高科技產品的生產者，以及邊陲國家所需工業產品的製造者。

除此，從另一個層面而言，之所以能造成特殊的「台灣奇蹟」，還在於持續了四十年的戒嚴體制。因爲包括所有的政治抗爭、社會運動、文化興衰、身分認同等等諸多問題，都被深深地包裹在戒嚴體制內而動彈不得，以致解嚴之後，一切禁忌衝出藩籬，激盪全島。

1949年，陳誠接任台灣省主席兼台灣省警備總司令，在國民政府遷台之前，其部署工作的重要性，直接影響台灣日後近四十年的動向。1949年2月18日，陳誠以省府令頒布「台灣省入境軍公人員及旅客暫行辦法」，實施入境管制；其作用據陳誠所述：一方面爲防止共諜潛入，使中共滲透戰術無法施展，另一方面爲預防人口過份增加，以減輕台民負擔㉗。陳誠整肅軍隊、取締學運㉘，其雷厲風行之餘威，直接壓制戒嚴後三、四十年間任何學運及軍隊之騷動。

實際上，實施入境篩選主要是爲排除反蔣人士抵台，因此從大陸敗退的幾十萬軍人也被留置外洋，先繳械後混編，以防派系在軍隊中再起。不久，更爲提防共產黨人滲入，陳誠在島內採取一連串行動：首先自1949年5月1日零時起，實施戶口總檢查，是謂「掃紅」。隨即在5月20日宣佈戒嚴，自此長期將台灣「強制性覆蓋」在戒嚴體制之下。直至1987年7月15日，蔣經國宣佈解嚴爲止，共歷時近四十年㉙。

如前所述，幾十萬軍人被留置島外，至於播遷島內的軍人，其遭遇亦有不同。其中一部份軍人年屆退伍，大多數低階官士兵所受到的待遇，與他們因半生戎馬青春耗盡所形成的心理狀態，影響了他們在台灣的晚年生活，亦間接造成台灣社會問題之叢生。

據研究，官士兵階級退伍者的社會適應，很明顯地受到不同階級退伍及輔導制度之影響㉚。茲不論退役之福利制度如何㉛，實況呈現的是：多數兵員解甲之後，由於心繫故人故土，不易改變觀念植根台灣。復因北伐及抗日時期的兵源大部分來自「抽壯丁」，而內戰時期除抽壯丁還有強迫性拉伕，以及爲逃難而自願加入軍隊的，這一大批成分龐雜而異省籍的軍人長年共處，使其祖籍意識漸淡。來台後，又經整編調動，再一次打散團結的可能。而且，不同的退輔待遇，間接影響退伍者心理平衡，益使其適應能力及前途發展殊異。於是，這一大股異鄉人族群，反而不易形成凝聚力來彼此幫襯照應。

但是，現實環境決定了他們勢必要「與台灣社會其他族群接觸才能為生命添加意義」(胡台麗1993：302)的命運。然而，在「反攻大陸」政策宣導及軍方當時對「結婚」設限頗多情況下㉜，使他們落地生根的希望更顯渺茫。等到規定鬆綁了，人大致也都老了。據1980年所作調查，以花蓮為例，其外省籍人口居全台第四，以人口比例言，則較其他地區高，而且其退伍榮民未婚者約有三分之二。是故，老兵問題便一直潛藏在台灣社會底層。

另外，有鑑於中共以「土改」號召農民而席捲大陸，陳誠亦在主持台灣省全省行政會議中，提出土地改革政策，來爭取佔人口最多數的農民支持㉝。東西冷戰二體制的確立，使美國不得不改變對台措施。為取得較多優勢以防堵蘇聯，台灣成為戰守要員，其附帶利益是從而擁有緩解經濟壓力的大批美援，美軍協防亦使台灣獲得軍事安全，加上後來土改政策的順利推行，台灣本身也有了物資基礎。而台灣也就在這軍事安全與經濟穩定的態勢下，開始進行政治上的「掃紅」㉞。這場知識分子的大災難，是「國共內戰的延長和國際反共基地的整地作業之重疊」㉟，影響所及使台灣問題與政治現實都成為諱莫如深的禁忌。

眼看五十年代整肅行動，很容易使人聯想到二二八事件，兩者同樣是台灣人心口上難痛的創痛。二二八事件原是台民反陳儀惡政的偶發事件，卻因血腥鎮壓而成為台民反「中國」壓迫的動機。當時潰逃的知識分子分三路各求發展㊱，雖然領導高層不同，其路線是一致的，他們都反對國民黨統治，以組織化行動進行反抗。

從戰後到五十年代初期的台灣，是一個胎動啓蒙的時代，大量湧入的社會主義思想事物充斥於崩解的殖民社會，「這些新思想幫助、催生『去殖民化』的完成」㊲。而所謂去殖民化，在戰後其焦點是對準日本殖民主義所遺留的惡影響；當國府轉進台灣之後，接連發生二二八清鄉慘事及整肅掃紅行動時，去殖民化的意義就加深並且轉向了，其對象變爲陳儀及其背後的國府當局。

被迫站在國府當局的對立面，「許多台灣青年知識分子，在陳儀的惡政下備嘗苦頭，只好尋求一種理論體系來武裝自己，以抨擊陳儀的台灣總督心態，大多未可避免地求助於社會主義所描繪的烏托邦思想」㊳。其中反對國民黨的共產黨員及具有社會主義思想者，爲推翻陳儀統治，便積極提供理論與實際行動指導。

土改在1953年完成，正是挾白色恐怖之威而順利執行。換言之，恐怖肅清的行動是具有相當震懾作用的，它使大多數地主出身的知識分子噤聲沉默。土改政策改變了地主與佃農的關係，各地農會經由稻穀換肥制度控制土地生產力，尤其「耕者有其田」使土地零細化，精耕農業格外仰賴肥料才能促進生產，因此在產銷關係悉由農會掌控的情勢下，佔全人口絕大多數的農民，自然也都在政府控制之中。

一般而言，土地改革促進了戰後台灣的經濟發展，但這是就結果而言。就實際動機論，土地改革與美國圍堵政策脫不了關係。由於共產黨在亞洲是以「土地革命」、「沒收地主土地」、「土地重行分配」等利多措施爲號召，因此美國提出「土地改革」與之對決。所以，在台灣土地改革之本意是爲了順應美國政府的要求，「由解決不安定之農村問題入手，有效阻止共產主義之蔓延」(許介鱗1996：144)。但日後推行土改成效不菲，國府即避談有關美方此項建議，以及因配合該要求所獲致的支助，而獨攬在台灣施行土改之功。

不過，1948年10月「農復會」成立，以美國在該單位所介入的痕跡看，仍不難理解美國的直接影響。事實上如前所述，美國對台灣來說一直是一個「非正式的帝國」，或說是「沒有殖民地的帝國」，因爲它並沒有像日本一樣施加正式的殖民政策於台灣。然而綜觀二次大戰歷史，可得知美國並不是從來沒有佔領台灣的規劃的。

1941年12月8日珍珠港事變爆發，美國在亞洲的殖民地菲律賓，亦同時遭到由台灣岡山起飛的日本轟炸機攻擊。被日本稱爲「靜止的航空母艦」的台灣之戰略地位，從此受到美國注意。1942年起，佔領或托管台灣的聲音開始傳出。美國軍情局遠東部主管並發表佔領台灣的意見。自此至1944年10月，軍情局提出一連串備忘錄，表示戰後美國應以「開明的自我利益」爲依歸，特別考慮台灣問題(許介鱗1996：29-31)。1942年8月，《財星》、《生活》、《時代》等雜誌亦發表了戰後和平方案，主張台灣應由國際共管。這期間相關的主要行動還包括：美國軍情局彙整對台工作報告，作成「第一期情報摘要」；1943年9月並首次自華府傳出奪佔台灣的高層計劃；12月，更在哥倫比亞大學海軍軍政學院設立研究中心，草擬美軍如何在台灣遂行統治的計劃。

不過，在美軍的整體戰略計劃上，代表海軍的太平洋艦隊司令尼米茲(Chester W. Nimitz)和陸軍指揮官麥克阿瑟存有歧見。其次由於在1943年11月的雅爾達會議中，史達林明確表示願意加入對日戰爭，使原先位居牽制日軍主要戰略地位的中國之重要性陡降。1945年美國總統大選，羅斯福爲求蟬連而順應民意，改採麥帥的主張先收復殖民地菲律賓。更重要的是，後來為破除美軍登陸華南以B-29機轟炸日本的可能性，日軍優先在湘桂一帶發動大規模攻擊，將在華的美國第十四空軍戰力全數殲滅，迫使美軍改變在中國戰場之作戰計劃，而以「支援太平洋及西太平洋作戰為主」㊴。因此，美軍想利用台灣進控中國沿海的理由便更加薄弱。到了1945年6月，美軍登陸比台灣更接近日本的琉球，因此才拋棄原先計劃攻佔台灣的戰略因素。

在領土的意義上，如上所述，美國的確沒有真正佔領台灣，但台灣當局在戒嚴前後的政策，幾乎唯美國馬首是瞻，即令教育文化各方面，也以美國為尚，因此無可諱言，美國對台灣的影響實深且鉅。近年來，因亞洲戰略轉變及貿易保護主義之故，台灣分外受制於美國的政經立場，且嚴重遭到衝擊。國民黨政府的官僚系統亦因而備受考驗，使當局在經濟上、政治上，及意識型態上，幾乎無法再維持其「強控制」態勢，終於在2000年第二屆民選總統大戰中一敗塗地。

回溯解嚴以來所走過的路，從1987年「做一個新台灣人」的說法蔚起，到1996年成為熱門話題㊵，「台灣本土化」逐漸成為新的論述基點，台灣亦因而進入一個更開放、更多元的時代，要求全面民主化、自由化的聲浪，早已響徹雲霄。然而，籠罩在後殖民迷霧之中的認同問題，始終得不到共識，料想這議題將持續成為廿一世紀台灣最費解的難題。

註釋

① 王育德：《臺灣──苦悶的歷史》(台北：自立晚報，1993年)，頁110-114。

② 蔣君章：《臺灣歷史概要》(台北：中外圖書，1974年)，頁96。

③ 陳芳明：〈現代性與殖民性的矛盾：論朱點人的小說〉，見江自得主編：《殖民地經驗

與台灣文學》(台北：遠流，2000a年2月)，頁65-66。

④ 見黃俊傑：《戰後台灣的轉型及其展望》(台北：正中，1995年8月)，頁155。

⑤ 見蔣夢麟：〈適應中國歷史政治及社會背景之農復會工作〉，《孟鄰文存》，頁155-156。轉引自前揭書，頁155。

⑥ George T. Crane著、翁望回譯：〈台灣的躍昇：體系、國家，及在世界經濟中的移動〉，見丁庭宇、馬康莊主編：《台灣社會變遷的經驗——一個新興的工業社會》(台北：巨流，1986年6月)，頁33。

⑦ 詳見殷允芃：《發現臺灣》(台北：天下，1993年)，頁141-416。

⑧ 詳見涂兆彥：《日本帝國主義下的台灣》(台北：人間，1993年)，頁148。

⑨ 林衡道：《臺灣歷史百講》(台北：青文，1985年)，頁247。

⑩ 關於志願兵問題的表述，引自柳書琴綜合張文環於座談會、訪談的發言，或以短評、雜談、評論方式發表的文字所作歸納。見柳書琴：〈殖民地文化運動與皇民化〉，江自得主編：《殖民地經驗與台灣文學》，頁11-19。

⑪ 見Alice H. Amsden著、龐建國譯：〈政府與台灣的經濟發展〉，收入丁庭宇、馬康莊主編：《台灣社會變遷的經驗——一個新興的工業社會》，頁91。

⑫ 詳見涂兆彥：《日本帝國主義下之台灣》(台北：人間，1993年)，頁92。

⑬ 吳濁流：《亞細亞的孤兒》(台北：遠景，1986年6月，再版)。

⑭ 見戴國煇：《台灣總體相》(台北：遠流，1989年9月)，頁87。

⑮ 據葉榮鐘：《臺灣民族運動史》(頁295)記載：「文協創立時，便有發刊會報的計劃，……但因揭載《臨床講義》一文，將『臺灣』比喻做患者，註明籍貫『原籍中國民國福建省臺灣道，現住所大日本帝國臺灣總督府』及一篇創作《苦悶之魂》觸犯當局忌諱，於同月三十日遭受發禁之處分」。《臨床講義》即「臺灣診斷書」，作者蔣渭水。

⑯ 見陳永興：《拯救台灣人的心靈》(台北：前衛，1989年2月)，頁208。

⑰ 見許介鱗：《戰後台灣史記》(台北：文英堂，1996年9月)，頁95-100。

⑱ 見《大溪檔案：台灣二二八事件》，收於中研院近史所「二二八資料選輯(二)」，頁57-

58。轉引自許介鱗：《戰後台灣史記》，頁121-122。

⑲ 「非正式的帝國」或謂「沒有殖民地的帝國」。

⑳ 見迪特馬•羅特蒙特：《殖民統治的結束》(台北：麥田，2000年1月)，頁222-223。

㉑ 見葉啟政：〈三十年來台灣地區中國文化發展的檢討〉，朱岑樓主編：《我國社會的變遷與發展》(台北：東大，1981年)。

㉒ 以上詳見李亦園：〈文化建設的若干討論〉，詳見中國論壇編委會主編：《台灣地區社會變遷與文化發展》(台北：聯經，1985年)，頁305-336。

㉓ 蔣年豐：〈戰後台灣經驗中的存在主義思潮〉，中正大學主辦：《第一屆台灣經驗研討會》宣讀論文(1992年4月27至28日)。

㉔ 詳情參酌吳聰敏：〈美援與台灣的經濟發展〉，《台灣社會研究季刊》，第一卷第一期，1988春季號，頁147。

㉕ 張果為：《台灣經濟發展》(台北：正中，1970年)，頁805。

㉖ Thomas Baron Gold著、龐建國譯：〈多國公司在台灣〉，見丁庭宇、馬康莊主編：《台灣社會變遷的經驗——個新興的工業社會》，頁26。

㉗ 陳誠口述、吳錫澤紀錄：〈陳誠主台政一年的回憶〉，《傳記文學》63卷5期，頁43。

㉘ 即1949年4月初，逮捕張貼標語、散發傳單的省立師院學生一事，當時有兩百餘人被捕，人稱「四六事件」。

㉙ 若從陳儀在1947年2月28日宣佈「臨時戒嚴」算起，則戒嚴時期超過四十年，居全球之冠。

㉚ 見胡台麗：〈芋仔與蕃薯——臺灣「榮民」的族群關係與認同〉，《族群關係與國家認同》(台北：業強，1993年)，頁287。

㉛ 見本論文第五章第二節詳述。

㉜ 如早期規定：來台士官兵在部隊裡不准結婚；45年起允許有技術並年滿二十八歲的士官結婚；48年起所有軍官滿二十八歲可結婚；至於士官則到50年以後規定二十八歲可結婚。然值時大多數士官兵都三、四十歲以上。詳見胡台麗：〈芋仔與蕃薯——臺灣「榮民」的族群關係與認同〉，頁302。

㉝ 至於安撫地主的對策，是承諾推行地方自治，希望做到縣市長民選，給予地方人士參政的希望，但只限地方性政治。

㉞ 掃紅即清共，自1950年至1953年，是最劇烈的「白色恐怖」時期。國民黨政府以1949年6月公佈實施的「懲治叛亂條例」與1950年6月頒布的「檢肅匪諜條例」，進行地毯式搜索。

㉟ 馬嘯釗：〈四十年來的政治逮捕與肅清〉，《人間》37期，1988年11月。

㊱ 一、廖文毅在美國領事館支持下，高唱「托管論」；二、部分民族自決主義者開始尋求台灣的獨立自主；三、舊台共如蘇新、謝雪紅、蔡孝乾等人，在與中國共產黨接觸後分道揚鑣，一支是直屬於中共的省工作委員會，另一支是由謝雪紅領導的台灣民主自治同盟。

㊲ 見陳傳興：〈種族論述與階級書寫〉，《從四〇年代到九〇年代——兩岸三邊華文小說研討會論文集》(台北：時報，1994年)，頁46。

㊳ 見葉石濤：《一個台灣老朽作家的五〇年代》(台北：前衛，1991年)，頁78。

㊴ 見董顯光：《蔣總統傳》(台北：中華大典編印會，1967年)，頁370。詳見許介鱗：《戰後台灣史記》，頁35。

㊵ 如吳錦發在1987年出版《做一個新台灣人》(台北：前衛)，繼之東方白亦出版《芋仔蕃薯》(台北：草根，1994年)。

悲歡歲月五十載

戰前，台灣被包裹在日帝殖民實況之中；戰後，征伐並未停止，國共之間交鋒無數，大陸人和台灣人心戰持續，理念歧異的衝突恆無止境。戰後五十年的歷程，為台灣歷史寫下悲歡不成比例的歲月痕跡。

第一節　歸途迢遞的鄉關

結束殖民統治之後，留在人民心中的是些什麼？所謂殖民遺毒以何種面目呈現？本節將透過〈鄉村的教師〉、〈文書〉及〈歸鄉〉三篇小說，來探討台籍日本兵返家之後的身心衝突、大陸軍人播遷來台之後的心情調適，以及滯留大陸的台籍老兵的歸鄉途程。

這三篇小說分別發表於1960年8月、1963年9月及1999年9月，雖然時序跨越將近四十年，但它涵蓋了陳映真對於歷經戰爭洗禮之後，不同身分背景的兵員，其相似的心理感觸之發抒。

首先探討的是〈鄉村的教師〉。如第二章第一節所述，太平洋戰爭爆發後，原來日本殖民主眼中的他者——台灣人，突然被視如同胞一樣接受動員徵召，並趕赴戰場充作軍伕及炮灰。九一八事變起，長達十五年的中日戰爭與太平洋戰爭，使台灣民眾被鎖困在日寇的共犯結構之中，導致台灣與大陸的關係益顯複雜。

這段期間，台灣人民與大陸的接觸，有深入其境者，有夢迴斯土者。一般而言，深入其境者當中，有一部分台灣人是本於自由意志，以次等日本人身分與大陸新興自治政府合作的；不過，最常見的仍是以不破壞祖國感情為原則的(戴國煇 1989：87)。兩者雖動機不同，但他們對大陸的感情，隨著他們在大陸的不同經驗，時而激盪糾結的情緒，因此顯得比較複雜。至於僅只夢迴斯土而從未曾踏上大陸土地的其他台灣人，在感情上則純粹多了。陳映真在〈鄉村的教師〉一文中，便讓從未入境大陸的吳錦翔，以身為軍伕並險些成為炮灰的身分，替他道出日本殖民之罪惡，並且企圖重新建立一條牽繫中國祖國與台灣子民的線索之敘述。

從發動侵華戰爭起，日本殖民政府就在台徵召軍伕、通譯、護士、學徒兵及海事工員等。隨著戰局日益擴大，被送往南洋、中國大陸及日本的兵員甚眾，他們多半是去做為砲灰。在極端惡劣的環境下，台灣的軍伕從事著超體能的勞動，其死亡率極為駭人。據估計：被徵召者，共計二十七萬七千一百八十三人，死亡者，有三萬零三百零四人，傷殘者不計其數，而戰後身受其苦的，包括被迫充軍死亡的遺族及傷兵，更超過二十萬人以上①。戰後多年才輾轉返鄉者也不少，最有名的如原住民李光耀即是。

檢視起自殖民與被殖民矛盾的台灣社會之紛擾狀況：在經濟上，代表統治階級的是日本資本，諸如製糖株氏會社及漢奸資本；在政治上，遂行奴役之實的，則是直接與人民接觸的日本警察和官員，還有一些甘爲爪牙的御用紳士和文人，即所謂的「三腳仔」。從吳錦翔被徵召的原因看，因爲他多讀了一些書，並且似乎不易馴服，便使日本警察爲防備他而將他送往戰場。然而弔詭的是，吳錦翔的革命知識，正是來自於殖民宗主國日本。

1917年蘇聯革命成功後，社會主義思潮充斥全球，中國的孫中山採行「聯俄容共」政策，大正年間的日本學界也瀰漫著社會主義思想。一些留日學生即同時在日本學習了社會主義，並將之帶回台灣。例如成立於1921年的「文化協會」，其創立初衷雖在文化啓蒙，實際上亦夾纏政治運動本質，所謂的「無產青年」便在此時出現。台灣知識分子的意識型態，更在有意鼓吹下，而使工農運動風起雲湧，吳錦翔即是受其思想衝擊之一人。

戰後將近一年，有幸生還的大致都已平安返鄉。村人們對於出征未歸的其他人態度淡漠，甚至連已接獲噩耗確定失去親人的家屬，都顯得出奇的平靜。人們對於因戰爭所導致的死亡，有一種安於定命式的自我慰藉，因爲「沒有人知道他們在哪一年死去。或許這就是村人們對於這個死亡冷漠的原因罷」②；也或者「是由於在戰爭中的人們，已經習慣於應召出征和戰死的緣故。加之以光復之上於這樣一個樸拙的山村裡，也有其幾分興奮的」(陳映真1988a：25)。

文本所述這種淡漠的態度，應該要追溯到中日戰起之初。當時，有些台灣人「趁時局之變絡繹大陸之行，……認爲這是『發展大陸』；太平洋戰起，香港、新加坡淪陷，台灣人分享日本人的榮耀，企盼前往南洋發展」③。因此，在對南洋存有某種神祕感，再加上嚮往之心情的交互作用下，戰死異鄉一事，便成爲一樁茶餘飯後足資助談的話題。

然而吳錦翔回來了，同時掀開了原來平靜的表面。平安歸來的吳錦翔在被村人們推舉到小學任教之後，他以滿懷熱烈的企盼，迎接祖國國定教科書的到來，他想：「『設若戰爭所換取的就僅是這個改革的自由和機會』，……『或許對人類也不失是一種進步的罷』」(陳映真1988a：29)。延續戰前抗日的熱情以及對低階勞動者的同情，吳錦翔光復後的回歸祖國美夢逐漸編織成型。

但不久之後，他漸漸發覺他對教育的熱情，並不被學生了解。因而「在這一群瞪著死板的眼睛的無生氣的學童之前，他感到無法用他們的語言說明他的善意和誠懇」(陳映真1988a：29)。職是之故，他感到「自己只是社會改革理想夢的一名局外人」④。再者，二二八事件和國共內戰迭起，更深刻突顯出他的疑惑。他忽而感到祖國對他而言，「只不過是一種家族的、(中國式的！)血緣的感情罷了」(陳映真1988a：29)，他因此氣惱自己罹患了渴盼祖國夢的幼稚病。

有論者認爲〈鄉村的教師〉是陳映真把一個人的人格內省當作心理個案來研究的最完整說明(米樂山1988：125)。因爲吳錦翔躲在自己的世界獨自思索，沒有任何一段他同別人討論疑惑的篇幅，所以，論者以「預言意識的妄想」來形容吳錦翔，指出他「期望著爲了更高的使命而犧牲個人」，並以爲吳錦翔的愛國激情是一種幻想：

> 他底愛國心是理論上的抽象概念，而且是被誤導的。愛國激情來自於他閱讀了有關中國大陸的書籍。而這與他底戰爭經驗遙遠地相隔著，事實上，在他經驗的戰爭中，他只

是一名為日本服役的台籍士兵。(米樂山1988：125)

然則，論者所言固然成理，卻無法因此抹殺孺慕祖國的人的初衷。不可諱言的只是，雖然吳錦翔的確是對祖國懷有深深孺慕之情的，但受制於外在現實條件，他仍不得不時而疑懼搖擺。

事實上，自1921年由林獻堂領銜簽署《台灣議會設置請願書》起，歷經十三年，除了要求殖民地自治這一點是相同的之外，民眾對祖國投注的希望已然生變，並因而導致對台灣民族運動的意見之分歧。據台灣總督府《警察沿革志》記載：

他們中的多數人以對支那的觀念為行動中心，並隨其見解的相異而產生思想和運動傾向的分歧。若由這個見解來觀察幹部的思想言行，大約可分二。其中一種是對支那的將來抱持很大的矚望。……相對的，另外一種是對支那的將來沒有多大的期待，重視本島人的獨立生存，認為即使復歸於支那，若遇較今日為烈的苛政將無所得。因此，不排斥日本，以台灣是台灣人的台灣為目標，只專心圖謀增進本島人的利益和幸福。⑤

不過，雖然台灣人在認同意識型態上開始有了分途，大部分的人仍將家國認同建立在原生的漢人血緣及中原文化上，吳錦翔即是其中之一。不料，時勢的逆轉使他不得不重新看待歷史。

正因爲先後抵台的祖國人的形象，使他深深受到刺激。吳錦翔血盟式的家國認同，於是遭到權力結構和政治現實的侵蝕：當他引頸仰望中國的同時，眼下來到的第一批祖國人，在1947年以強勢武力君臨台灣；第二批祖國人，在1949年以笨拙的綁腿、熏人的體臭，以及無可奈何的表情播遷台灣；還有第三批祖國人，在撤退後的一個初夏，以白西帽軟褲子的異鄉風味，回覆了吳錦翔關於祖國改革無望的答案。大太陽底下一片荒涼，只能證明「日頭赤炎炎，各人顧性命」，原來的想像與實際的呈現，竟有如許距離：

> 他忽然覺到改革這麼一個年老、懶惰卻又倨傲的中國的無比的困難來。他想像著有一天中國人都挺著腰身，匆匆忙忙地建設著自己的情形，竟覺得滑稽到忍不住要冒瀆地笑出聲音來了。(陳映真1988a：31)

原以爲抗日勝利既是台灣出頭天，也是與祖國同享失土光復的榮耀之時，更是象徵全中國人起而奮鬥的日子即將到來，無奈國共內戰摧毀了一切改革的可能。他再一次目睹了「人無非只是好鬥爭的、而且必然要鬥爭的生物罷了」(陳映真1988a：28)。

對照起耳語中的中國的動亂，真實呈現在眼前的理想破滅了，也迫使吳錦翔從改革者的角色敗退下去。曾經，他用心思索中國愚而不安的本質；曾經，「這愚和不安在他竟成了中國之所以爲中國的理由，而且由於這個理由，他對於自己之爲一個中國人感到不可說明的親切」(陳映真1988a：30)。然則，解除異族壓迫的戰爭如果是換取改革的必要過程，內戰本身卻顛覆了爭取進步和自由的意義，而僅僅突顯出權力傾軋的醜惡面目。

戰後的台灣人以張燈結綵來表示對接收政府的熱烈歡迎，尤其出面替政府組織民眾的知識分子，更是積極展現愛國情操。無奈顢頇的官僚體系，加上生活習慣的不同，更由於長期戰爭所影響，大陸與台灣的關係登時變質。而吳錦翔就在這種狀況下備受煎熬，因此，即使他秉著社會主義改革理想的初衷從事教育，仍無法避免戰爭的發生，更無法阻止學生步入改革的歧途。

戰後的台灣青年奔赴戰場，不是爲驅逐帝國主義殖民者，這回爲的是消滅同祖國同血脈但不同理念的人。可是，何至於必要拚個你死我活？戰爭只不過是提供一塊建構權力慾望的階梯，可惜笑臥沙場的人來不及提供他們的忠告，而爲求苟活在戰場上吃食同伴的吳錦翔，也只能爲此反胃。死，於是成爲一種頓悟之後的必然歸趨。

然而作爲一個知識分子，吳錦翔似乎太怯懦了。如果教育的目的是爲完成一種淑世的理想，在面對一個未臻完善的社會時，不是更應該學習如何絕處逢生嗎？何以滿懷改革理想的吳錦翔無法翻身？就客觀因素言，接受過與殖民母國相仿的現代知識，加上他本身所具備的民族意識和反對被壓迫意識，爲何不能使他同時具備適應社會變化的現實感？

或許基於人道主義的關懷，陳映真讓教師吳錦翔以深沉的痛楚回應即將入伍的學生。吳錦翔以一種「反戰」(pacifist)的思考和隱晦的告解，控訴戰爭之惡，並心疼他辛勤灌溉的幼苗，竟也無法倖免於劫難。的確，經過「保家衛國」這一道手續的合理化之後，從軍遂再度成爲一項殊榮，值得大開筵席以示尊榮。

吳濁流筆下的《亞細亞的孤兒》胡太明尚存一息，能將回歸理想留予他年說夢痕；然而，吳錦翔對於夢碎的結果，強烈地顯現出他無法承受的脆弱的一面。這似乎在不意間托出問題的癥結：這般的知識分子，有豐沛的情感和敏銳的思維，但他們更有極易產生挫敗感的纖弱的心。質言之，處順境則力圖向上流動，處逆境則不免於墮落。

雖然在文本中，像吳錦翔這種處於兩難位置的台灣人的心情感受，作者並未作直接的處理及評判，僅只點出其內在的紛雜，藉以痛陳日本帝國主義所發動的戰爭使人萎弱，並將吳錦翔之死歸咎於太平洋及國共兩場戰爭。但在這個意義上，陳映真似乎更刻意於淡化當時台灣人對「祖國」的疑懼。

不過，即使將罪過全歸於戰爭之咎，並且作意忽視被殖民半世紀之後的台灣與大陸之隔閡的現實，卻也似乎無法使陳映真自己心服口服。因為雖然他極力以血緣親情牽攣兩岸關係，弔詭的是，死了的鄉村教師吳錦翔，還是成為了陳映真檢視祖國臍帶的一個反證。李豐楙同情此刻的陳映真，他理解地說：

> 在……白色恐怖年代中，陳映真以隱晦的筆法委婉表達對「祖國」挫敗的失望而絕望，改革者逐漸轉為中國式的悲哀……，而根福嫂的號啕則更透露出莫名的絕望，至此小說將結局時陳映真乃有一段神來之筆，採用山村中人的反應作結：「年輕的人有些惱怒於這樣一個陰氣的死和哭聲；而老年人則泰半都沉默著。」當中清楚表明自殺的陰煞、凶煞之極的民俗認知，那是國人集體的民族文化心理的反映，但何嘗不是象徵作者對於「祖國熱」之橫死的委婉含蓄情緒？⑥

望回看，順著祖國的臍帶，吳錦翔找不到歸途；向前看，與祖國漸行漸遠的國民政府，帶進數以百萬計的大陸人到台灣扎根，亦使另一批人精神錯亂、心靈流亡。假使戰爭的罪惡必要由死來終結，自殺是其途徑之一，殺人則是另一條尋求解脫的路。本節所要探討的第二篇小說〈文書〉，是以調查報告及涉案人自白書作爲舖敘殺妻情節之本，即採取與〈鄉村的教師〉形成對位立場的方式，來說明大陸人的心理癥結。

由於安某與承辦人周巡佐爲舊日同僚，周深諳安某平素爲人膽小謹慎，應不致於殺人，而益顯安某犯案的懸疑性。但此懸疑之重點並不爲周所細究，周以安某錄製口供時多發譫語之故，將之交付精神病院診療，並以職業知能判斷：「血案之起，職以爲出於疑犯勞碌終年，致精神異常所致也」⑦。

然而事實上，安某心神喪失的成因，應從兩方面著手探討：一方面是祖父與叔父所造之孽；一方面則需歸咎安某自己。文本前半段藉老秦之口，敘述了軍閥割據年代的紛擾及安家興衰；後半段則藉一隻鼠色貓的瞪視，沉默地逼出爭戰的混亂真貌。

家族造孽起因於安某叔父侵犯下人馮炘嫂，馮炘嫂在身受欺凌後，還被關柴房，以致日夜號哭而懸樑。這慘事雖使當家的安某父親對叔父劣行震怒，可是叔父上城避禍，也無人膽敢挺身力爭，事情似乎也就不了了之。叔父侵凌下女這件事，在一個擁有權勢的大家族中，不過是一樁旋將被歸爲祕而不宣舊檔的小事。但馮炘嫂死了，以死抗爭名份與貞節，則同時使無所不在的階級歧視被突顯出來。

馮炘嫂並非「可被強暴的」，以後殖民論述觀點言之，是她的身分迫使她喪失主體性，並且「消音」，她的號哭只能是不同形式的沉默，她的生或死絲毫不重要，因為當她的階級如是，她「已經」被宣判過死刑了。然而，侵凌者的罪孽不會因此被饒恕，貫穿文本十分重要的一隻鼠色的貓，自此躍入安某的記憶庫，並旋開包藏罪惡之門。

〈文書〉一文以鼠色貓牽引情節發展，頗似於愛倫坡(Edgar Allan Poe)的小說〈黑貓〉：第一隻黑貓被酗酒的主人戳瞎、吊死；第二隻黑貓，使主人誤殺妻子後意圖掩屍滅跡，接著又鬼魅一般指引警方找到罪證，將主人繩之以法。愛倫坡使用了近乎病態的幽默，如此能使讀者深思，也能置之一笑。然而，陳映真對安某這一類的人卻灌注了濃重的哀憫，雖然可悲如安某將狂癲渡其餘生，但對無辜的人有任何救贖的意義嗎？作者怎忍心要求讀者寄予同情？

事實上，自北伐起，安家老太爺透過大小戰役殺人無數而建立了家業基礎；二爺憑靠權力威勢糟蹋下人漠視人命；安家人染血的雙手，已經寫下被施了咒的家族史。抗戰初期，安家人急於擺脫戰爭的罪孽，因而蔑視安某之從軍，或許正是希望家族業障自此結束。不料，安某帶著嗜血的因子，遠離正待贖罪的家，趕赴到另一個征伐的現場作為劊子手，賡續父祖好戰的傳統。

或許作者如此歸結大時代裡的小故事，正是為了要批判戰爭中加害者的責任。對於五十年代白色恐怖時期犧牲者的事蹟，陳映真側重在〈山路〉、〈鈴璫花〉和〈趙南棟〉三篇小說中闡述，然而，〈文書〉一文實際上已點出罪責之所出。新作〈夜霧〉正也是如此進行著清理與批判。

舉例來說：二次大戰後，盟軍在紐倫堡大審中，對造成猶太人浩劫的納粹主義者的態度是採取「縮小打擊面」策略。除了元兇之外，對於其他共犯，皆以息事寧人的方式處理。懲處元兇事屬必然，但參與「終決」執行者的其他共犯中，包括許多公務人員和軍人，則使許多學者甚感困惑。直至後來研究報告的出爐，才終於揭開歷史之謎：因為德國人無意面對自己罪孽的過去，於是巧妙地將德國民族集體犯的罪，化為「形而上的罪」⑧，認為人們之所以會犯這種罪，是因為不義或犯罪的行為發生時，他們不小心剛好出現在現場。罪責一旦成為一種「形而上的罪」，則大幅降低施暴者內心所受的譴責。

若藉上述論點分析〈文書〉，可推知：安某和多數參與屠殺的納粹主義分子其實是很相似的，因為他們都具有一種「技術科層心態」(technocratic-hierarchical mentality)。也就是說，他們透過行政過程來分攤責任，甚至於有些人以技術人員自許，「藉專業來忘卻自己應有的人性考慮，如此，才能面對受害人的死亡而無動於衷」(施正鋒1998：146)。因此，這些劊子手自認與一般人並無二致，對於自己在戰後被列為共犯則顯得百思不解。然而，這些人畢竟捲入了殺人事件，即使在當時是「政治正確」，日後卻仍難逃良心的譴責。

對於納粹德國這一頁不堪回首的過去，有人認為徒使人們受到創傷而無裨於事，因此建議：「以社會心理學的觀點與政治上的考量來看，為了要恢復正常，大家要互相接受彼此的過去；為了要進行社會的整合，某種程度的沉默是必要的」(施正鋒1998：145)。於是在這種道德的真空裡，只能譴責他們是患了「道德失憶症」(施正鋒1998：146)。可是在〈文書〉文本中，基於公平正義，陳映真偏偏要挑起記憶，逼使人們重新面對及反省。他戳破了這一層迷障，使殺人者陷入心神喪失狀態。

無可諱言，坦然面對的確有其必要，在集體道德迷失的年代，人們彷彿被國家機器制約了一般，紛紛投入戰場。戰爭固然結束，但它俘虜了人的良心，直到良知的絃被撥動，才赫然發現自己罪孽深重。弔詭的是：在政府公開道歉之前，沾染血汙的執勤者，固然得獨自嚐受內心煎熬；政府公開道歉並承擔所謂道德責任和政治責任之後，這些執勤者竟然還是無所逃於良知訶責。

正因爲自己曾經是不可或缺的螺絲釘，雖然如今鈍了、鏽了，在汰舊換新的必然過程中，不免得親身經歷被龐大的國家機器輾壓的滋味，詎料他們的被輾壓，反倒變成政府的另一項權力來源，有助於統合民氣以及收編異議。政治的巧妙正道出：「如果有記憶的歷史的話，那麼也就會有遺忘的政治」(施正鋒1998：147)。時代的弔詭就是這樣，僅僅只能在一隻貓的凝睇中沉默著。

歷史的巨輪不斷地往前輾過，有記憶的歷史伴隨著有遺忘的政治。但從前那些基於政治考量所必須忘卻的，在要求重新建構主體性的今天，還是一一被突顯出來。1946年，光復後的一年，國民黨政府將台籍新兵送上「宇宙號」，這艘從戰敗日本海軍手中接收過來的戰艦，曾經把皇民運動中支援「膺懲暴支」的台灣人送抵南洋及大陸，不過，那時是做爲一個參與「聖戰」的「日本皇民」，此時卻是被拋散在夢寐中的祖國，去投入一場無奈的國共激戰。

本節所要探討的第三篇小說，即是進入西元2000年之前，陳映真的新作〈歸鄉〉。他以〈歸鄉〉一文來清理國共內戰，及其後五十年的變調的歷史脈絡。相對於台灣文壇在這十餘年來所發展的新體裁，陳映真不以外省老兵重回故土尋根而被視同「台胞」爲創作模式，卻以〈歸鄉〉一文對這樣的悲劇樣板，展現一種反其道的辯證企圖。

陳映真讓遠赴大陸參與國共戰爭的台籍老兵，來翻轉台灣人對大陸過度的反應；他對於老兵返鄉探親之事，不願固著在以「三大件五小件」、修祖墳，蓋新居來維護親情。陳映真顯然持續地以民族主義的純真初衷，來關懷這個多難民族的傷痕，並且不忘再度譴責帝國主義與資本主義所造成的人倫乖離。

文本中具有台灣本土意識的張清引述其父說法，道：日本人戰敗前兩三年，台灣人還爭著志願當兵，爭不到還埋怨。「台灣人憨忠啦。日本精神害的。……什麼人來當家，台灣人就給誰當兵」⑨。對於未曾親臨戰場的人如張清來說，他可以超然客觀作如是分析。不過，對於倖存於沙場的老兵如楊斌和老朱而言，卻不能不替這些「憨忠」的台灣兵或無奈的大陸兵說一句話。因而文本中人物遂跳出來質問：若陳映真據此而一律要譴責「皇民化」者的墮落，顯然並不甚公允。固然陳映真聲聲口口以「近親憎惡」痛陳民族分裂，更以「皇民主義」⑩非難日本崇拜，但現實自有人力所不可移易的苦衷存在。關於此，日人尾崎秀樹有較持平的說法：

> 不是全部台灣人青少年都去自願作軍夫或志願兵。有的人雖然遭受毆打以致不能站立走動，但堅持拒絕同意蓋章。狡猾的警官及教員欺騙學生說，已經徵得他們父母的同意，而強迫他們提出志願書。不過其中也有……誠心相信並寫出志願血書的人。能夠依照信念行動的人，所遭遇的苦悶就比較小。但為要拉攏知識分子，即須要編制一套

理論。這些是：「懲罰美英」或「解放亞洲」等慣用的口號。但被帶到華南、海南島或南方諸地區去的志願兵及通譯所對付的，大半是中國同胞。附於他們身上的聖戰的倫理(？)，很快就崩潰，而變成懷疑的人。⑪

日據時代去當兵的人動機不一，國府統治時期當兵的人亦有其苦衷。以1946年七、八月間駐紮台灣的國軍七十和六十二軍及其招募台灣兵員一事，與日帝做對比，似乎可說日式皇民化教育在心靈上殘害頗深，但手法精緻些；而國府拉兵手段則不啻是粗糙，甚且在精神及親情天倫上，是造成民族分裂的大病灶。

如文本所示：老朱回憶當年台灣人從軍的踴躍，想起自己在大陸被槍桿子拉進行伍那當口的驚惶感觸，便很難理解台灣人興高采烈、披紅掛彩地歡送自家子弟入伍是何道理。楊斌感傷道：「窮，沒飯吃，是台灣青年踩進國民黨軍營的一個主因」(陳映真1999p：10)。

如第二章第二節所述，日本的殖民統治使支配與壓榨被視爲理所當然，窮人在正常生活環境裡無法翻身，只好投軍。再者，參與過太平洋戰爭的日本軍伕，即使幸而從南洋或華南撿回一條命，卻多半無法在短期之內找到工作養家糊口，「相當多的人爲了學習中國普通話適應殖民地結束後的生活……而走進了軍營」(陳映真1999p：22)。易言之，導致台灣人在光復後入伍當兵的原因，還在於日本皇民化教育的遺毒：它使人們爲因應新統治者，並順利找到工作而虔心自願入營「學國語」。當然，更因爲募兵告示上明明白白寫著：「月餉四百五，每天兩頓大白米飯，還保證只戍守台灣，絕不派調到大陸」(陳映真

1999p：10)。

國民黨政府固然比異族殖民主所操弄的手法更拙劣，但這些台籍充員兵終究還是上當了。不上半年，真槍實彈的外省兵一路戒備，把甫上軍艦的台灣兵趕往艙底，便如此天倫乖隔強加分離了半世紀。當時在現場的外省兵老朱，就是一個迫使親情橫遭阻隔的目擊者及執行者。然而，誰又阻隔了他的親情天倫呢？一場號稱「有大美女在布幕上唱歌」的電影，讓他走進被拉伕的羅網裡，他也是另一個現場的又一個被害者。

被迫離鄉的台籍老兵，其淒慘下場是連籍貫姓氏都橫遭竄改，迫使他原本單純的身分沒有立場插嘴分說。離鄉五十年，終於在兩岸掌權者基於人道主義稍施憐下心，開通交流之路，而得以回鄉探親。然而，遲來的人道主義，早已造成彼此心境、環境、社會及文化諸般種種的乖違。所謂的台籍老兵回到故鄉台灣，卻喪失了「台灣人」的頭銜，不僅鄉人相見不相識，還直問客從何處來。這境況於是促成了楊斌的認同危機，同時對離鄉者造成「二度漂泊」的心靈浩劫。

更可歎的是：因募兵宣傳中強調日後必施行徵兵制之故，當時許多人即爲求免除人丁不足、生計困苦之虞，在一人志願入伍即附送一家兄弟都免徵的優惠前提下，義無反顧地從戎了。這其中便包括了家有年邁父親、失明母親及瘸腿弟弟的楊斌。不過事過境遷，五十年後標籤楊斌的卻是寫簡體字、穿藍色列寧裝的「共匪」身分。楊斌成了十足的大陸人，其身分遂使他與台灣老家的臍帶斷離。

經過五十年代土地改革之後，楊斌原來的佃農老家霑受了幾分薄利，楊斌二弟後來更因在農村轉型過程中賣地而成爲暴發戶。後來二弟之子運用地方政壇關係，使法院公告原名林世坤的楊斌成為客死大陸的亡者，以便順利辦理「假買賣」，將土地所有權轉移其名下。在這部分的敘述當中，顯然是陳映真意圖展呈人心異化的「意念先行」之一貫表現。不過，當他試圖暴露眼下台灣人的現實面，卻也無可掩飾地使兩岸的實際差異攤開在陽光下，接受乖違五十年之後的檢驗。

如前所述，日據時代前往大陸的台灣人所操弄的日腔中國話，使台灣人在要表明或必須隱瞞其身分時，形成一種緊張的關係與糾葛的情緒，此即文化論者所謂的「失語症」。分隔四、五十年之後，久居大陸的楊斌鄉音已改鬢毛衰，一口流利的大陸北方話，造成了他的身分與認同上的危急態勢，他無法顛覆語言所代表最直接、最粗淺的族群與身分表徵的刻板印象，所以，間接促使他自身「失語」。

對照〈鄉村的教師〉吳錦翔：吳錦翔去國只數年，尚記得鄉音；但楊斌背井離鄉將近半世紀，忘卻了「母語」，即使他心心念念的仍是生身的父母，然則通俗而言，他顯然是弄丟了「歸鄉」的通行證。兩者歸鄉之後所受待遇固然不同，但其慘遭荼毒的心境無異。

當然，套用陳映真的觀點模式，導致這種人情澆薄的緊張關係，應是資本主義社會的功利趨向在作祟。然而，這不正也說明了：分離可能是誤解的因素，也可能是重新認識的肇端。因為既是現實，只能重新詮釋彼此的變化，重新調適彼此的價值觀，卻無法一廂情願地糅合差異，更無法使歷史回歸到原點。

更進一步來說，在歷經威權政治教育之後，台灣人早已具有恐共、仇共的起點行為，而這事實之呈現已成定局，很難立時調解，並且，亦無法測度兩岸的差距究竟有多少。因此，兩岸人對這種疏離的特殊感受，便是極其重要的基點，尤其是在國際地位上屢遭對岸蓄意阻擾的台灣島。對於土生土長於台灣島的人民如楊彬的弟兄姪兒固毋庸論，即使對所謂外省族群而言，一切也都在改變當中：

> 這種台灣現實意識，是有其客觀性，在50、60年代國民黨宰制的封閉社會中，不一定有能動的力量，但70年代之後，國民黨的國際地位逐漸被中共取代，台灣的中國正統性遭到國際社會否定的事實逐漸顯露後，外省族群是不可能不正視的，進而質疑台灣內部「中國立場」的合理性時，便發生能動的作用。⑫

這也就是造成近年來高呼本土化的一大原因。重新發現到的台灣命運共同體，使久居台灣的人漸漸擺脫有心人的政治操弄，因為事實上，受挫於國際舞台的確使國民黨的正統性受到質疑，然而，中共不正以國民黨之不具正統性來詰難台灣地區時而響起的「獨立」之聲嗎？如果都是國民黨鑄成的錯誤，如何避免重新蹈入國共兩黨的紛爭呢⑬？台灣是否具有主體性及其前途問題，在對岸的政治權力籠罩下，似乎仍荆棘遍佈，因而台灣是否已脫離「殖民」時代，一直是個難以釐清的問題。

不過無論如何，本土現實終究提供了一個較合情理的新思維：原來某些政客所運作的、可能導致島內族群紛爭的因素，幸賴真正的「生活共同體」彼此寬容，因此每每能及時排解即將應勢而起的爭執衝突，新的「台灣人」定義，遂包容了居住在這塊土地上的多元族群。如此則楊斌二弟這般對待，就他們睽違四十六載的感情基礎而言，不正是人之常情嗎？雖無不可歸咎於物質社會和資本主義，甚或可批評二弟父子絕情拒親，無奈它說明的的確是一樁現實悲情——即使血濃於水，天誅地滅也難於阻擋人之大欲及其自私。

而且，1950年代初期，台灣土地改革政策的實施，的確塑造了農民農業意識的基本面貌：

> 農民對土地的強烈認同感，以及以務農為生活方式的心態。土地對當時的農民而言，是生死以之的安身立命之所，農業則是他們的生活目的。不過，這種農業生活的「神聖性」到了1970年代以後，已經被「世俗性」所取代；農業變成只是一種謀生的手段，而土地也逐漸商品化了。(黃俊傑1995：19)

換言之：「農本主義」已日趨沒落，而新的農民的人格型態於是成型了(黃俊傑1995：18-21)。

驗諸對岸，不也是如此嗎？大陸今日的「開放改革」，說明了半世紀以來中國的西化運動失敗了，馬列道路傾覆了，以及積極向資本主義靠攏時所顯示的修正痕跡著墨之深。更何況若二弟一家表現過度熱烈，豈不顯得矯情？因此，「歸鄉」，應該只能是一件過程的敘述，不應該是一宗親情的控訴，縱然故園漫漫路迢迢，不禁令人掬一把辛酸淚，可是實在不必挾帶太多意義。

第二節　生命無言的告白

1950年末期到1960年初期，是台灣社會急遽變遷的關鍵年代。當時的政經措施影響甚廣，在社會底層奮鬥掙扎的人們感受尤其深刻，他們之中有因爲不易與時推移者，所以生計困難；他們之中也有不甘與世偃仰者，因此頹喪失志。陳映真有多篇小說作品描摹這段期間的現象，本節酌以〈麵攤〉、〈祖父和傘〉、〈死者〉和〈蘋果樹〉四篇探討其中原委。小說呈現的固然是殊相，我們也無法從殊相中直接推知共相，但至少它提供一個思考的空間，利於我們鑑往知來。

1959年9月，陳映真以陳善爲筆名在《筆匯》革新號第五期發表他的第一篇小說〈麵攤〉。一般而言，這一篇不到五千字的短篇小說，幾乎使陳映真自此被冠上「人道主義者」的封號。

〈麵攤〉一文敘述著因爲貧窮而不得不從苗栗鄉下遷居到台北的一家人的故事。故事情節簡單，但從他們選擇到大都市擺麵攤討生活這一點看，由於社會變貌，原來安土重遷的人們開始向城市流動，因而出現一種在城鄉發展的過渡時期裡所產生的特殊生活型態。如前所述，土地改革之後，使原先務農者改變操作舊業的習慣，他們有一大部分人投入工廠生產線上。農村正在轉型，多數剩餘的農業勞力者認爲城裡機會多，努力就會有希望。所以，在城市裡，除了到工廠上班，很多人選擇以不需要技術資本的流動攤販做營生，因此台北攤販之多，便是有目共睹的。尤其在市政府尚未規劃管理特定的觀光夜市之前，隨處集結的小型夜市場、火車站、戲院附近，甚至街頭巷尾，只要來往行人多的地方，到處都有攤販。

固然流動攤販充斥有礙市容觀瞻，並且阻塞交通，但在都市化的過程中，人口自然地往都市集中。攤販營生不僅爲個人生計、也爲其他前來都市奮鬥的市井小民，提供較爲經濟的日常服務。不過，流動攤販必須有隨時被執勤警員驅離及開立罰單的心理準備，這情形對文本中這一家貧窮無依、舉目無親的鄉下人來說，即是天大的負擔。

故事裡的警官卻也處於兩難困境中：在警局時，他對違規的這一家無能爲力，只能在街頭執勤時，基於一點惻隱之心，對這些貧苦而努力的人網開一面。然而實際上，他雖是個執法者，以某一個立場言，他也只是一個爲三餐奔波的人，因此，若說陳映真在這篇小說中表現了人道主義，則應該說他看到的不僅是帶著羸弱兒的攤販一家，在政治、社會條件皆不利的五十年代末期，多的是這樣遊走城鄉兩端的人，所以，可以說陳映真是以這樣簡單的情節，表達他對於在城市邊陲力爭上游的人們的關懷。

繁華的都市，每天都有新的亢奮，社會底層的人們奔波勞苦，其實無關繁華城市人的生活步調，也無損於首善之區的西門町的神祕光彩。陳映真以熱情傳達了他的關愛，但是光有熱情不足以持之久遠⑭，要深入了解任何一個社會現象，需要持續觀察：

> 所謂觀察，在狹義上是中性的、冷靜的，是一種「如實的觀照」，在科學的研究方法上，它是提出假設與驗證理論之前必須進行的功夫；對作為文化義的知識分子而言，則是他們評論與批判之所依據，換言之，要成為評論家或批評

家，就要先做一名觀察家。⑮

如上所述，欲得一客觀如實的觀照結果，必須冷靜，必須暫時拋開熱情，因此我們應先照拂警官與麵攤一家人所維持的關聯原委。究其實，兩者正是在生存現實與職責現實的矛盾中，建立了相煦以濕的關係。

姚一葦表示：「在這篇作品裡，在他(陳映真)所描寫的困境中，不是粗魯的、浮面的感情，而是在那痛苦的裡面，有一股溫馨的、深沉的人間愛」⑯。黎湘萍則指出：假若以這篇情節簡單的故事與台灣社會所曾經遭遇的不幸事件對照，文中的警官顯然大異於日據時代的日本巡查及二二八事件裡緝私菸的警察⑰。黎湘萍因此以為：在「某種死板的法律制度或規章的『權力』」(1994：121)的約束下，這警官代表的是「博愛人道主義」，並試圖「以此對抗現實中的權威」(1994：121)。

黎湘萍還認為這時陳映真寂寞的心靈正躍動著，其深沉有如魯迅，他舉〈藥〉一文來比對兩人的人道主題：

救孩子的方式有所不同。〈麵攤〉終於碰到了一個好心的警官，……畢竟還可以做關於「星星」的夢想；〈藥〉裡的小栓雖然吃了蘸著烈士鮮血的饅頭，卻還是不免於死，……。〈狂人日記〉裡的疑惑：「沒有吃過人的孩子，或者還有？」在〈藥〉中似乎得到了否定的答案；但在〈麵攤〉中，那孩子卻得到了愛心，……。顯然，「救救孩子」成了二者人道的主題。⑱

從上述引文判斷，評論者似乎看好麵攤孩子將因為得到愛心而病痛。然而，卑微的他們一家三口，果真能在首善之都的邊陲地帶，得到活下去的力量嗎？莫說那孩子根本無法獲得妥善的醫療照顧，聽他因劇烈嗆咳所發出的氣弱之音，幾乎已預示了這個孱弱兒的噩耗。媽媽所能做的只是舀一碗肉湯給孩子，爸爸所能做到的也只是加一塊肉，然後用一種無以爲力的冷漠看著孩子病羸下去。況且，文本裡那顆橙紅的早星，不正點明了孩子的白天將比夜晚短嗎？

再者，黎湘萍認爲文本中亦潛藏著政治壓抑與性壓抑。所謂的政治壓抑，指的是：「內心的善良與外在職責之間的衝突，使警官這位處在權力與犧牲者之間的中間位置顯得尷尬」(1994：84)。所謂的性壓抑，他則著眼在「女性的溫柔與熱情而困倦的misfits (與環境格格不入者，這裡是警官)，從〈麵攤〉開始便成爲陳映真揮之不去的意象」(1994：84)。評論者以文本內蘊的訊息道出其中奧祕，不過，實際身在台灣的我們，或許應該從大環境等其他面向來探討。

若從政治社會層面觀之，孩子的父母是身歷日據五十年，受盡傷病苦痛的老一輩，他們曾眼看日本人來而去，能充分體會被殖民、被壓榨的苦楚。虛弱咯血的孩子，則好似甫由陳儀政府接收的台灣，他滿心期盼重回祖國懷抱，卻被殘酷的病痛的現實打醒。身爲父母，雖眼看這個原本體弱的孩子將墮入汙濁的悲情世界，無奈他們勢單力薄，只能加倍憐惜，卻無法拯其溺。

不同表情的警官，於是也多面向地呈展出新政府執政者的面貌：他們之中有淡漠的、有嚴酷的、也有和慈的。但是，已成驚弓之鳥的人們如病童之母，對於警官的和慈顯得既期待又怕受傷害，因爲她所代表的就像是驚嚇過度的台灣人，衷心歡迎祖國，卻不知她的父母國是否無私相待。

借若這就是陳映真的人道主義的表現，其中則似乎蘊藏著許多道不得的心事。病童之父對警官的和慈重複發出感嘆道：「他是個好人」⑲，可是他真的是一個好人嗎？爲何病童之母時而顯出憂悒的表情？陳映真似乎在他的第一篇小說創作中，即無法隱藏他的特殊關懷。

警官以他身分上的階級性，突顯出他在與攤販面對面時不可避免的衝突，作者藉此表述警官執勤公務時不得不然的短暫對立；但作者並不忘再借助卸下勤務的警官，以他平等的、「同胞的」身分，使兩者在生計溫飽的條件前，不必有貴賤區分。然而，如果上述說法也在陳映真人道關懷的涵蓋面，則他關注的層次將如此而無限上綱，否則一篇數千字的小說作品，如何承載得起眾人的讚揚之聲？因此陳映真所關切的課題，假設也包含性壓抑，則黎湘萍僅以寥寥幾語敘述，顯然是不夠的。或許我們直接從文本敘述思索，可窺得堂奧。

文本上多次呈現年輕妻子檢查胸口鈕釦和拉裙子的動作，不由得令人好奇她的動機何來？尤其是那警官不收應找的錢，丈夫慌張地叫妻子拿了錢去追，過了很久之後，妻子才悄悄地回來，「她低著頭只顧走向孩子，甚至沒有抬頭看看爸爸。她走近孩子就一把將他抱在懷裡。他感到媽媽的心在異乎尋常地劇跳著」(陳映真1988a：7)。作爲一個妻子和母親，她的反應透露著什麼意涵？這也是陳映真著意要表現的人道主義思想嗎？處於社會邊緣的妻子的這個女性角色，在文本中可以傳達的是些什麼聲音呢？

美國當代女權運動家貝蒂・弗里丹在八十年代所寫的代表作《女性的奧祕》中，對五十年代因應「返回家庭」的大敘述之召喚，而回到家庭的婦女作研究調查。她發現女人的現實生活，與社會所賦予的形象之間，有著很大差距。被號召回歸家庭的女人，其內心充滿無法紓解的苦悶和空虛，但因爲她們的外表被貼上一個「幸福的家庭主婦」的標籤⑳，使她們即使擁有待展的抱負，卻都要因此而無從置喙。這種女性形象的建構，我們很容易地也可在中國傳統父權體系中，找到相應的對照。

在〈麵攤〉一文中，我們即嗅到了一絲相仿的氣息，它隱隱飄盪在年輕妻子、貧困丈夫和病弱孩子的世界裡；它有一種難以逃離的無奈、甚或是失望的感覺。因爲基於禮教，年輕妻子無由吐訴，更無處吐訴。此時，有愛心的警官則化爲正義之士，並且似乎被賦予了拯救她的機會和力量。然而，她也自知無望，因爲她根本無力去反抗一切；至於有沒有過其他想法，則因年輕妻子開口次數極爲有限，而且文本對此並無陳述，所以無法代作者言，是故不得而知。

就文本所見：在警局問話時，丈夫爲避免被罰只顧答非所問地重複：「我是初犯」，而妻子挺身正面回答了警官的問話，她所表現的是比丈夫更坦然的態度。可是，當其他兩個警員不約而同注視這妻子時，她則「低下頭，一邊扣上胸口的鈕釦，把孩子抱得很緊」(陳映真1988a：5)。從這裡可見她的心是堅強，但她的位置是被壓抑的，因此這妻子當可說是受到雙重壓抑。以西蒙・波娃的說法來解釋這種情形：

> 女人從孩童期就被拘束於有限的空間裡，命定屬於男人，習慣於把他當作無法與之抗衡的主人，假如女人夢想成為一個有用的人，她的辦法是超越自己去尋找一位優秀

> 份子，去與男人結合。㉑

女人似乎天生要以作為男人的禁臠為榮，然而，誰能保證丈夫的能力絕對比妻子強？假若丈夫秉性軟弱，而妻子卻還得溫婉順服，這就是第一重壓抑。另一重壓抑則來自於這妻子所面對的其他數名執法者。質言之，當擁有權力的外來者是強壯的，則她又將陷入另一種困境中，這困境有危機潛伏之虞，因此她藉著拉裙子、扣鈕釦來權作抗衡。然則，這些動作卻呈現了潛意識裡的裸露的焦慮，而這便是更為難測的第二重壓抑。

西蒙・波娃以特有的角度關懷女性，試圖解救受壓迫的女性於倒懸。在後殖民寫作與文學理論當中，也有一「重置理論」的重要關節，它以同時代或其後的相關理論提供許多不同的觀點，使我們得以洞見某些被後殖民文本所指稱的重要項目，而在這些交疊錯綜的理論之構設及運用上，適巧可作為後殖民論述之發展的「脈絡」(contexts)(阿希克洛夫特：1998：169)。

> 女性主義理論的歷史及關注，跟後殖民理論有著很大的相近。女性主義與後殖民話語皆努力在支配者的面前，重置被邊緣化的一切，……女性主義批評學現已拐離該(企圖倒置支配者的結構)簡單的倒置，而朝向形式及模式的質疑，……女性主義及後殖民的批評家，皆重閱古典文本。(阿希克洛夫特：1998：191)

該主張即指出：為了從「父權」(patriarchal)或「城市」(metropolitan)的優惠性的文學概念之架構中，提供重建經典的可能性，因而它便試圖改變所有文本的閱讀狀況(阿希克洛夫特：1998：191)。

承上引申，則我們在後殖民論述中，亦可以「身體政治」(body politics)提點一個重要課題，這課題突顯出千百年來無可理喻的女性的原罪──在男人眼中，女人是與生俱來的「領土」嗎？站在擁有強大後盾的殖民主面前，女人只是一個他者中的「她者」嗎？故事裡的丈夫必須花去多少時間，才能奮鬥有成，尙且不得而知，所以，我們不因他在角色及其位置上的貧困，而將其處境定義爲「外部殖民化」(external colonization)；然而，妻子的處境，卻正可被視爲「內部殖民化」(internal colonization)。

當然，這是以一種假設爲之的──假設陳映真的人道主義思想普及於女人的話，則當這妻子處於邊緣而又邊緣的位置之際，理應受到審視與同情。在這之前，我們姑且以此爲病徵式閱讀；並且在這條件之下，妻子安慰孩子的話，同時可視爲自嘲及自贖的箴言：「忍住看，……能忍，就忍住看吧」(陳映真1988a：1)。

事實上，在〈麵攤〉一文裡，我們既聽不到陳映真替女性角色說過什麼人道主義思想的話，在歷來的評論者筆下，也未曾仔細推尋女性的壓抑從何而來，因此，或許此刻代妻子發言，也並非庸人其擾吧！

陳映真發表的第七篇小說〈祖父和傘〉，也是一則偏短的小說作品，其字數不滿三千，比〈麵攤〉更爲簡短。有人說在意識型態與美學形式的結合上，這篇小說和〈死者〉同是《將軍族》小說集裡，「最具有野心的原創性作品之一」㉒。評論者指出，傘是祖父的化身，並象徵著祖孫之愛。因爲：

自小「母親無言」的離去，造成了他彷彿被拋棄似的致命的記憶……。從此，無法確定女性的「意圖／真情／假意」的恐懼，就變成了終生躓礙他與異性發展互信關係的契機。……。透過敘述者的「愁」、「恨」糾結，陳映真為我們銘刻了一個台灣小說史上最堪哀的矛盾人物之一。……，雖然真正的「親親」尚待出現，他卻已迫不及待地在心目中，拱出了一個冒牌的「親親」，來俯首傾聽他的「鄉愁」。(林鎮山1999：7)

渴盼一個真愛者來傾聽鄉愁的意義，評論者以爲是要「驅邪伏魔」(exorcise)，藉著親親這個聽述者，將鄉愁這個心魔袪除。是以，除了祖孫之愛，主人翁缺乏連通心靈的一切，只能藉「鄉愁」之發抒來記憶「鄉愁」。

敘述者「我」的故鄉在一個荒遠的礦山區，「那裡護衛著三個母親：一個尤加里樹林和兩山的相思樹苗」㉓，祖孫兩人搬到礦山後兩年，開始有人入山砍伐尤加里樹林。尤加里樹被砍伐，彷若一個母親即將死去，替代母職的祖父即在這同時迅速老邁而病篤。

孫子外出求援，礦寮的守更者「面有愁色，彼此說：那老傢伙在坑裡吐血已不只一次了」(陳映真1988a：62)，雖然明知情況不妙，倒也盡了一番人事，幫忙推台車下山請醫生，但「風馳電掣之中，嘩的一聲，我的祖父的傘翻成了一朵花」(陳映真1988a：62)，祖父就在那一刻也斷了氣息。

文本中所呈現的死亡，似乎具有多重意象：第一重是尤加里樹林遭砍伐。尤加里樹的樹皮和葉子雖可供製藥，但木質不足以作建材或製作家具，砍伐尤加里應該爲的是改種其他更有經濟價值的東西，因此，這裡預告了無生產力而風燭殘年的祖父，即將被取代。第二重死亡意象，得自祖父的多次咯血。第三重死亡意象，則來自那把翻開的傘。特別由於文本裡以不算短的篇幅描述這把傘，而益顯其重要。

> 我說不上我多麼地愛著它，不但因為它是我底親愛的祖父的雨傘，也實在因為它有著一種尊貴魅人的亮光。晚飯的時候，傘就掛在左首的牆上，在一顆豆似的油燈光之中，它像一個神祕的巨靈，君臨著這家窮苦命乖的祖孫兩代了。……。(陳映真1988a：60-61)

這一把「絕頂美麗的長柄雨傘」(陳映真1988a：60)，後來在祖父落土時被放進墓穴裡，作爲永久的殉葬品，並成爲敘述者「我」永難抹去的鄉愁之源。

但值得注意的是，這把「長柄雨傘」在1979年11月遠景版《夜行貨車》小說集裡，原作「長山雨傘」㉔，如果不是字的誤植，則其意涵似乎同時蘊蓄著作者懷想中國的另種鄉愁吧？在文本裡，傘提供了遮風避雨之效用；在文本外，則幻化爲心中期盼的、來自遙遠的母親的福蔭。

弔詭的是，應該給予疼惜關愛的母親拋家棄子而去，留下龍鍾之態的老祖父與幼孫相依爲命，但是幸福有時而終，當人亡傘毀的時候，祖父的護持和雨傘的遮蔽之功，即將蕩然。因此，長山雨傘並沒有真正護衛祖孫倆，現實亦明白地呈現：這把傘的象徵意義大過於實質意義。尤有甚者，失望之後，傘的存在竟成爲無端悲楚之因。

如果作者想把對中國的懷想化作祖孫兩代情牽彼此的鄉

愁，卻缺少了父親及母親中間這一代人物的出場，對於曾經與中國斷層的一個時期，陳映真似乎做出了一種譴責和無奈的表情。如第二章所述，或許這就是中國之所以成爲一部分人的夢和另一部分人的痛的主因吧！

實際上，愁源的確蘊結在礦山村中：

> 礦村的主體是礦坑。礦坑雖然可以供給財富，意義卻與農田完全相反。……礦藏只能供給價值的形式……，不能供給價值的內容。就人與土地的關係來說，採礦活動不能產生共同延續的時間歷程，只能製造不可逆轉的資源消耗，掏空土地的生命。礦坑與死亡的關係構成情節的主體。……也就是說，採礦者進入礦坑，改變了土地的內容；但是，正因為這個內容改變的過程是不可逆轉的，在礦坑的經濟生命死亡之後，被破壞的土地並不會隨著消失，而會留下抹除不掉的殘形……。㉕

以上所借用廖朝陽的影評說法，適巧爲〈祖父和傘〉詮解了一個謎樣的關鍵。無父無母的孫子乏人照料，不得已由祖父代勞，年老體衰的祖父使用僅存的氣力挖掘土地殘存的生命資源，卻改變了土地的樣貌，這個印記永遠以土地的記憶說明曾經的經驗。不過，敘述者「我」只以一把傘簡單歸納這個鄉愁，卻不知更大部分的鄉愁，其實是來自於遭到挖空的礦山及舉目不見親的孤獨。這種曾經被拋棄的孤絕感，才是使他不能真心愛人，也無法相信能被別人真心愛戀的因素。

然而，當他自言自語說出鄉愁的故事，無意中透露了一線曙光，此即是女人感動和愛的眼淚對敘述者產生了影響，使敘述者得以藉此反省：「雖然我一點也不愛著伊，但也知道的，鄉愁並不就是愛。然而容我開始罷！」(陳映真1988a：63)其實，就是在這個情況之下，不幸的記憶將有轉移的機會，因為只要肯讓心房騰出空間來，再大的愁緒都將有被包容撫慰的可能。

當然，有時候愛的力量仍會遭到質疑，尤其在匱乏窶貧的年代，陳映真便時常深情地注意著這樣一群歷經流離轉折的命運的人，而試圖對「宗教意識較為有力的激盪滋生的生存情境」(李豐楙1996：253)做出關懷。本節所要探討的第三篇小說〈死者〉，即是此類作品之一。

李豐楙表示：六十年代像陳映真這樣年輕的小說家，是以早熟的生命契入男女老者的心境，從而描摹即將消逝的艱苦年代的特質：

> 苦難而仍要活著的無奈，無疑的它相當深刻而準確地反應了鉅變時代的人和人性。由於受逼於歷史那不可掌控的鉅力，這世代的老人無論其出身的階級身分如何，都比較會傾向採取一種宗教意識來解說其人生，並用以解脫其人生困境。(李豐楙1996：253-254)

評論者以為在小說家的敏銳觀察中，老人象徵著變革的時代，其中尚且隱藏著時代共同的痛苦記憶，而這同時關涉著民族文化。這種共同心理足以表出民眾心聲，此即所謂的「集體焦慮」：「一種『變』中存在秩序的崩潰與重建」(李豐楙1996：254)，這也正是小說家秉之宗教意識所呈現出的命與罪諸問題。〈死者〉一文，即是如此傾吐著無奈的命定論。

螟蛉子林鐘雄有事業在身，但基於倫常不得不暫時擱放生意，自宜蘭趕赴桃園鎮郊奔外公的喪。從他正逢景氣的生意來看，鄉村有了初步的轉變，他覺得「鄉下人實在漸漸地闊氣起來啦，這於他這個招租著舊影片在東北台灣的幾個小鎮上巡迴放映的人，感覺得尤其之實在」㉖。就在時代與社會皆有變貌的同時，作者試圖以「靈與肉」、「倫理與慾望」，以及「求存與死滅」的客觀並比，來處理關於世道人心轉變與否時模糊呈顯的抉擇層次(林鎮山1999：6)。

因此可將文本分成兩部分探討：一部分是由於林鐘雄久居他鄉，使他現今的位置如同一個外來者，因而能以一種跡近窺探的眼光來看這一家的興亡。另一部分則是外公在還陽的半日時間中，和盤托出他對民俗與家風所埋藏的疑懼和迷惑。

先說林鐘雄的部分。由林鐘雄對奔喪一事的心情調適看，煩躁使他想點菸消解，事不關己使他哭不出來，外公的短暫還魂，使林鐘雄益加感受到頗爲複雜的困惑。林鐘雄聲聲喊著公公，公公，不知是因爲他的養子身分還是什麼，外公始終沒有答應過林鐘雄。再者，他眼中所見二妗不適宜的穿著，亦在一開始即突顯出他早已離家的事實。所謂的外公及鄉里的情分等等，對林鐘雄而言，都因其螟蛉子的身分與心態，而將之置諸事外。所以，他是基於義務而奔喪，其心情的沉重也是因爲不耐煩，並非悲傷。

其次說到外公生發伯的部分。彌留中的生發伯因一樁未了的心事，引出一段家族蒙羞史，不免使人想一窺當時社會發展概況之究竟。據文本得知：那是一個背德的莊頭，也是使他產生一生的舊愁與新憂的地方。他的父親臨終前也曾因爲心願未了而還陽；父親還陽之際，及時囑咐其妻莫使子孫蒙羞，因爲在那個莊頭，「私通的事情，幾乎是家常便飯的事」(陳映真1988a：53)。

生發伯深知其故，他因為母親未曾使亡夫孤子蒙羞，所以一生事母至孝。然而，這個敗德的莊頭像是被施了蠱的，當他跟著大兒子在南台灣落戶，幾乎使他以為可以逃開那淫奔的故鄉，詎料，大兒子留下後代不久就死去了，二兒子壯年之時也不幸過世。生發伯不禁質疑，不少相命師曾斷言他的高壽，「但卻從來不曾有人預言過他的老來孤獨，十年之內會喪盡了兩個好兒子」(陳映真1988a：52)。所以，他不得不再度回到破敗的祖厝。

生發伯耗費小人物之力，企圖改造自己的命運，卻無由撼動命運之神的播弄。不過，短暫還陽倒是讓他淺嚐了死亡的況味，如果死亡只不過像是神智漸遠的一場睡眠，根本無須驚懼。事實上，生發伯自知這一病難起，只怕媳婦背德犯禮，而使生者、死者皆蒙羞。

然而，整個莊頭的惡風俗，理應受到上蒼以鐵鍊鞭笞，上蒼卻誤用這鐵鍊將生發伯緊緊纏住，只活逮他們一家代人受過。特別是時常隱約閃過的男子的神祕身影，格外使他憂心。但是，他無力啓齒，而終於躺進年輕時為自己和唯一例外的未曾背德的母親，所準備的巨大光亮的檜木棺材裡。

外公生發伯天人交戰的過程，外人一般的林鐘雄並無所察，他只「嗅到一種薄薄的腐臭，一種由老年人的口腔和重病的胴體所發出的腐臭」(陳映真1988a：48)；他也只能耳聞二妗母所訴說的代代相傳的怪病，而以為是受了詛咒的命運使他們皆不得善終。生發伯終於過世了，二妗母忙進忙出應答禮數，並籌辦喪葬事宜。她回身叮嚀一個年輕的農夫，那農夫順服地就挑著籮筐出去了。大家都明白這兩人的關係，亦只有林鐘雄無從感知。或許他自覺是螟蛉子，因此這個家的頹圮並不真正使他感到悲愁。他盼望自己能立業成家，擁有一個善美的家庭，僅僅屬於他自己的、與養家血液和遺傳無關的後代。

但是，林鐘雄咒恨過的同樣背德的養母，終究是這一家的人，不知命運之神會不會因此把林鐘雄和生發伯的際遇箍在一起。作者此刻為結論文本而現身，並似乎代替命運之神點撥林鐘雄，挑開這莊頭的怪異風俗的真相：

> 一直十分懷疑這種關係會出自純粹邪淫的需要；許是一種陳年的不可思議的風俗罷；或許是由於經濟條件的結果罷；或許由於封建婚姻所帶來的反抗罷。但無論如何，也看不出他們是一群好淫的族類。(陳映真1988a：57)

然而這樣說起來，於茲而生出的現世報，卻很弔詭地只報應在未曾背德犯禮，並對命運無可奈何的生發伯和他的兒子們身上。小人物的死活，原本稱不上是什麼張力萬鈞的悲劇，但不濟的命運卻以悲哀與無奈冷酷地嘲諷「天道酬勤」四字所揮揚著的某種世俗真理。

如果執意要相信天道是輪迴不已、果報不爽的，則大舅辛勤努力而得以從勞役升為工務股長，二舅自日據時代加入壯丁團，後來進入農會「不貪不取」，這些都不應使他們的命運如此不濟。驗諸文本，也無法找出他們可能遭到天譴的因素，如此則只能從林鐘雄的螟蛉子身分進行探討。從林鐘雄對養家表現的冷漠，其實已道出原委，固然他的養母背德離家是使他痛恨的因素，然而文本中一字不提舅舅們對他的態度，似乎也說明了這一家人情感的疏離與淡薄。

進一步分析，若螟蛉子身分可藉以比擬台灣的尷尬立場，疏離與淡漠不正也是兩岸百年來的寫照嗎？陳映真或許不會同意這種說法，但潛藏其心深處者，莫不是也在聲聲低泣台灣的養子身分及其待遇？借若非然，林鐘雄的養母頭臉腫脹而亡是一種天譴，二舅死於水腫及大舅死於肝癌，則天道寧論？

死去原知萬事空，姑不論生前尊卑榮辱，死後一律是員外型儒人模樣。人一死，似乎宣告著一切罪惡即一筆勾銷。但那能勾銷的，恐怕只有外人對他們的看法，真正身歷其境嘗受磨折的，比如林鐘雄或家國民族的痛楚，則時而仍會被撩起。因此，時代所展現的意義，似乎只能藉著牆上斑駁的壯丁團獎狀、小學獎狀、蔣委員長畫像及日本女星若尾文子日曆，來形成一種謔而不虐的詼諧或嘲弄；至於家國民族的記憶，則無奈地被鎖進故宮及從前的教科書裡。

本節最後要探討的是〈蘋果樹〉。〈蘋果樹〉一文，描述了一群可憐的邊緣人，他們身處社會底層，好像連做爲一個「人」都得仰人鼻息，他們雖自成一系，卻了無生趣而又不得不活下去：

> 他們自身並不以為是「非人」的。因為他們實在沒有功夫去講究「人的」與「非人」的分別。他們只是說不清是幸還是不幸地生而為人，而且又死不了，就只好一天捱過一天地活著。因此之故，生活對他們既無所謂失意，也就更無所謂寫意什麼的了。這就彷彿我們常見的貓狗之屬，因為牠們是活著的緣故，就得跑遍大街小巷找尋些可以吞吃的東西以苟活一般。但其實若萬一找不著，一樣只能睡個

霉氣的覺，等著一覺醒來睜開眼睛去尋找些什麼。哀樂等等，對牠們是不成意義的。㉗

闖入者林武治則顯得不同，他雖也窮，僅靠家裡按月三百元的接濟過活，卻還有一個畫家夢。然而，他的地主父親勾結地政人員欺詐不識字的佃農，林武治明知卻佯裝無所悉，這讓他墮入欺罔詐騙的共犯結構中，時而使良心隱隱作痛。如第二章所述，土改政策表面上看來好像使多數人分霑利益，實際上潛藏著許多社會不公。

1949年一月，陳誠出任台灣省主席，在國共戰火硝煙蔓延，以迄二二八事件之後，陳誠推行經濟改革。至三月間，蔣夢麟將農復會帶來台灣，國府則正式以農復會協助在台所推行的土地改革。前此，國府在大陸實已有推動該政策的計劃㉘，但政局隳壞，無成效可言。而在台灣數波掃蕩行動所造成劫後的必然態勢，卻使土改成功。以當時時空背景觀察，影響最大的約有三因素：

一、日據時代農地分配極不平均，此時一部分土地為大地主所集中，剩餘土地則由亟需土地耕種的農民零碎耕作，這造成了一方面為大量集中，另一方面為細碎經營的不均衡狀態。因此，60% 的佃農或半自耕農，在戰後極希望獲得屬於自己的土地。

二、1949年後，國府以來台主政的官僚為「政策的制定者」，他們在台無產無業，在制定與推動政策時，較少受到現實利益的羈絆；而且「土地所有者」也未及參與與分享政權。因此，經過農復會的協助與策劃，而使台灣土地改革成為循序漸進、規劃周詳的一項重要的社會經濟工程。當然，後者之導因也不能或忘1947年的二二八事件，及其後所展開的大規模搜捕行動，使本省菁英大量凋謝㉙，因而在當時肅殺氣氛之下，極少地主敢於反抗。

土改政策便在這種現實政治環境中順利推動。土地改革的成功，亦促成當時重農心態，並增強農民獻身於土地的信念，更使農民肯定務農是一種得以安身立命的生活方式。然而事實上，台灣農村裡到處充斥著地主與佃農及其租佃關係的緊張態勢。如第三章第二節所述，「早在土地改革政策付諸實施之前，業佃關係就因爲地主的種種『撤田』行動，而日趨緊張」㉚。

在〈蘋果樹〉一文中，林武治的地主父親所爲，似乎就是此類情事。在探討〈歸鄉〉一文時，我們曾就歷史角度對1970年代以後農業生活從「神聖性」轉變爲「世俗性」進行了解；從文化史的立場而言，學者黃俊傑(1995：20)認爲：

> 農民價值體系的變遷部分地反映了戰後台灣文化系統從過去的「單一主體性」向「多元主體性」的轉變，也顯示了文化體系中的「從屬原則」向「並列原則」的轉化。經濟的國際化、自由化，社會的多元化，政治的民主化，都加速了這種文化的轉型。在這種廣袤的文化轉型的背景裡，農民價值觀念的解構與重塑，乃是一種必然的發展趨勢。

或許因爲整個現實環境如此，林武治只能以消極的逃避方式聊表抗拒。「然而，若我們沒有那些土地，我們更只好等著淪爲乞丐了」(陳映真1988a：115)，林武治的心裡，同時充滿著許多為圖存而產生的無奈與無能。

道德上的無能使他沉溺在自營的幻想世界中。這一點卻促使他與房東廖生財的瘋婦有某種程度的相契。於是，他開始把「淑世」的理想建立在一棵蘋果樹及這一區破落戶們身上，他自謂所要的幸福當來自「一雙能看見萬物的靈魂的眼睛」，而廖妻正以神祕的沉默「表現了某種近乎智慧的，沉沉底悲愴」(陳映真1988a：114)，以致於後來使林武治竟毫無理智地侵犯了房東之妻。

評論者認為：〈蘋果樹〉一文，「雖然暗示著用愛心可以昇華貧窮醜陋臻於幸福之境，所以林武治與瘋女能在皎好的月光下互得信賴與愛，而沒有疑懼。但是篇終仍不得不拆穿這浸漬心靈的淒迷的理想」㉛。是故，陳映真早期的理想雛形至此而破滅。林武治與廖妻是否真為有意識的信賴愛戀，不得而知。僅能肯定的是林武治築夢理想的破滅，因為他「所指稱的蘋果樹，其實只不過是一株不高的青青的茄冬罷了」(陳映真1988a：117-118)。

幸福如果恰如蘋果，想必他無由認識。吃過蘋果即能獲取幸福大門之鑰嗎？恐怕也未必見得，拾荒老李之嶙峋老父便是這一區唯一嚐過蘋果滋味的人呢！蘋果的滋味究竟如何？林武治並不清楚，與蘋果樹形成弔詭意象的茄冬樹，卻顯而易見的是以爬滿蟲子來回答林武治關於理想的一廂情願。

可歎的更是：在傳統性與現代性對蹠的角力場上(黃俊傑1995：18-27)，如此這般的小人物，大抵只能在面對業已變貌的現代社會之誘惑與傳統社會道德之規範時，徒作掙扎罷了，而他們的結局因此亦多半是變態、失望與自毀(黃俊傑1995：20-21)。

第三節　逆轉記憶的敘述

自前述得知，開發中國家的政府爲有效統治及順利推動公共政策，必須以行政與法律來滲透社會，以免產生「滲透的危機」(crisis of penetration)。政府的滲透力集中表現在稅收、徵兵，以及控制偏差行爲之上(施正鋒，1998：87-92)。

在台灣，控制偏差行爲之謂，即以戰後國府所施展的意識型態重塑及一連串菁英掃蕩的行動爲主。此則包括1947年的二二八事件和1950年代的白色恐怖。「清鄉」、「掃紅」，指的即是五十年代，國府以白色恐怖君臨島內革命分子的搜捕行動。對此，陳映真在1983年至1987年以〈鈴璫花〉、〈山路〉、〈趙南棟〉㉜三篇小說，試圖重新敘述在恐怖政治對照之下，人性的真與善。

〈山路〉一文，首先敘述自從得知黃貞柏獲釋歸來消息之後的蔡千惠，及其無故消瘦乃至喪失求生意志的原委：文本上，藉李國木和千惠各自的回顧片段，以及一封絕命書，大體串連這支悲歌；文本外，陳映真則藉著這支悲歌，對那些爲了向歷史負責而勇於就死或慷慨入獄的人們致意，並亟欲在劫後餘生者面前，演示這一齣無奈的時代悲劇。

千惠據報載獲知：五十年代的一批「叛亂犯」已假釋出獄，這條社會版新聞使她重新思索自己的半生，她藉此申明走入李家的目的：「我來你們家，是爲了喫苦的。……現在我們的生活好了這麼多……」㉝。有感而發的千惠在對國木作此表白之後，其原本堅韌的生命力便一日衰似一日。

思量千惠言下之意，她彷彿是要說：不用吃苦，也就不需繼續生存了。然而，使生活好轉，不正也是當年千惠到李家吃苦的目的嗎？——一為贖兄長出賣同袍之罪，二為幫助國坤大哥一家脫離貧賤。經過多年操持努力而達成目的，有什麼可傷可感的呢？原來問題就在於：這種生活，與當年所追求的社會主義理想悖離不啻千里。回想當年，國坤正著手改編台灣赤色救援會所寫的「三字集」，那原是日據時代工人運動家為教育工農以及宣傳社會主義共產思想，並鼓吹大眾參與抗日運動所作的。戰後，因為執政府的霸王心態使台灣人民絕望，革命分子便藉這首三字歌仔來唱出受壓迫者的心聲：「故鄉人，勞動者……住破厝，壞門窗……三頓飯，蕃薯簽。每頓菜，豆脯鹽……」㉞。國坤殉難後，千惠在台車道上悠悠唱起，宣示並控訴國府與殖民政府無異，像是為仆倒在馬場町的烈士們響起的悲調輓歌。三十年了，然則故人歷劫歸來，卻因而震驚了她：

> 近年來，我戴著老花眼鏡，讀著中國大陸的一些變化，不時有女人家的疑惑和擔心。不為別的，我只關心：如果大陸的革命墮落了，國坤大哥的赴死，和您的長久的囚錮，會不會終於變成比死、比半生囚禁更為殘酷的徒然……。(陳映真1988e：64)

不只是文化大革命的徹底失敗，使革命者的犧牲受到質疑，在千惠眼中，她更驚覺豐衣足食表象下的台灣，亦蓄著膿血：

> 如今，您的出獄，驚醒了我，被資本主義商品馴化、飼養了的、家畜般的我自己，突然因為您的出獄，而驚恐地回想那艱苦、卻充滿著生命的森林。然則驚醒的一刻，卻同時感到自己已經油盡燈滅了。(陳映真1988e：65)

因此，千惠發現活著竟比死了更苦。也因此，她不讓國木去探視貞柏，因爲那不是一場有趣的歷險記，而是蝕骨腐心的大浩劫，並且清醒的遠比臥地的更無所逃。這種痛苦，在從前，國木之母乞食嫂以躁怒痛哭來表達；千惠如今則以靜默絕食斷生念來作無言的申述。

但國木無法向醫師和盤托出大嫂病因。因爲即使戰後三十年了，也難以消弭人們對政治犯的敏感與禁忌，政治犯家庭在這種刻板印象的制約下，只有徒然使人蒙羞並意圖迴避，因此，國木本能地說謊了。國木所能作的努力便只剩下一句話：「嫂，就爲了那條台車道，不値得你爲了活下去而戰鬥嗎？」(陳映真1988e：56)

青春如一條曾經走過的蜿蜒山路，時時可供千惠緬想，然而此刻的千惠「吃苦」的信念，卻反而使她耽溺而自毀。活著的憑藉到底是什麼？早年千惠故意將煤碴望棧外播給窮孩子，藉以教導國木：「同樣是窮人，就要互相幫助」的話言猶在耳，如果這就是社會主義者的理想，弔詭的則是：是因爲窮所以要互相幫助？還是爲了要強調互相幫助的意義，而必須守窮？設若這個烏托邦所涵蓋的是一個不再貧窮而有尊嚴的世界，難道尋求一個普遍提昇生活水平的生存方式，是有違社會主義者之理想嗎？

岡崎郁子以爲〈山路〉的主題是「愛國的台灣知識分子的

整肅」(1997：175)，同時她指出：「夢想著社會主義革命的人們，對大陸革命明顯的結果，應該要有反省和思考」(1997：175)。或許陳映真也不得不如此思量，歷史的寂寞的獨行者，拘攣於囹圄不聽不聞，或許是另一種福氣，但出獄後的黃貞柏和陳映真所要面對的現實，借如欠缺極大幅度的心理調適，比之於千惠，將更覺不堪吧？

陳映真的價值觀以及關涉台灣與中國的議題，時常激盪著紛紜眾說，胡民祥即因此認為：蔡千惠的死，是源於陳映真「本末倒置價值觀與非理性的瘋狂祭禮」㉟，他憑藉「三度思維空間」㊱的論析來提醒讀者，切莫墮入陳映真式的渺茫山路。

> 第一度作者陳映真在處死蔡千惠之餘，連帶傾銷「中國意識」商品，致使第二度的「作品」的嚴肅題材遭到強暴，被扭曲得面目全非，使得通往台灣未來遠景的山路上煙霧瀰漫。所以，第三度的「讀者」必須以台灣史觀充實自己，如此才能撥雲見日，在紛亂的眾多山路中，走向雨後彩虹的山路。(胡民祥1989：94)

假若在塑造千惠這個角色時，作者以陳映真式的意識型態對人性進行判罪及解罪之實，其意圖作如此責完備全之描繪的過程，陳映真則顯然是太過了，因為若由千惠一人接受必須純然無瑕的人性的檢驗，恐怕即如李豐楙所言：是強迫她「承擔了男性式暴虐政治所造成的罪」(1996：271)。但是，或許陳映真之所以如此「陳義過高」地表現這類作品㊲，是他不在乎外界嚴苛的評論，反其道要以這種方式來彰顯女性之深具韌性吧？李豐楙(1996：273)即以同情的立場來理解陳映真：

> 比較言之，陳映真的基督教背景確有助於他創造出一些典型，諸如蔡千惠之以一介女子而承擔時代的罪並進行救贖，其中既有五十年代的現實，也有革命浪漫主義精神的遺存，因而塑造出較獨特的罪罰與救贖的形象。

因此，千惠究竟該不該死，已經不是最重要的問題了，重要的是陳映真提供了一個敢於承受並安貧若素的形象，而且這樣的形象亦已然成爲一個紀念碑式的人物。更重要的是，歷史同時也以它特有的嘲諷回應了陳映真。它讓陳映真在牢裡與耳語中的、陌生而禁忌的五十年代人物接了頭，且因此而使陳映真告白這一段人們所諱莫如深的白頭舊事，所以，陳映真建構了令人如此悵惘的敘述。尤有甚者，更因爲陳映真的繫獄，而使他的書寫場域擴展，從而得以對此分說：「不是歷史見證了〈山路〉，是〈山路〉爲歷史做了極爲微小、卻尚不失真實的見證」㊳。

然而，歷史還提供了另一個嘲諷：自高雄事件直挑政府當局的威權起，所謂的政治禁忌亦隨之解套，人民漸漸擁有一個敢於發表理念的空間。但事過三十年，五十年代入獄的理想堅持者，如何面對境遷之後資本主義的新網絡社會？特別是那些拜高雄事件之賜而得到平反的社會主義者，該感謝這場抗爭行動嗎？如前所述，就日後統獨發展看，兩者的思路理念並不一致，是否因爲統獨意識的分背，他們得再一次被迫在這層思想羅網中噤默？因爲遭受五十年代白色恐怖政策蹂躪的人們，及其所作的努力，已一概被編納在戰後台灣所謂「本土化」大業中。

王德威認為〈山路〉一文是陳映真「對一己曾獻身(或陷身？)政治的激情歲月，充滿鄉愁式的類比追尋及反省」㊴。果如此，同年稍早所發表的〈鈴瑺花〉㊵，或許就是對這樣的革命歲月提出客觀鋪陳之作了。〈鈴瑺花〉一文，基本上是藉兒童之眼看待他們所不甚了解的大人的世界。光復後，台灣的生活水準不但不見改善，反而因為容納大量撤軍，使人民生活陷入苦境。曾益順和莊源助所看到的大人世界，即是充滿著無奈與哀愁：阿順的二叔因冒險在洶湧的溪流中勾拖流木，胸背遭巨木撞擊而不起；撤台的外省兵亦有因水土不服而亡故。

戰後政局糜爛，使原先高唱台灣光復歌的人們噤口。自1947年的二二八事件，到1949年國府撤台，人們對執政府敢怒不敢言；及至1950年，從抗日改為抗國府虐政的社會主義者，開始了一波波新的顛覆行動。正是因為這些社會主義知識青年對生活所表現的熱情，及其撒下的所謂「階級分化」的新芽，對國民黨而言有傾覆之虞，所以，清鄉掃紅之舉大力發動，使得槍下冤魂與階下新囚陡增。阿順的導師高東茂即是其一。

高東茂眼中違常的教育體制，使他顯得憤世嫉俗。在以課業成績為才識判準的社會普遍價值觀之前，「唯有讀書高」的教條，把低成就者自小打入卑下階級。既經分化的階級社會，漸漸成為常態，反而讓無法提供適才適性教育制度的政府當局免去其責，而使低成就者從此失去向上流動的機會，造成貧富不均與才不肖懸殊的社會病態。

而且政府百般防範本省菁英分子及知識青年，致使在政治上找不到出路的人，再次以面對殖民者的反抗心態面對當局，此即使得與日據時代幾無分別的亂象和戰局重現台灣。不過，〈鈴璫花〉一文畢竟是以兒童的立場爲張本，所以作者只負責呈現過程，不必負責解說因果。並且，十二歲孩子的記憶，畢竟是經過篩揀之後的記憶，特別更不能或忘這是陳映真的作意好奇。

然而，文本中仍呈現不容輕忽的現實：本省籍的余德義在上海曾作過日本走狗，在台灣則靠外省人撐腰；外省籍的金先生當上鎮公所的戶政課長，在官場上得意風光；同樣外省籍的周宏時老師卻因時運不濟，只能成天皺眉打學生和老婆孩子。作者在此，把余德義描繪成一個助紂爲虐、而且極力模仿壓迫者面目的人，並以他的名字提出反諷，同時藉以釐清「外省／本省」、「善／惡」一類思考模式的省籍迷思。階級不同使其際遇有別，對比余德義的便是高東茂。高東茂在放牛班學生心目中像一個救主；可是就大局而言，他是叛亂者。日後留在阿助心中有關高老師無故失蹤的疑團雖然漸漸明朗，但高老師那一雙憂悒的眼所洩漏的情懷，卻恐不是常人能夠深刻感受的。

如前所述，通過〈鄉村的教師〉吳錦翔輕生的啓示，意志堅定如國坤、貞柏與高東茂者流，困於形格勢禁的窘局，反而提撕了富於改革的精神，後者他們或曾親炙社會主義思想，或曾奔赴大陸，或是曾在大陸參與過抗日運動，他們在熱情程度的檢驗中勝出；而吳錦翔有的只是粗淺涉獵過的一些書籍和一個夢想中的中國，不意祖國懷抱及士兵形象皆使他失望，加上戰爭所受苦難，遂使他以嗤笑人的好鬥來卸脫他的仔肩。嗤笑而不能完成改革，徒然使人萎頓，然而戰爭繼續在進行，他卻缺乏一顆能使自己置身事外的淡漠的心，吳錦翔因此無法靦顏苟活。

但是弔詭的是，不論生或死，他們都無法快意暢談。吳錦翔爲了提出抗議無聲而死；高東茂後來被捕槍決；國坤死而貞柏半生囚禁，他們都被迫從大舞台上匿跡消音，即使黃貞柏假釋出獄，卻因爲千惠的不忍，同樣使得貞柏沒有機會上場。

前此犧牲的人，似乎也可以說是陳映真有意叫他們噤聲。然而，四年後，趕在解嚴之前一個月，陳映真發表了〈趙南棟〉，卻一反從前而讓受刑人直接出獄現身說法。在力圖重現痛史的定義下，這三篇小說皆如岡崎郁子所言，仍涵蓋著二二八慘劇及五十年代大整肅的餘威，並且即使到了八十年代，都還有「拖著戰後的後遺症，如同自殺一般死去的人出現，讓人深深感覺那是多麼苦難的戰後」(岡崎郁子1997：195)。作爲一個執意如實建構敘述的作家，陳映真便是如此努力要爲當年的人們修墳造碑而銳意獨行。曾經虎口餘生的林書揚，即補白陳映真所建構敘述的真實性而自況道：

> 這些人不是一般公式中的英雄聖賢。而是尋常有骨有肉、有血有淚的人。只不過熱愛鄉土和祖國，因執於造福全人類的真理，相信未來，更相信為了未來必須有人承擔現在的代價，而自願以生命來承擔這份代價的人。㊶

捐軀者已矣，然而，劫後餘生的政治受難者，在奉獻了四分之一世紀的青春之後，究竟留下了什麼軌跡？除了死諫，難道只有雷同於葉春美所覷見的無奈與無情嗎？

> 在她不在的二十五個寒暑中，叫整個石碇山村改了樣，像

> 是一個邪惡的魔術師，……，卻在人面前裝出一付毫不在乎、若無其事的樣子。㊷

在本節所要探討的第三篇小說〈趙南棟〉中，泰半受難者亦如是感慨著。趙慶雲也有一段「跳接到一段完全不同的歷史的苦惱」(陳映真1988e：80)，像是遊了一趟海龍宮的蒲島太郎，回來時發現自己眉鬢皆白，人事已非。出獄後的人們，似乎只能藉葉春美之口傾吐其中不足爲外人道的種種幽隱：

> 我們，和你們，就像是兩個世界裡的人。我們的世界，說它不是真的吧？可那些歲月，那些人……怎麼叫人忘得了？說你們的世界是假的吧，可天天看見的，全是熱熱鬧鬧的生活。(陳映真1988e：86)

然而，更難堪的恐怕也要包括一些未變的地標吧！好比曾經鑄成一齣又一齣悲劇的國民黨政府，它是今日的總統府，它是半世紀之前的日本總督府，它亦是曾經造成浩劫的行政長官公署，然而它又是宣佈解嚴之所。當年因爲二二八事件而對祖國失望的台灣民眾，其中的部分菁英即憑藉社會主義，企圖找回所謂的祖國，詎料在被時代所侷限的五十年來，不斷地被迫變換角色，甚而其理念亦應時而被重新詮釋。因此，當爲理想犧牲奉獻的人回到現世中，卻感覺自己像是局外人。五十年代的馬場町，後來變成新公園，新公園在日後卻變成二二八紀念公園。五十年代白色恐怖受難遺族何處憑弔前賢？在他們憑弔的同時，可曾思想其中的差異？或許可歎的是已然改貌的人和不曾改貌的地標。然而，不變的地標如總統府，不能一逕笑看浮世，因爲它也難逃被世人笑看。

諸事百物的變與不變，曾經使千惠在正視資本主義社會時感到驚慌，怕自己如家畜般「被資本主義商品馴化、飼養」(陳映真1988e：65)而對不起革命理想，終於萎弱凋謝；春美卻未若千惠那樣，彷彿怕沾上什麼細菌似的避之唯恐不及。對比葉春美與蔡千惠：國木成人而李家興旺，貞柏出獄而漢廷的債已償，千惠因此目的達成了。然而，千惠是另一個〈鄉村的教師〉吳錦翔嗎？他們未親臨刑場或監牢其境，始終埋首夢中因而不得超脫，人在夢中沉浸日久，一旦驚醒則不勝負荷。

反觀春美，她的責任卻正開始，她懷抱著愼哲大哥的理想，並且身受宋蓉萱托孤遺願，因此，她能認淸現實。雖然重返社會使她彷若一個異國之人，但是南棟的存在，可以補足她半生的缺憾。這是一種放心任意，對春美而言，如果堅持理想的初衷不變，而現實環境不容，換一個角度繼續耕耘新生的田地，是救人也是自救。遺憾的是那些想不開的人，畢竟歷史如流水，岸上觀水，只見它滔滔東逝，舊水去新水來，是天地循環，也是人道消長，天地自然何曾爲人們停駐腳步？

値得同情的應是趙慶雲，他對現實認栽了卻也未得解脫。他不明白爲什麼一輩子心心念念只有愛國和抗日，竟遭此下場。他留下一個疑問：宋蓉萱加入了共產黨嗎？在「聯俄容共」之後，國民黨雖有淸黨之舉，然而對日抗戰時，已有許多學生或因爲愛國，或因爲理念不合而倒蔣。來台之後的宋蓉萱，或許真有策反國民黨政府之嫌，而趙慶雲不知道。

細說1931年，日本陸軍藉九一八事變發動侵華行動，1932年，日本海軍又利用一二八事變發動第二波強力攻擊行動。事變發生後，激起上海民眾及學生日益高漲的抗日情緒。而在上海的日本「居留民」，也不斷地召開會議，發出蠻橫口號——「膺懲暴戾支那」㊸。

九一八事變帶來了空前嚴重的國難，知識分子反應最強烈，他們組織抗日救國團體，發表宣言通電，舉行請願遊行，要求政府宣戰，主張懲罰不抵抗主義者，並發動大規模抵制日貨運動，形成澎湃激昂的抗日救國浪潮。固然絕大多數知識分子基於純粹的愛國赤忱要求救國抗日，但是不可諱言的，藉此發動政爭的野心家或陰謀分子也不在少數。如中共，即從1932年開始，利用抗日口號爭取國人同情，1935年更發表「八一宣言」主張抗日救國，推動所謂「抗日民族統一戰線」，以挽救其瀕臨潰滅的命運㊹。

以1931年九月至1937年七月的六年期間而言，對日本侵華行動表示義憤者，可粗分三類：一是支持政府長期抵抗政策的學者群；二是形成國難期間所謂「學生民族主義」(Student Nationalism)激潮的各大學青年知識分子；三是指一般失意的學閥和政客，其中有爲自身前途尋求發展者，也有爲中共張目的政治團體(李雲漢1990：494)。

學生運動的蓬勃，是國難期間的一項特色。其分別有兩次高潮：一、九一八至一二八時期，歷時約半年，京滬學生表現最激烈，曾到南京請願，潛伏其中的共產分子亦曾有暴烈行爲。二、是1935年因日本策動「華北自治」而觸發的「一二・九」、「一二・一六」學生運動，其餘波甚至延宕至1937年七月。「一二・九」是以北大學生爲主體發動的請願活動，請願重點在於反對華北特殊化，並要求日本撤兵，雖由中共領導，尙看不出與統一戰線的顯明關係㊺，但中共潛伏分子已蓄勢醞釀，並在「一二・一六」大遊行時滲入。

中共次年則組織「中華民族解放先鋒隊」，使其成爲中共的外圍團體。「1936年五月三十一日，在上海成立的全國各界救國聯合會，則已提出建立抗敵統一政權主張。七月十三日，向國民黨請願，要求立即對日宣戰，停止內戰」。（郭廷以 1980：665）

回溯1927年，國民黨宣佈「聯俄容共」政策，台灣的知識分子亦以熱切之心向望祖國。1926年8月29日出版的《臺灣民報》第120號，因刊出陳逢源的〈我的中國改造論〉而引起一場論戰。陳逢源從社會進化的觀點看，認爲資本主義雖有很多弊病，但畢竟比封建主義進步。他並且以爲經過資本主義之階段，才能進步到社會主義社會。但參與論戰的許乃昌與蔡孝乾有不同意見。許、蔡兩人基本上贊成當時大陸流行的看法——「以俄爲師」。在「中台同志會」和「廣東台灣革命青年團」的「台灣獨立運動」遭鎮壓之後，繼之而起的是1928年4月15日在上海成立的台灣共產黨，蔡孝乾即是五名中央委員之一。

戰後台灣雖歸國民黨收復，但內戰結果使蔡孝乾深信：共產黨勢必挾其席捲大陸的餘威，迅速「解放」台灣，不過事與願違，使他終而以中國共產黨台灣省工作委員會書記的身分，供出了祕密，並陸續使相關重要分子一一落網。這結果不但使社會主義革命分子蒙難，也透露出兩個思維向度，即：大陸的社會主義革命終究後繼無力，而國府當局的位置更呈顯出受制於美國的局面。

如第二章第三節所述，後者是冷戰兩體制所造成的局勢，其深受陳映真批判；而大陸革命的墮落，在陳映真而言，卻仍有其先行意義，至少他認爲：大陸當年不受美、日影響，雖貧窮，卻努力建立適合中國人生活的社會主義的社會。然而，努力與實現之間步步維艱，歷經了文化大革命和四人幫垮台，其中所牽扯出的放諸四海不改其貌的權力鬥爭，卻使得理想在彼岸亦不得善終，這則不免要教陳映真酸楚。

尤其我們在〈文書〉中，看到珠美年輕的哥哥一無怨憾地接受死刑，在〈趙南棟〉裡，我們同樣的從宋蓉萱就義前面壁如鏡，默然梳理髮絲的動作中，看到他們的從容和坦蕩。然而，即令許多人不改其志，懷著對中國的期待而繫獄或投死，其中的酸楚和痛楚，仍不得不讓人生發疑問：在後冷戰時期的今日之時局中，逐步走向改革開放，熱烈迎接資本主義發展的中國大陸，與三十年來的台灣相去幾何？設若長此以往，就地大人眾又且多民族的大陸來看，其貧富懸殊及城鄉差距等種種社會問題，將比台灣更甚，並且其倍數將不可以道里計。

或者以爲資本主義使人過度重視物質，將人降級爲非人；然則共產主義在某一層面上，也存在著把人降級爲非人的事實。因爲它否定了人的個別性，只強調全體性的重要，「爲了全體，個人不但要犧牲個人對物質的需求，也要犧牲個人對精神上的需求」㊻。因此陳映真時常表露的「從守窮得到力量」的說法，透露著一個弔詭的歷史發展的觀念，詹宏志認爲：

> 在陳映真的心目中，守窮是一種力量，是一種對抗消費社會的腐敗墮落的精神力量。但是，這是從個人靈命修養的觀點來看的，當它作為一種普遍的祈求時，不免就有歷史上的反諷了。回頭看中國苦楚的近代史，「富」，自始就不是自願的，「富」與「強」都是在炮火中、鮮血中、羞辱中被「逼」出來的。這段時間，台灣成為中國歷史上最富足

飽食的一個社會，不能單獨解釋為「貪慾」，不能單獨解釋為「物慾的追逐」，因為「富」這個概念，曾經是一百年來中國知識分子在受挫受辱之餘，立誓要建造給他們的子孫的一個「理想國」。㊼

其實陳映真若基於個人理念疾視資本主義如洪水猛獸，固然無可厚非，但若堅持資本主義必腐蝕人心，而認為人們因為無所選擇，所以被圈禁在資本主義體系之中，則有失客觀。驗諸現實，人們未必得鄙棄資本主義才能保全心靈潔淨。換言之，用共產主義實驗了半世紀的中國大陸，如今亦不得不變革其經濟政策，正是一項明證。

因此，如果說資本主義導向的商品化社會，是陳映真所要抨擊的重點，該反問的則是：何以人如此禁不住誘惑？難道在資本主義之中就乏人超然拔俗嗎？進一步想，眼不見資本主義，即保證清心寡慾嗎？

尤其由於台灣經濟體質的特殊，使得許多學者專家各持一見㊽。然而不論其所秉持的理念為何，都不易從個人有限的見解中，對台灣的經濟及其發展面向提供周延的照應。因此，探討台灣經濟之後殖民性格的工作，即受到種種侷限。在時代的洪流之中，或許所有議題的討論和文本呈現的意義，都僅僅在於它所提供的一個思考空間和論述場域吧！

如前所述，〈趙南棟〉一文頗具歸結性意義，其因素：一、本篇與華盛頓大樓的部分場景有銜接之處，而跨國企業與人心異化主題的文本意義，也在本篇再次強化；二、寫完〈趙南棟〉之後，陳映真在小說創作上沉寂了超過十二年，成為一個特殊的斷代。可惜的是，這篇預告著陳映真似乎將再度轉變風格的小說，仍無法對現實樂觀以待。

經過資本主義改造的戰後第二代，陳映真在七十年代以「華盛頓大樓」系列描述其梗概。到了八十年代，更以〈趙南棟〉一文加重其批判力道。文本所關注的重點是：帝國主義與強控制體在後殖民進程中所呈現的特定表情，以及它對改造精神和重塑心靈所發揮的作用力。就審視的立場言，在陳映真諸多小說中，〈趙南棟〉的確應該是具有總結意義的重要文本。

文中，陳映真以爾平爲例，說明進入跨國企業之後人的異化，並以他鑽利營私以致「滑進了一個富裕、貪嗜、腐敗的世界」㊾爲軸，企圖呈現一個殘酷的事實：新生代年輕人浮沉在物慾橫流的社會裡，終於遭逢資本主義的洪濤而致淹沒。有關於此，研究文獻的確指出：

> 當東亞華人社會由農業社會轉變成為工業社會之後，個人所追求的不再是道德理想，而是他在自身行業中的成就。這樣的轉變，促成了東亞華人社會價值觀的多元發展，也使得華人社會普遍地重視「自我風格的個人主義」、物質主義、功利主義和實用主義。(黃俊傑1995：25)

因此，陳映真試圖在文本上呈展新生代的墮落和異化，是真有此現實層面的。但他仍招致許多批評。評論者往往指責陳映真只見到社會病態，卻忽視還有孜孜奮鬥，潔身自愛的一群。然而，以後殖民論述觀點而言，這正是巴巴所強調的「病徵式」的展呈與閱讀策略。

換言之，我們不該只論爭作者的意識型態，應從直接閱讀文本的效果上，去找「閱讀超越文本的社會、文化及政治力量的特色」(阿希克洛夫特1998：56；183；193)。因爲戰後台灣的經濟發展，使得正義倫理的價值一再地遭踐踏，重財與勢的價值觀其實已經顯得十分突出了：

> 其結果是，在台灣社會裡，為了爭取財富與權勢，人們不惜以欺騙方式，不擇手段地來對待其他人。……在傳統差序格局的文化模式籠罩下，人情網路與輸誠系統乃一個人造勢與得勢很重要的結構管道。(黃俊傑1995：19)

於是，價值觀窄化了，人之爲人的意義也被矮化了。趙爾平便是在這個意涵下，以一個確然存在的個體，在文本中發揮著臧否時代的功能。

在「華盛頓大樓」系列裡所見的，多半是屈居跨國企業大架構底下的一群無奈者；到了〈趙南棟〉一文，觸目所見雖仍是甘心向物化的價值觀俯首稱臣的人，然而，陳映真爲針砭其弊而創造的角色——趙爾平——在後殖民的大敘述裡，卻顯然違反作者本意，而扭轉了某些刻板印象。換言之，文本之外所透露的訊息，反而挑戰了陳映真的固著的認知架構。因爲在爾平滑入貪嗜世界的同時，其實他已從權力擁有者那裡，學得全套本事了。因此，這裡所呈現的，不再是受制於跨國公司大機器下的可憐蟲，而是躍然站在權力擁有者肩上的新權貴。

這是因爲權力擁有者過分弱勢化他者，不料與這行動並行而來的，正是對他者的依賴與焦慮。換句話說，權力擁有者因爲要利用他者的勞力與智慧，在給予他者對等地位或並存地位之時，已經表現了他們對他者的依賴，並在考量他者的忠誠度與信賴度時，自己反而無意中被種種焦慮所苦。趙爾平因此在某些意涵上是奪權成功的。

作為政治犯家屬的趙爾平和趙南棟，他們的心情感受也應該納入討論範圍之中。成長中的趙南棟長得出奇的俊美，而且人見人愛，但他喜歡一切使官能滿足的事物。當父親寄自獄中的書信，總重複地鼓勵他們兄弟，要認真思考個人出路和國家民族出路之類的話的同時，父親並不知道他的革命之子正在重修、退學、留級、轉學中輪迴著。

南棟以無所用心對應他俊美的長相及特殊的家庭背景，日後並在面對父親時，表現他的陌生感。爾平對政治犯父親的感受則異於一般政治犯家屬，他表現得超乎尋常的熱烈，絲毫沒有怨懟。但是爾平對家庭的忠誠，對象只有父親和弟弟，其他即使親如妻子，都被他視如外人。再者，爾平在父親彌留之際打的一場商戰，更形成另一個弔詭：他只為撐起一個家，枉顧父親一生用道德良心堅持的理想——因此爾平還是逃不脫陳映真的譴責。

比較起來，身為政治犯家屬的表現，趙南棟近人情，趙爾平反而矯情。然而，給政治犯最大痛擊的，不是言語上的直接衝撞，而是趙南棟這樣「近人情」但陌生及淡然的面對，這樣牽繫不起一絲親情實感的「親人」的表現，教人情何以堪？而這齣大時代裡的悲劇，對這些政治犯來說，應早已是意料之中的，或許理想未能達成才是真正的痛苦之源，所以他們只得仰問蒼天：「這樣朗澈地赴死的一代，會只是那冷淡、長壽的歷史裡的，一個微末的波瀾嗎」？(陳映真1988e：141)

對照起〈山路〉，李父不願留在家鄉與朋友一起從事修墓工作，修墓固然高所得，但親兒屍首無著，裝點的是別人的墳，徒增悵惘。因而李父離家到台北作苦力，雖不能或忘兒子的下落，礙於時局，無法透露。李父悔恨讓國坤去念了師範學校，連帶不肯教國木繼續升學。是讀書這件事導致改革者送命嗎？〈鈴璫花〉裡的遠親和高東茂也是因爲多讀了書而喪生嗎？上進爭氣的趙爾平和萎靡拒學的趙南棟，卻呈現另一種思考角度。

八十年代的青年，彷若是陳映真眼中沉淪的象徵，對此，若干批評者固然認爲失之偏頗，但其實所謂沉淪或所謂發展，在某一個向度裡，都只是不同方式但相同程度的進行過程。南棟狎於純粹物化，俱樂部經理一職令他如魚得水，但以世俗眼光觀之，他墮落；爾平精緻剝食金權禁果，他的貪取苟得和營私逐利，反而有助於升遷。其實二者，哪一個不是實際存在的社會病態？

至於文本中稍見鑿痕的省籍關懷，陳映真首先讓角色們以相攜互補的方式加以調和；其次他藉慎哲之父無情拆散同省籍的慎哲和春美來說明，階級門第之別，才是導致扞格的火源；再其次，二二八事件發生時，趙慶雲幫了本省籍醫師林榮脫困，五十年代白色恐怖時期，林榮醫師則無怨尤地接下扶養政治犯遺孤重擔。陳映真的目的，正是重複以諸如此類的事件來提問：省籍芥蒂存在嗎？

因此究其實，導致異省籍族群相處嫌隙結果的前提是：階級不平等的違常社會型態。好比之所以挑起二二八事件，即起因於查緝私煙者所表露出的壓迫者嘴臉。客觀地說，五十年代受到白色恐怖鎮壓的人們所努力的，與其他愛鄉土的台灣人一樣，都是在「抵殖民」，只不過其意識型態不同。所以，陳映真以〈趙南棟〉一文宣示：沒有族群對立的問題，只有階級意識的問題。

如果一定要在族群之間找到平衡點，以告慰在族群衝突時不幸罹難的人，葉春美的任重撫孤，便象徵重生的可能。因為從這一刻起，資本主義的善與惡、國族論述的「政治正確」或「政治不正確」，對葉春美與趙南棟根本不形成意義。當春美眼中散發溫暖光采時，便已經「像是母親看見了自己的骨血」(陳映真1988e：148)，其他何庸多言？

群族課題或者統獨思維模式的論爭，在國共對決的五十年代裡尚未分股而流，孰料台灣在光復後幾年，深受國府政權蹂躪，因此成立於日據時代並受挫於當時的台灣共產黨，才能結合來自中國的共產黨分子，再一次強固社會主義思想，且化為顛覆國府的行動。也正因此，台共的改革焦點自此失焦了，台共與中共都一起被歸類到對立面去了。

當然，或許陳映真不做如是分類，然而，「歷史性正確」卻不容置疑。惋惜的是，當人們深深為二二八受難的士紳菁英悼念之際，往往因為「政治性不正確」，而有意無意地忽略五十年代犧牲的那一群人。是故，一提及五十年代，眾人莫不期期然以為不可，彷彿忘了他們曾經與台灣同胞站在同一陣線，抵抗新的壓迫者──國民黨政權，而逕以「統派」、「賣台」、「中共同路人」的思考角度曲解他們。

葉石濤(1991：20)回憶中的五十年代紀實明白指出：

> 如果說，在二二八事變前後，台灣民眾已經有分離主義的思想，那是昧於歷史現實的胡扯。甚至在二二八事變這慘重的悲劇發生之後，台灣民眾仍然未停止對祖國濃厚的愛。……光復初期的台灣知識分子最大的心理癥結，並非現實的統獨之爭，而是馬克思主義的蔓延。

在白色恐怖肆虐下，有些受難者是無辜被株連的，有些是因爲對白色國府失望，而投向紅色共黨的。基本上白色恐怖的清鄉、掃紅動作，還是國共內戰的延伸，而這些革命分子是爲反國民黨而揭竿，並非反全部的外省人。甚且，在這個意義下，他們仍是親中國的。

但時局不同了，前此犧牲的人，在今日政治變局中如何論定他們呢？又有誰在當時即能逆料，關於台灣自主性主權的號召，如今竟成爲主流？至於1987年，正式將族群到底「要不要」或「能不能」融合這個議題搬上國會殿堂一事㊿，恐怕更是當時人們萬萬想不到的。所以，學者始有「省籍意識只存在於政治人士之間」51的結論。

因此，陳映真將論爭的焦點挪移至另一個次元，使台灣和大陸的省籍區別不成爲〈趙南棟〉文本所集中呈現的問題，而且恰恰以台灣與大陸第二代在此地所受的相同待遇，證實資本主義之物化對人性的扭曲，再一次說明只有階級陟降，沒有族群紛爭。亦因此，陳映真之道一以貫之：他強調「階級」書寫的思想結構，並再一次對東西兩霸對壘與「反共／安全」的冷戰體制所造成的民族分斷，以及五十年來逃不開的帝國夢魘，提出嚴正指控。

在塑襯因拜物而異化的部分，文本對漸形疏離的生命與理想所做敘述，則成爲作者多所著墨的重點。在這情勢下，使人不成爲人，物不成爲物，情不成爲情，只求曾經擁有，不在乎天長地久。所以，即使只活在感官世界者如趙南棟，一旦碰到像莫莉這樣的對手，都不免亂了方寸。莫莉的半被強迫的「性早熟」使她的感官容易麻木，需一再增加強度，一旦強度力道不夠，俊美的南棟也只得成爲敝屣一雙。一個沒有心肝的人，於是不知如何對應另一個沒有心肝的人。

無法證實的是，如果葉春美細說從頭，趙南棟是否能夠比較貼近其父其母的心靈？一個狎於感官享樂，欠缺人文素養的人，能恰如其分地體貼歷史的脈動及變化嗎？或許更要問的是，趙南棟所生活的社會與大時代脫序了嗎？

從戰後台灣經驗中可得知：處於傳統與現代的民眾的價值觀，是透過教育系統而得以強化，「其根本原因即在於學校教育所傳播的價值觀與現實社會中的價值觀的脫節」(黃俊傑1995：24-25)：

> 由於……西方強調每一個人都是獨立平等之個體的正義標準在華人社會中不容易為人所接受，源自儒家傳統的「人情法則」又常常成為破壞「公平法則」的主要力量，因此，華人社會轉化成為工業社會後，本來就潛存有一種「社會控制力薄弱」的危機。解嚴之後台灣所面臨的問題，可以說是上述潛存問題的總爆發。(黃俊傑1995：24-25)

趙南棟即生活在解嚴前即將爆發的臨界點上，因此對於早年爲理念而半生監禁的父親，他的確感覺陌生。在他的腦子裡，充滿的全是不切實際、難以達到的內聖外王之儒式教育，他只好因爲要排斥這些束縛，所以疏遠父親。

至於穿梭其間的護士邱玉梅，雖然台詞不多，但她的原住民身分，似乎是陳映真所要開發的一個新課題。自從《人間雜誌》在1985年11月刊行關懷弱勢團體的主題，陳映真的觸角即有意集中在揭發及反思的命題上，並調高蘊結在社會底層裡的一群邊緣人的音量，而山地原住民即是其中一個備受關注的焦點。

近年來，相關的社會現象和族群問題，已開始在公共思考領域裡被提出，而原住民知青亦相繼在政治界、學術界及文學界中嶄露頭角。是以，我們不妨引提一段文字，藉以重新調整視野，在族群論爭及政治協商未克作出決議當下，思索一個長久被忽視的舊問題：所謂壓迫者與被壓迫者，到底是誰？不是誰？試以原住民孫大川其母說法爲例：

「感覺上閩南人是較自私的、現實的，我們常吃他們的虧。至於外省人，似乎較具善意，四十年來台灣不是進步許多了嗎？我不大明白他們吵什麼，他們不都是中國人嗎？」……她(母親)之對閩南人頗有微詞，是因為……在日據時代，閩南人以「中國人」的身分，地位高於原住民一等；而後來的四十年閩南人搖身一變，竟以「台灣人」的身分，要求權力的本土化，這大概是母親批評閩南人自私、現實的心理情結。後來我驚訝的發現這種情結竟普遍地潛伏在許多原住民朋友的心靈深處。[52]

族群的紛爭擾攘，的確不易釐清。不過，有人說：漢人兩手皆沾滿血腥，借若如此，贏家會是誰？

族群融合(ethnic assimilation，或稱「族群同化」)大抵有三種模式：一是熔爐式同化，其意義暗示著它是一種出於自願的、自然發生的同化過程。二是教化式同化，強調單方面的教化過程，以破壞劣勢族群文化而完成，其發生於非志願性的接觸，如殖民或征服。三是結構多元主義式同化，其意義在於各

族群保有各自獨特文化，並在和諧及互相尊重的狀態下共存。㊿

如上所謂的「族群融合」，其策略模式的不一，正好提供了融合過程裡的緩衝地帶。易言之，當中可能存有介入者插手操縱的餘裕。因此，學者對台灣社會融合本質的看法即頗不一致，於是我們也很難在其中找到正確論斷。

不過，我們仍必須思考：設若融合或同化問題如前所述只存在於政治人士之間，當某人在政爭中勝出時，我們更必須思索他是否代表真理。因爲成王敗寇，使得人們在做出選擇之前，已經有「西瓜偎大邊」的預期心理，所以，這也將導致「如何融合」和「誰融合誰」等諸多困擾。

換句話說，設若聽任政治操盤，則真心和解不易。更甚者，現實曾經用一個弔詭的玩笑報復歷史：

> 主張中國國族主義的人在國民黨威權時代，可分成兩種人，一種是國民黨的御用學者，……；另一種是信仰社會主義的在野勢力，以陳映真、王曉波等人為代表。後一種人雖與前一種人同樣主張大中國主義，但在資本主義和社會主義兩種意識形態的對壘上，後一種人被前一種人扣上「中共同路人」的紅帽子而坐監獄中。解嚴以後，……作為對抗台灣國族主義的重責大任反而落在當年國民黨階下囚的社會主義兼大中國主義者肩上。54

個人是否能逃脫大敘述的涵蓋面，其實並無關緊要，因爲歷史是有權力的人寫的。我們頂多能企求的是，檯面下人與人之間的互動或融合是秉之以情感，而非利益權謀。易言之，具有足以導燃意識型態之爭，或使之爆發認同危機的決定性因素，往往並非單純來自人們所居住的土地。國界經常存在於看不見的地方。

結　語

日帝殖民半世紀之後，台灣的體質有如歷經大換血手術，從此台灣與日本相斥又相吸。持平而言，日人在政治上的確採高壓政策及歧視態度。割台初期，日本挾「脫亞入歐」的優越感雄視亞洲其他國家之落後。原本同為亞洲地區的一員，但憑藉明治維新的成功，比亞洲其他國家早一步脫離落後和貧窮，並建設成現代化的資本主義強權。當日本躋身於現代化國家之林，便不再瞧得起其他亞洲兄弟。對於殖民地台灣之富含封建氣息，日本尤其感到須「喚醒頑冥的支那人，將其導向文明」㊺。更甚者，日本近代啓蒙思想家福澤諭吉對日本在甲午戰爭中打敗中國一事，還直說：「這是文明戰勝野蠻。」㊻

這不免令人想起本論文第一章所述，沙特的「文而化之」的殖民主義神話。由此可見，日本在台灣所推行的「皇民化」運動，同樣的是以「啓蒙者和野蠻人」的神話與「現代化」的神話，做爲使殖民主義合理化的策略㊼。

在種種皇民化意識洗腦下，殖民者與被殖民者分別被定位爲汙濁與潔淨。被殖民者必須與過去的自我斷裂，而且其心理層面所產生的錯亂，很快地被收編、被壓服，甚而被殖民者自行默認這些虛構的所謂汙濁的本質，並且欣然戴上殖民者文化的面具㊽。特別是「在強化大東亞戰爭亞細亞與西方的對立結構之解釋下，台灣人與日本人之間、東洋其他民族與日本之間的界線或緊張關係，都變得較爲模糊而和緩」(柳書琴2000：17)。內台一體的訴求，更使得原來狃於悲慘命運中的台灣人得窺一線光明。

然而，「台灣的殖民地男性往往被迫陰性化、或主動有陰性認同的傾向」(柳書琴2000：21)。使被殖民者存有被閹割、宰制的恐懼，這原是殖民者慣用的伎倆，但由於殖民者需仰賴殖民地軍事人力動員，「因此宣傳中便轉而強調雄性特徵與男性復甦」(柳書琴2000：21)，於是動員軍事人力的策略在這場戰爭中，即以身分的階級性、身分的認同與身分的變異，來取代戰爭的真正動機。

從日帝殖民到國府治台，上述的統治舉措並無太大差異，因此，本章第一節所探究的三篇小說，即分別呈顯出日籍台灣兵、在台大陸兵和滯留大陸的台籍老兵三者各自的心事。在這裡，我們看到由於命運簸弄，有的人被斷阻回鄉之途，其結局慘絕；有的人固然有幸回到故土家園，卻無法安頓其心靈。換言之，在某種意義下，他們都在歸途迢遞的鄉關之外徘徊。藉此，本論文試圖整理的是：所謂「故鄉」的意義。

當年遷台的大陸兵員，接受當局反攻號召，苦守台灣。然而，當局心知肚明反攻無望，但因爲無法向兩百萬撤台者交代，只好運作國家機器，強行鋪展光復大陸的藍圖。這些大陸兵員身歷北伐、抗日和剿匪，無奈在台灣他們還要面對身爲大陸人的「原罪」：因爲他們可能是「中共同路人」，因爲他們和曾經作踐台民的大陸人一樣，是「外省豬」；然而，可歎如今他們卻又變成「呆(台)胞」。本章對此尚無深入探討，將留待第四章、第五章進行思索。

再者，同樣被國府當局籠絡的台籍兵員，因國共內戰而陰錯陽差留滯在大陸，弔詭的是：當初遠赴彼岸打共軍的台灣人，如今變成身著列寧服的大陸人。而曾經做爲日本兵的台灣人，若非業經洗腦產生認同錯亂，私心渴望蛻變爲日本人，就是一如吳錦翔，變成夢想破滅、無所適從的人。

前述三者從軍動機不同：如〈歸鄉〉裡的老朱，因爲母親慫恿他上城去看電影紓解辛勞，不幸使老朱再無機會承歡膝下；楊斌因爲家計窘困，爲守全家庭而獻身；王金木卻是滿載家人祝福、披紅掛彩投軍去「學國語」。在〈鄉村的教師〉裡，吳錦翔的學生同樣接受號召，大宴賓客之後即將一身尊榮地奔赴沙場；但曾經身歷其境的吳錦翔，因爲其心苦絕，竟無奈也無計阻止。而〈文書〉裡的安某，本是爲逃離家族罪孽，不料又踩進另一個罪惡淵藪。

時代的罪咎蜿蜒了歸途，於是鄉關何處是？現實使人愁。殘酷的現實加諸特定的人，當然使其痛苦不堪，然而一般人也難逃其籠罩。第二節所思索的即是輾轉此間的可憐人，在〈麵攤〉、〈祖父和傘〉、〈死者〉與〈蘋果樹〉文本鋪述裡，我們一再見到弱勢者屈身在無力推擴的狹窄空間中吁喘著。

除卻政治因素，導致社會變遷的成因，還有來自於社會價值取向與民間文化的轉變。如傳統性與現代性的對蹠、本土化與國際化的抗衡，這些都是中西思潮激盪的另一個面向。戰後台灣的社會，其思想層面恆在官方高倡儒思爲中心的中國文化，以及民間學者力圖重整儒學傳統的解釋權之爭執中，額外灌注了各種西方思潮。但如前所述，無論是傳統思想的再解釋或西方思潮的引介，皆無一能倖免於當時特殊的政經情勢之影響，尤其是政治力的滲透與支配。而這個現象具體顯示出所謂

「台灣經驗」所具有的「特殊性」(uniqueness)：

> 這種特殊性表現在戰後台灣小型工業的極具韌性；表現在民間信仰或祖先崇拜之深受利得取向(aquisitiveness)之影響；也表現在官方對儒學的新解釋以及西方思潮進入台灣後之受到扭曲與重組。(黃俊傑1995：45)

然而這些日後所釐清的緣故，都已是事後之明，推究當時人民因應的歷程，則仍不免教人一掬辛酸淚。

設想：更迭的政權來來去去，若百姓能不受牽扯生活如常，則「帝力於我何有哉」？但是，現實永遠以酷烈之姿雄踞可堪哀憐的人間世。殘存在人們腦中的記憶即是如此難堪。尤其國民黨一黨獨大的時代，所鑄下諸多禍端，其中二二八事件和五十年代白色恐怖的魔爪，深深攫傷無辜者的身心。關乎此，我們著意思考的重點是：個人如何逃脫大敘述的涵蓋面，並且如何還原時代的棋局，重新認識久經湮滅的真貌。

釁端為大稻埕警民衝突的二二八事件，肇因於台灣淪日五十載所生差異。戰後，大陸與台灣之聯繫既欠周全，接收台灣之後的措施又多枘鑿，面對甫接收的台灣社會人心之不滿及局部之亂象，當局卻一味歸咎為殖民遺毒，無法設身處地感同身受，更甚而有歧視台民為必須重新教化的邊緣人之說。然則國民黨政府本身卻如強弩之末，其腐敗混亂的形象，撩撥著台灣子民的痛楚。

五十年代一批滿懷改革理想的菁英分子，便在大肅清行動中或喪生或遭監禁。陳映真以〈山路〉、〈鈴璫花〉以及〈趙南棟〉三篇小說，試圖鑿刻被人們遠遠拋諸腦後的記憶。不同的是：二二八事件爆發，曾經將罅隙揭開，露出潰爛的血肉；然而，大肅清行動中的消亡者，卻在時代的悶局中被迫封口。

更甚且，日後國府附庸於美國的防衛陣線，因而有效地在難以結痂的傷口上塗脂抹粉；不過，形勢固然比人強，文飾不了的傷痕仍不時會流出創膿。在變局的罅縫中，陳映真找到迫人直面的一個角落，不論人們敢於面對，或是只能側目，其目的都算達成吧！

日帝殖民遺毒荼苦台灣人民，國府「強制性覆蓋」亦斲傷之，歷史的傷痕至今清晰可見。但如今我們該檢討的，或許更要超越陳映真本身的思考邏輯：如果目下所謂「祖國」仍是以一種仰之彌高的態度君臨王土，其背後宰制的意圖恐怕不道自破。

歷來台灣人所要求的「是民主政治，是政治上的自由和平等，不予台灣人以政治自由，不以平等待遇台灣人，一切政治技巧都沒用的，日本人的失敗就在這裡」[59]。不僅只是日本殖民帝國如斯，國民黨舊政府如斯，未來兩岸協商的底限亦將如斯。

註釋

① 詳見丁桀：《日本人欠台灣同胞多少債》(巨橋雜誌社，出版日期不詳)，頁5－6。轉引自王曉波：《臺灣抗日五十年》(台北：正中，1997年)，頁11。

② 見：〈鄉村的教師〉，《作品集1》，頁26。

③ 見施正鋒：《族群與民族主義》(台北：前衛，1998年)，頁99。

④ 見米樂山(Lucien Miller)著、蕭錦綿譯：〈枷鎖上的斷痕〉，《作品集15》，頁123。

⑤ 詳見林書揚等譯：《台灣社會運動史》第二冊政治運動(台北：創造，1989年)，頁13-14。此即《台灣警察沿革志》第二篇「領台以後的治安狀況」(中卷)。詳見王曉

波：《台灣抗日五十年》，頁134-135。

⑥ 見李豐楙：〈命與罪──六十年代台灣小說中的宗教意識〉，《五十年來台灣文學研討會論文集──「台灣文學中的社會」研討會》(台北：文建會，1996年6月)，頁270。

⑦ 見：〈文書〉，《作品集1》，頁119。

⑧ 根據Karl Jaspers的說法。詳見施正鋒：《族群與民族主義》，頁145。

⑨ 見陳映真：〈歸鄉〉，《噤啞的論爭》(台北：人間，1999p年)，頁9。

⑩ 詳見陳映真：〈近親憎惡與皇民主義──答覆彭歌先生〉，《聯合報》，1998年7月7日至9日。

⑪ 詳見尾崎秀樹：〈戰時的台灣文學〉，錄自黃富三、曹永和主編：《台灣史論叢》第一輯，頁469。

⑫ 見游勝冠：《台灣文學本土論的興起與發展》(台北：前衛，1996年7月)，頁214-215。

⑬ 七十年代以降，所謂統派的新民族主義者，即引中國左翼革命傳統以強化對中國的認同。然而，一方面因為現代化的台灣，正開始享有資本主義帶來的甜果，二方面在於台灣已接受太多美國式教化，於是兩岸的分背之勢益顯鮮明。

⑭ 見姜郁華訪問陳映真談話：〈擁抱生活・關愛人間〉，《作品集6》，頁58。陳映真說：「我從文學上知道，人，對於另一個人的關心和興趣，是最容易疲倦的。」

⑮ 見孟樊：《後現代併發症》(台北：桂冠，1989年)，頁4。

⑯ 姚一葦：〈總序〉，見《陳映真作品集》各卷，頁12。

⑰ 見黎湘萍：《台灣的憂鬱》(北京：三聯，1994年10月)，頁120。

⑱ 同上注，頁164。引文中「蘸」字原作「醮」，疑誤植，今改正之。

⑲ 見：〈麵攤〉，《作品集1》，頁7、8。

⑳ 詳見程錫麟等譯：《女性的奧祕》(成都：四川人民，1988年)。

㉑ 見西蒙・波娃著，楊翠屏譯：《第二性》第三卷：正當的主張與邁向解放(台北：志文，1997年4月)，頁35。

㉒ 見林鎮山：〈再會「淒慘的無言的嘴」──論陳映真《將軍族》〉，(行政院文建會主辦：台灣文學經典研討會論文，1999年3月19-21日假國家圖書館舉行)，頁7。

㉓ 見：〈祖父和傘〉，《作品集1》，頁60。

㉔ 見陳映真：《夜行貨車》(台北：遠景，1979年11月)，頁293。

㉕ 見廖朝陽：〈《無言的山丘》——土地經驗與民族空間〉，收於張京媛編：《後殖民理論與文化認同》，頁343-344。

㉖ 見：〈死者〉，《作品集1》，頁45。

㉗ 見：〈蘋果樹〉，《作品集1》，頁106。

㉘ 如1932年10月，十九陸軍在福建龍岩實施土改，至1934年6月草草結束；1943年，福建省通過「扶植自耕農辦法」，至1949年1月實施，但亦未奏效；1949年夏，農復會在四川協助全省一百三十八縣實施減租計劃，也受限於大局委弱。其他如貴州、廣東亦有零星計劃。直至1949年3月在台灣所推動的土改政策，始見成果。

㉙ 據了解，以光復後第一屆台灣省參議會作為觀察點，當時台灣社會菁英的組合有兩項顯著的特徵：第一項是高級知識分子，包括受過大專以上現代教育的約佔一半，另一部分是漢學根柢深厚而兼具國際視野的碩彥之士；第二項是當時台灣社會的領導階層，他們包括80% 的地主及產業世家出身者，大抵具備雄厚的經濟和政治資本，而且有既定的社會聲望。詳見鄭梓：《台灣省參議會史研究》，轉引自黃俊傑：《戰後台灣的轉型及其展望》，頁66-67。

㉚ 詳見前揭書，頁71-75。所謂「撤田」，其方式是「將土地所有權變化名分戶，變一家為數戶，藉掩飾政府對田地所有量之限制」。上述是1947年12月3日台灣省警備司令部給省政府的電報內容，詳見國史館藏：《台灣省地政處檔》〈請制止非法撤佃〉。

㉛ 見吳南村：〈堅持一塊玉的作家——陳映真及其作品的意義〉，《新潮》(1975年1月)29期。

㉜ 這三篇所謂的政治小說，分別被劃分在不同類型中。武治純以內容為基準將〈山路〉、〈鈴璫花〉劃分在「兩岸情節小說」；古繼堂區分八十年代台灣小說為七類，將〈山路〉劃為「牢獄題材的小說」；宋澤萊將關於政治議題的小說區分為四類，把陳映真劃歸在以黃春明為首的「反殖民體制的社會經濟面的文學」中，是所謂的「人權文學」；並將北陳(映真)的第三世界文學論述所規範的反殖民地體制文學和南葉(石濤)

的台灣文學自主論所規範的弱小民族史文學劃為前四類的前軀。林燿德以為〈山路〉、〈趙南棟〉是對「台灣子民政治命運的哀輓史詩」，而將之劃歸「左翼統派政治小說」。

㉝ 見：〈山路〉，《作品集5》，頁54。

㉞ 以上為改編自日本昭和六年(1931年)，以淺白詩體所寫的〈三字集〉。詳見岡崎郁子《台灣文學──異端的系譜》，頁176。

㉟ 見胡民祥：〈「三度思維空間」的〈山路〉〉，《新文化》，五期，1989年6月，頁94。

㊱ 同上注，頁88。該文作者引用法國當代文藝社會學派代表學者羅伯．埃斯卡皮(Robert Escarpit)語謂：「凡文學事實都必須有作家、書籍和讀者，或者說得更普遍些，總有創作者、作品與大眾這三個方面，三個方面形成一個循環系統。」並引用中國當代文學理論家劉再復之文學審美分析，指出：「把文學看做是從『作者』，經『作品』到『讀者』的思維過程，這裡作者賦予作品以生命，而讀者則在接受作品的藝術過程中，也曾發現到作者所未意識到的東西，而具有藝術再創造的功能。」

㊲ 如吳錦發曾將陳映真的三篇政治小說與葉石濤的〈紅鞋子〉做對比，指出後者「幾乎沒有一句激情的口號，也沒有把那些事件中的人物的人格推崇得多高，而是如實的，在他們日常生活的細節上細細描繪」。詳見吳錦發：〈兀自汩汩流血的傷口──簡評葉石濤的「紅鞋子」〉《一九八八年台灣小說選》，頁113-116。

㊳ 見陳映真：〈序文〉，《山路》(台北：遠景，1984c年9月)，頁2。

㊴ 見王德威：《眾聲喧嘩》(台北：遠流，1988年9月)，頁276。

㊵ 〈鈴璫花〉發表於1983年4月《文季》一期，〈山路〉發表於1983年8月《文季》三期。

㊶ 詳見林書揚為藍博洲：《幌馬車之歌》(台北：時報)所做序文：〈隱沒在戰雲中的星團〉。

㊷ 見：〈趙南棟〉，《作品集5》，頁84-85。

㊸ 李雲漢：《中國近代史》(台北：三民，1990年3月)，頁485-486。

㊹ 同上注，頁493-494(或見郭廷以：《近代中國史綱》(香港：中文大學，1980年)，頁

564-565)。

㊺ 郭廷以以為該活動是中共所策動，見：《近代中國史綱》，頁665。李雲漢以為「初與中共無關」，見：《中國近代史》，頁495。

㊻ 譚嘉：〈試論陳映真在「萬商帝君」中的寫作意識〉，《作品集14》，頁181。

㊼ 詹宏志：〈理想論者的思想與歷史觀〉，《作品集10》，頁22-23。

㊽ 詳見戴國煇：《台灣總體相》；谷蒲孝雄編著：《國際加工基地的形成──台灣的工業化》(台北：人間，1992年6月)；陳玉璽：《台灣的依附型發展》(台北：人間，1992年7月)；陳坤宏：《消費文化理論》(台北：揚智，1996年3月)；林中平：〈國家組織或大有為的政府？──從最近台灣的經濟學學術會議討論起〉，《台灣社會研究季刊》一卷一期，1988年春季號；王振寰：〈國家角色、依賴發展與階級關係──從四本有關台灣發展的研究談起〉，《台灣社會研究季刊》一卷一期，1988年春季號；吳聰敏：〈美援與台灣的經濟發展〉，《台灣社會研究季刊》一卷一期，1988年春季號；若林正丈著、雷慧英譯：〈戰後台灣的經濟發展與社會變化〉，《台灣研究集刊》，1995年1期。

㊾ 見：〈趙南棟〉，《作品集5》，頁114。本篇在人間版小說卷中所標示之發表日期有誤，該版作：「一九七六年」，應改為：「一九八七年」。

㊿ 依王甫昌說法：76年立委吳淑珍向當時行政院長俞國華提出省籍問題之質詢，省籍問題才正式進入公共思考領域(〈省籍融合的本質──一個理論與經驗的探討〉，《族群關係與國家認同》。前此的討論，僅以「鄉土意識」、「中國結」和「台灣結」稱之。詳見蕭新煌：〈當代知識分子的「鄉土意識」──社會學的考察〉，《中國論壇》265期，1986年，頁56-67；南方朔：〈「中國結」與「台灣結」統一論〉，《中國論壇》265期，1986年，頁31-33；黃光國：〈「中國結」與「台灣結」的社會心理分析〉，《中國論壇》266期，1986年，頁26-30。另依盧建榮說法：「1982年詹宏志在海外的《美洲中國時報》與人討論台灣意識和中國意識時，才有更切入問題核心的表述方式。但在國內，這樣的表述方式要到1983年反官方的《生根雜誌》和《夏潮雜誌》在為台灣文學定位一事相爭，始告改變。從此有一段時間，不同政治立場者均以『中國結』和『台灣結』來分別稱呼擁抱中國國族主義者和懷抱台灣國族主義者。對於族群政治現

象的理解，會從地域觀念層次轉變到政治認同心結層次，代表的是問題的嚴重性已提升到逐漸為人所意識的程度。」(《分裂的國族認同 1975-1997》，頁29。)

51 見蕭新煌：〈「省籍問題」再探索〉，《自由時報》，1990年12月12日4版。

52 見孫大川：《久久酒一次》，頁21。孫大川另有其他相關論說，如：〈原住民文化歷史與心靈世界的摹寫〉，《中外文學》二十一卷七期，1992年12月，頁153-178。

53 詳見王甫昌：〈省籍融合的本質——一個理論與經驗的探討〉，《族群關係與國家認同》(台北：業強，1993年2月)，頁56-61。

54 盧建榮：《分裂的國族認同 1975-1997》(台北：麥田，1999年2月)，頁247-248。

55 福澤諭吉：〈福澤諭吉的台灣論說(一)〉，《台灣風物》41卷1期，1991年3月，頁89。轉引自呂正惠：〈殖民地的傷痕：脫亞入歐論與皇民化教育〉，見江自得主編：《殖民地經驗與台灣文學》，頁49。

56 同上注。

57 詳見本論文第一章。

58 詳見本論文第一章第三節。

59 謝春木；〈光明普照下的台灣〉，《政經報》第一卷第三期。轉引自游勝冠：《台灣文學本土論的興起與發展》，頁92。

跨世紀的孤寂

1895年之後，台灣的命運長相與日據夢魘不離不棄。從十九世紀跨越到二十世紀，百年來獨自嚐受孤寂的台灣子民，其心情若何？其處境若何？又將如何自求解脫？再者，面對「倉皇辭廟」而來的人們，以及勢如排山的美國文化，爲求調融彼此之間差異，格外成爲台灣人所面臨的浩劫之後的新課題。

第一節　偏執的知識階級

眾聲喧嘩的年代裡，同質化的意義及其必要，已遭到連根的質疑。在思索後殖民時期的中心論述與他者論述的微妙關係時，文化之所以生成，便成爲相當受到關注的對象。

薩依德在《文化與帝國主義》(*Culture and Imperialism*)一書中，已釐定他所謂「文化」的意涵。以立基於此的概念來說，文化的指涉並非經濟、政治及社會畛域的對立面，亦非其所展呈的美學形式之樂趣。相對的，它是著眼在：文化何以被視如知識思想寶庫之鑰？再者，風行於社會的主流文化，又是如何合法地變爲高尙而優雅的文化？以至於壓縮推擠其他非主流文化，使之避退到邊緣或另種論述的範圍內？如果勢必要爲這個問題找到答案，有關經濟、政治、社會生活等等面向，正是其關鍵所在。

我們看六十年代的台灣，當時知識分子對自身「存在」的意義，是相當困惑的。從大陸分崩出來的當局，用戒嚴令遂行不合民意的統治，並以一套新型意識型態──即中國文化其外，新解三民主義其中──強行灌輸人民思想。值時，「反共」，是軍民一心的標準口號；「反攻」，是勢在必行的行動指導，而知識分子沒有臧否政治的空間。在這種情況下，台灣的政治、經濟、文化、社會諸面相，皆以特殊形式的表現投射其影響。

本節將藉〈淒慘的無言的嘴〉、〈哦！蘇珊娜〉、〈最後的夏日〉、〈唐倩的喜劇〉四篇小說，來檢驗當時知識分子的輸誠或反動。發表於六十年代初期的這四篇小說，其中所採取設色嘲諷的筆法，正好突顯出在某一種敏感的時間和特殊的向度裡流動著的陳映真，及其對時代與知識分子的鞭辟。

社會上的特殊生活方式是人工製品，但它常是導致文化易遷的重要變數，它能使內部所出現的異文化產生變革，甚至因此使之自行調整內部的機能。從〈哦！蘇珊娜〉文本中，我們看到了某些喜歡追求冒險的人，他們不得不在固定化的社會模式中屈伸著。因爲當內部機能經過調整、修改的歷程，其結構和內容亦將爲之丕變。所以，當時人們所呈現出來的樣貌的不健全，則不禁使人浩嘆。如前所述，六十年代的知識分子，與現實是疏離的，他們無法貼近社會脈動，去關懷政治或其他問題。他們活在那個社會裡，卻不真正融合於那個社會。他們被間接地推擠出來，進不了社會病理所產生的核心，只能退而思索自己存在的價值與意義。

比如文中女主角處境即如是。適逢「末世聖徒教會」的彼埃洛和撒姆耳叩開她的心門，才使她看到另一種用行動實踐的人。特別是彼埃洛之衣冠整齊，溫柔而瀟灑，自是不同於李的。可是來自美國的彼埃洛竟因車禍意外死了。死亡，照例地在陳映真早期作品中擔任一個「死諫」的工作，逼使相關的角色思索，進而改變。是故，開始芳心悸動的她，亦從其中領悟了成長的意義。而較之於來自美國的彼埃洛，李在當時台灣的社會格局中，因爲有志難伸，被迫變成一個行動的無能者。

嚴格而言，文本敘述簡單，甚且是過於簡約，實令人難以循文本脈絡去推想作者寫作重心。不過，其中所顯示的社會問題，倒值得我們抽絲剝繭深入探討。對於青年學子所面臨的特殊處境，我們參酌學者對當時「沉寂的學生與台灣前途」所做研究解釋：

> 台灣的大學生一般顯得較順從，較重安全而且保守，對自由民主的價值支持較低，他們對政治或公眾事務缺乏興趣。由於考試制度與教育體系的影響，使得學生不敢公然表示異議。由於恐懼失去地位，以及對未來充滿希望，塑造出了「沉寂的學生」，而可能會對終極政治目標，採取形式化的做法。①

據1968年行政院主計處統計提要亦可得知：就整個六十年代而言，有將近五分之一的大學生出國留學。雖然出國留學的人口多，回來的人少，而且在美國的生活艱苦，並且將導致家人長期離散，還是有許多人拼命想出去。

學者以爲：關於這種一窩蜂的留學潮現象，應該從台灣教育體系整體脈絡中，來理解學生的態度與價值(Sheldon

Appleton1986：198)。因爲台灣的教育是以權威爲中心的，「課程和教材是全台灣統一的，外來的督察、標準化的考試和其他方法強化了這些教材的使用」(Sheldon Appleton1986：198)。再者，發表爭議性論題可能影響個人前景，是故，「學生們也不願冒險失去其好不容易才獲得的地位，而公然表達異議。不僅只是恐懼，而是恐懼和希望的結合才造成這種『沉寂的學生』(silent student)之現象」(Sheldon Appleton1986：203)。從1957年至1966年十年中，台灣每年大學畢業的人數，幾乎增加四倍，出國留學者增加得更快。

> 高百分比的台灣最優秀大學畢業生的長期移民出去，扮演了一相當重要的安全瓣角色，使那些可能成為任何行動主義式運動(activist movements)核心的學生自國內移出去，而且使他在就讀大學期間，如同其他後來未能成功的同學一般，集中精力在爭取出國唸書的資格。(Sheldon Appleton1986：204)

在這研究結果所涵蓋的範圍下，〈哦！蘇珊娜〉一文中無出路的李，即使讀了一屋子的書，除了跟著出國便可能無從發揮，所以他只得以粗野和不在乎的方式，表現他的憤怒與苦悶。從這裡，我們推展到下一篇作品，其實當中脈絡亦相似。在〈最後的夏日〉裡，陳映真以盲目的蜻蜓爲故事開端的標題，展開四個主要角色的情愛夾纏，而且他直言挑明在這種政治氣候下：即使蜻蜓「黃底黑紋的模樣，令你想起一隻午睡於叢林中的老虎」②，牠們還是命中註定了似的「永不能識破那一面玻璃的透明的欺罔」(陳映真1988b：68)。

蜻蜓被欺罔，眾人亦如是。在那個夏日，作者嘲諷地突顯出一群被圈限在出路不明確的小社會裡的、拿頭猛撞卻撞不出所以然來的人。在那樣的環境裡，恰如被圈在一個沉悶的辦公室，「不開電扇，悶熱」；「開了電扇，你瞧：那聲音真叫你心煩」(陳映真1988b：65)。由此所顯現的文本涵意，指出了徬徨歧途的青年人，對大環境感到索之無味、棄之可惜的無奈，並由於他們不甘願受，又不肯放手，而益添緊張之勢。岡崎郁子認為，陳映真第一期的十八篇小說，即使連沒有直接描寫死的〈麵攤〉和〈最後的夏日〉，卻仍然「暗示著沒有逃脫之路的死之前奏曲，是幽暗的」(1997：188)。

然則，當我們看到文本中一個個遭禁閉而無出路的人，固然很替他們抱屈，卻也的確很難不切齒咬牙。那口誦〈伯夷列傳〉的裴海東，是一個色大膽小、說話不負責任，還披著知識分子外衣的可憐蟲；一句朱筆圈點的「君子疾沒世而名不稱焉」，更令人齒冷。裴海東藉喜怒不形於色來掩飾心中虛實：他苦戀著李玉英，因為在那個年代，除了能唸個國文研究所，他不能出國，也沒有其他更適當的出路，他只能在有限的視野中找尋依歸，因此，他心中所充斥的知識分子的假潔癖，使他顯得可厭。

相較之下，鄧銘光表現優雅而有風度，他過著優渥的美國式生活，想出國就出國，絲毫不愁錢的下落。但他並沒有特別積極的理由非得出國深造不可。而鄭介禾則別有心情似的，「他的這種自棄，適當地成為一種灑脫」(陳映真1988b：78)。然則雖說是灑脫，實際上亦不脫出路無著的窘境。鄭介禾曾經愛過，愛人死在大陸。弟弟後來從大陸逃出來了，他仁至義盡地致力栽培，自己卻麻木而漫無目標。出國，對他而言，那是有出息的弟弟將來要走的路，不是他的。因爲「在這邊，日子過得飄飄浮浮；到那邊，還不是飄飄浮浮的過？」(陳映真1988b：78-79)立足台灣對他來說，是一種漂泊，前途無著，歸鄉路迢，於是只能飄蓬一樣的流轉人間。或許這是他們這種人的另一樁說不出的辛苦。

再者，關於文本中一小段思想文化的爭辯，我們亦不妨藉此加以思索。如第二章第二節所述，當時應是一段思想「真空」的時期，從角色們對知識的見解之分歧而含糊這一點看，正如學者所言，是因爲當時缺乏本土基礎中和的現代化思想，無法教育人們從歷史的角度去深索西方文化本身的問題，反而導致「把西方的現代文化加以絕對化，加以超時空化，並把它提升爲判斷其他文化的標準」③。所以在這樣的社會制約下，當《文星》雜誌能夠代表台灣現代化的知識分子新貴，而李敖的「全盤西化論」竟意謂著當時最有力的宣言之際，傳統的知識基礎即遭到嚴重漠視。

究其實，這要歸因於民國初年的歷史時空，當時多數人凜於亡國的危機，急於改造中國文化以圖存，卻誤將一切歸咎於傳統文化。有心人大量移植西方文化，不意造成「精神殖民地化」④。是故，時至六十年代，有徐復觀起而與李敖交鋒⑤。而在六十年代，反西化風潮以及對現代性的反省過程中，正突顯出台灣西化之嚴重性：台灣西化程度著痕之深，已使台灣成爲西方文化的殖民地。近年來，更有學者據此而嚴詆當時文學之弊：

> 如果身處資本主義尚未深化的台灣，卻矯情地表現西方過度資本主義化所產生的種種問題與心境，亦即連文學中的

內容情感亦抄襲自西方，如此則流為「西化」。這種殖民化的文學是失去主體性的文學，和日據時期的皇民文學異曲同工。⑥

從文學作品的表現手法看，或可聯想到當時其他社會、文化之面向。然而，這種特殊的表現，實應推原至當時的政治氣候。值時，知識分子爲突破時代悶局，開始挑戰當道，但是，「台灣的新知識分子對於國民黨的攻擊，主要在於國民黨官僚的陳舊、落伍與不夠現代化，而不是如舊五四知識分子之責備國民黨賣國與背叛人民」(呂正惠1992：22)，於是批判的重點，便陰錯陽差地偏離了歷史的軌道。原本以反映現代西方資產階級社會病態爲重心的現代主義，在台灣一改其貌，僅在知識分子眼中，呈現出它刺點時弊的進步面，卻忽略了其原始對治的問題性(呂正惠1992：22)。

尤有甚者，六十年代的《文星》雜誌在文化上所做宣傳，不脫美式的民主理念。它與五十年代在政治上鼓吹自由與民主的《自由中國》差別不大，同樣秉持個人主義、個人自由來針砭時政。但當其批判指向當權者之時，也就是它該噤口之時。而且即使到七十年代的《大學雜誌》時期，新興的知識分子面對退出聯合國及保釣運動時，所展現的積極用世之姿，等到他們被吸納進入權力核心或學院之中，或者在野扮演街頭運動家，他們的問政諍言，旋即因某些利害糾葛，而或遭封殺或自行消音。然而，這些無力爭持的時代束縛，已然造成他們身心上的衝突：

所謂自我放逐(self-exile)，乃是指作家不能認同存在於島上

> 的政治信仰與政治體制。他們能夠找到的心靈出口，乃是向西方文學借取火種，利用現代主義的創作技巧來表達內心的焦慮、苦悶與絕望。……這些問題的解答，絕對不能離開台灣的戒嚴政治體制去尋求。⑦

當然，基於此，對部分闡釋現代主義階段的一些見解，仍必須有所保留。因爲平心而論，美式文化及政治理念固然造成一股絕對崇拜的旋風，這其中的反體制反壓迫的積極精神，卻都因國民黨政府的壓制而草草結束。於是一切文化發展雖與西化主義暗通款曲，後來卻都只能成爲知識分子逃避政治現實的象牙塔。如第二章第三節所述，這即顯現出西方思潮進入台灣後，所受到的扭曲與重組，是其來有自的：

> 作為一個中西思潮激盪調融場所的台灣，固然勇於吸納外來思潮，但任何外來思潮進入台灣後，都受到台灣特殊的政治條件與文化環境的制約，而在某種程度上改變它的原貌。這項事實也可以部分地展現「台灣經驗」的特殊性。(黃俊傑1995：42)

回到〈最後的夏日〉文本上看，以實際行動肯定留學深造之必要，或者肯定移民定居之必要者，在當時，即便是以傾家蕩產、連根並葉的方式離開國土，都令人感覺幸福。在一個夏日裡，李玉英就是這樣的也要飛出去了。不同於大頭蜻蜓，李玉英無需猛撞其頭找尋出口，自有寵愛她的親人爲她開窗。然而我們仍不免替她擔憂：如若離了依恃，或許她同樣的將「不能識破那一面玻璃的透明的欺罔」，更甚而即使飛出去了，也不過是飛到另一重玻璃帷幕之間。

這種不易識別的欺罔，若藉前述徐復觀對當時台灣瀰漫「美國化」之病態所提出的批判言，即是：時人心態寧可在美國捧盤子、背死屍，也不願在自己國家當一名工人、農人或教師。這就好像一個枯槁的母親，擠出最後一滴奶把孩子養大，這孩子一旦站在別人朱門下，便瞧不起自己的母親。他說，台灣的這種教育，是在為外國儲才，是向外國作無窮無盡「捐血」的政策，而非留學政策(陳昭瑛1998：301-302)。

然而，或許這是其情可憫的。在美蘇兩大體制對抗的冷戰時期，為求免遭中共「解放」，台灣依賴美軍協防及經濟援助，因此而形成社會及文化上的美國化，實是無可避免。而且美國為鞏固其反共防線，必要傾銷其文化以全面掌控台灣，這亦是不難理解的。所以，在這一特殊的歷史脈絡之中，台灣在各個層面所展現的態勢，就不能僅以現今的目光抵瑕蹈隙，僅僅批評而不給予同情的諒解。

更何況，在醉紅的鳳凰花開時節，當李玉英飛向亞美利堅新樂土，正式向西方現代化稱臣，去做一隻「快樂的寄生蟹」的同時，作者已經以鳳凰花絢爛只一季，來暗示其終必凋萎的結局。或許譴責的目的既已達成，就不需再深詆吧！不過，我們的確必須從這些移民或留學風潮之中，去體認「文化認同的流動性，隨著物質條件、歷史聯繫性，以及文化塑造過程此三種層面的轉變，而有非常不同的展現」(廖炳惠1994：174)。

回顧日據時代台灣所受的奴化教育，恐怕都不及美國化改造的效果來得深且鉅。因為日本所謂皇民化教育固然留下奴化遺毒，但其政策卻間接形成與奴化之本意相反的作用。換言之，日本在對台灣進行奴化教育的同時，亦輸入了先進的現代化知識。一旦這當中所包含的民族思想覺醒，帝國殖民主義者便不免要遭逢已然成功佈建了覺醒思想的對手了。

戰後台灣所受到的美國式改造則不同。在異族統治之下，教育是奴化殖民地人民的一種工具，多半殖民地人民早就有所防備。然則，如第三章第三節所述，美國之於台灣是一個沒有領土的帝國，因而人們並不會像防備日帝一樣，防備美國文化之入侵。因此無可諱言的，美國能夠藉著教育及留學政策成功地在台灣培植一批「西方的東方紳士」(Wogs，即Westenized Oriental Gentlemen)。這些文化人、知識人以他們所受的西方思維，對台灣進行根本上的體質改變，這也就是促使後進學者日後在反省之餘深切詬病的主因。

而作為小說家的陳映真，在這點批判意識主導下，亦不稍離其崗位，是故他藉知識分子在社會運作過程中，所生的形格勢禁之態，來進行針砭。而在這些探討對美日文化投附歷程的小說中，顯然以〈唐倩的喜劇〉為最特出的一篇作品。

寫作〈唐倩的喜劇〉時的陳映真，以各家分期論，都尚未脫離反省及思索的前期歷程。但〈唐倩的喜劇〉在行文風格上，卻大大地超出一般對陳映真的看法——它顯得明快、犀利而潑辣。這一齣蘊含黑色幽默的喜劇，使得當年一群殊途的知識分子，同歸於陳映真之羅網而難逃揶揄。從此，陳映真走上獨特的道路，敢於正面向現代主義在台灣的怪現狀宣戰⑧。

唐倩的第一任伴侶是詩人于舟。詩人以「橫的移植」帶進的現代主義，及其使台灣的社會文化體質為之丕變的狂潮，正是陳映真極力要批駁的對象。在現實中，這是陳映真力難排除的狂瀾；在文本中，他則巧妙地藉「存在主義」登陸台灣，輕易地削減現代主義詩人的地位。以一篇〈沙特的人道主義〉攻掠了唐倩芳心的老莫，即是代表台灣繼現代主義之後，走向反神的存在主義和羅素性解放論的化身。唐倩以崇拜為階，毫不費力地擄獲了存在主義教主老莫。

但是她發現老莫對於所謂「存在」，其性和靈是分離的。肉而後能靈，靈而後能肉，絲毫不礙於老莫的思路。基於人道主義，老莫尚且作了兩件令人匪夷所思的事。頭一件是：他時常複習從美國新聞雜誌所剪下來的越戰圖片，據他說：「存在主義者最大的本質，是痛苦和不安。而這些圖片則最能幫助『離開戰爭太遠』的人們，蓄養這種偉大的不安和痛苦之感」⑨。然而秉著人道主義，「儘管人的歷史充滿了殘酷、欺詐和不公」(陳映真1988b：94)，老莫卻肯定美國進軍和屠殺的行動。第二件是：老莫基於不破壞試婚思想史上之偉大榜樣，要求唐倩墮胎。

但是後來由於唐倩母性的譴責，老莫竟被一種「殺嬰的負罪意識」(陳映真1988b：97)所苦，而終於使人道主義者老莫在某些部分幾乎不能「人道」了。再者，慧黠的唐倩積極地以存在主義培養的不安和痛苦感所寫的小說描述，及其所建立的獨特的書寫風格，卻為多事的讀書界，擴增了許多遐想的空間，並讓老莫因此而苦惱難堪，後來只得被唐倩像丟掉嬰兒時期的鞋一般拋棄了。

老莫為求吻合存在主義教義，刻意讓人依其行事作風將他對號入座，實際上他難掩凡人弱質，他偽善面具底下潛藏著享樂因子，他以目睹殺戮為業，並因此殃及胎兒。這種選擇性的存在主義信奉者，恰如當時台灣的思想界。如前所述，西方思潮一旦進入台灣，即因利乘便，改其面貌。這裡正可深刻見到陳映真對當時學風的譴責。

唐倩二度的「蛻變」，爲代言讀書界繼而流行的思想新貴，此即新實證主義。儘管台灣的新實證主義比維也納學派的成立晚了三十年，但它仍猶如新生兒被讀書界熱烈擁抱。特別是整裝復出的唐倩，已變爲一個嫻好的少婦，依偎在哲學系助教羅大頭身邊。由於羅大頭的調教，唐倩以姣好的外表加上鋒利的語言，並具有激烈黨派性格的新實證主義者的姿態，重出江湖了。

雖然新實證主義需要較深奧的數理與邏輯等學院訓練爲基礎，而使它不像往年存在主義那般風靡一時，但是，人們很快地推導出一個公式，亦因此使「這個新的批評運動，在普遍的懷疑主義傾向中，獲得了它的立足點」(陳映真1988b：99-100)。簡言之，只要凡事訴諸「情意底誤謬」或「權威底誤謬」，即可加入懷疑主義陣營。

但有些無法以邏輯實證的分析方法解決的問題，卻開始叢生。比方羅大頭雖然能藉資質疑來保衛並發展真理，然而，對於他和唐倩的兩性關係，即使遍用質疑諸方亦不得要領。質疑者終而質疑了自身，甚至於他無可避免地要在床第之上質疑：是自己或是老莫在唐倩心裡所佔的份量重。可是他發現了一件事實：

> 男性底一般，是務必不斷地去證明他自己的性別的那種動物；他必須在床第中證實自己。而且不幸的是：這證明只能支持證實過的事實罷了。換句話說：他必須在永久不斷的證實中，換來無窮的焦慮、敗北感和去勢的恐懼。而這去勢的恐怖症，又回過頭來侵蝕著他的信心。(陳映真1988b：106)

羅大頭最後的下場落得比老莫更慘烈，他因恐懼去勢而自毀了。唐倩則潛藏其「熱力和智慧」消失於讀書界以致其哀。

不多久後，在新的一股懷鄉情思瀰漫讀書界的同時，唐倩三度復出。她竟變成一個「下賤的拜金主義者」、「民族意識薄弱的洋迷」。她的長袖善舞輕易地又擄獲了紐約來的一位機械工程師喬治周。更甚而在婚後離開國門的第二年春天，唐倩改嫁了，一個在巨大的軍火公司主持高級研究機構的物理學博士終於大獲全勝。

從唐倩找到金龜婿的一齣喜劇看來，當然不能否認愛情自有其常與變。對照前述的〈最後的夏日〉，李玉英甘心做一隻寄生蟲，因爲所面臨的社會環境太現實，既然打不過就加入它，而且幸虧週遭的人都疼愛她，她可以安然被接納。但是缺乏奧援的唐倩不一樣，她必須換過一個又一個男伴，直到逮到最好的。於是在思想風潮瞬息多變的時代，「鞋子不合腳就丟」的用物觀念，從有形的商品，已逐漸侵染到無形的精神層面。

然而，唐倩並不是一個眾星拱月的主角。在性帝國主義範疇中，以人類學家李維史陀的論點言之，唐倩這個女人，只是在文化中被建構起來的商品之一。她「是男性擁有財產的一部分，並透過其交易來建立與強化男人之間的關係」；在此基礎上，人們又發現：「女人作爲慾望對象的功能性，正在於充當男人與男人間權力交涉轉換的『僞中心』(pseudo-center)」⑩。所以，如前所述，于舟、老莫乃至羅大頭所表現的焦慮，並不全然建立在單純的情欲之上。換言之，重要的是男性與男性之間的權力架構，及其勢力範圍在作祟。當然這不見得是陳映真在這文本中所要重點批判的地方。

陳映真藉此欲批判和嘲諷台灣知識分子的目的，是他爲捍衛五四傳統，所以極力批駁現代主義及其流弊，〈唐倩的喜劇〉因此被視爲「台灣知識界的重要文獻」(呂正惠1988：65)。然而事實上，陳映真並不否認現代主義是一種反抗，是一種「對於被歐戰揭破了的、歐洲的既有價值底反抗，……對於急速的工業化社會所強施於個人的、劃一性底反抗」(呂正惠1992：12)。西方六十年代所出現的反叛，亦即是因此而起的——他們希望被當作「人」看待，不再是別的任何東西，就只是人自己。換言之，在人不被單純地視爲人的同時，當非人性的任何思潮流風凌駕於人之上，都將造成可怕的後遺症。如文中所述的「新實證主義」，其能稱霸於哲學思想界，主因即在於：

> 科技意識滲透到社會體系(establishment)的每一個角落，……並為統治機器提供一個龐大的官僚組織，使得所有操縱、控制人的東西，表面上都要冠上「科學」之名。這就是馬庫色所說的「偽科學」(pseudo science)。偽科學塑造了機械化的生活型態，每個人溶進社會整體之中，成了大機器中一粒微不足道的螺絲釘。(孟樊1989：122)

進一步來說，現代主義之所以在西方社會興起，肇因於工業文明護翼了資本主義而產生的種種衝擊，諸如人被物化之後所出現的心靈空虛、疏離與隔絕之感。

在台灣的現代主義，並沒有實際經驗過西方資本主義歷史發展的過程，但是，由於當時的政治環境，正好營造了一個恰當的空間，便使得現代主義長驅直入。然而台灣社會是不是需要這樣的刺激？這種思想衝擊對台灣社會文化的影響是好是壞？這些都是值得深思的。

不過事實上，當時台灣的政治社會環境，的確受到種種牽制。例如：政府政策與措施之支配，官方所解釋的儒家思想成爲戰後台灣思想的主要內容，以及政府教育政策主導的留學政策，促使出國返國留學人數增加等等，使台灣在受到西方思潮的衝擊時，直接影響戰後思想界的多元發展。如第二章第二節所述，其中康德哲學、存在主義與自由主義較受重視與闡釋，分別對戰後台灣思想形成三道衝擊。

在〈唐倩的喜劇〉一文中，雖僅只點名批判了存在主義，事實上，從時代的軌跡來看，諸如自由主義者的噤聲，對台灣的政治社會環境影響之深且鉅，實亦不容忽視。按理，自由主義爲反對封建、神權、貴族及僧侶等特權而崛起於歐洲，它是結合中產階級者向特權者要求自由經濟、自由市場而產生的。在思想上可引申爲洛克、盧騷等人的「天賦人權」等自由主義理論基礎，因此應該在政治上要求相應的人權平等及議會民主等政治權利。

換言之，自由主義最初是爲對治封建主義而存在的。二十世紀共產主義興起並征服了半個地球時，形成所謂共產主義集團與資本主義集團對壘，自由主義又成爲資本主義社會的理論基礎，以對抗共產主義。台灣既然有意對抗共產主義，並希冀立足於資本主義集團，理應重用自由主義者，但事實不然。楊渡即對此頗有微詞：

自由主義知識分子……受到絕大的壓制。……微妙之處也正是在此。……國民黨又不得不用自由主義知識分子來作為御用宣傳工具。……有良心的自由主義者在台灣於是面

> 臨著極大的兩難。他既無法乖馴地成為家犬，又不願在封建主義下，沉默終生，無為而死；可是要有所為，又得付出極大的代價；於是產生出這樣的自由主義者，無以名之，就叫做「風信雞」的自由主義者。⑪

是故，在這樣的大環境之中，當風勢順暢，風信雞的自由主義者則隨風呼喊幾聲，自謂善盡知識分子的言責；若不幸氣壓過低，則噤聲沉默，人人自危。

在本節所探討的幾篇小說作品中，我們因此看到的多是一有機會即想突圍的年輕人。然而他們所能做到的，也只是逃離這個環境。諷刺的是，如〈最後的夏日〉文本中一再藉〈伯夷列傳〉與時人形成的某種對話，以及作者安排「天下重器，王者大統，傳天下若斯之難」與「許由不受，恥之逃隱」諸語，來刺戳爭逐浮名虛利的人，這就更突顯出一群被時局壓擠而血肉模糊者的可哀了。

天下熙熙皆爲利來，天下攘攘皆爲利往，然而在那個形勢比人強的年代，除此，人們能做什麼努力呢？西方知識分子的苦悶，來自於所面對工業文明的龐大機器；而台灣知識分子的疏離，則是「來自殖民體制的壓力」(陳芳明2000b：21-22)。本節所要探討的第四篇小說〈淒慘的無言的嘴〉，正是藉由有大學生身分的精神病患者，來映襯政治社會悶局裡的其他幾種人的質性。

從米樂山(1988：119)的評論看，〈淒慘的無言的嘴〉與〈我的弟弟康雄〉正好相反，前者是一篇充滿對話的個人自省：

> 這是一個不完整的世界，情感與理智從不曾整合過，人際關係被專業隔離分割成片斷。困住這個學生的習慣枷鎖正是一個已逐漸習慣的分歧世界裡。事實上，他依賴著他的孤獨；因為孤獨給他一種認知，他藉此去剖析他人並且去體認經驗。當為一個病人，他的思考正是他底治療的微妙反映，同時也是在醫院的牆外，精神失整的世界之縮影。

精神病到底是不是異病之一？大學生不以爲然。他自覺是「人爲的社會軋轢的犧牲。然而基督教還不能不在這軋轢中看到人的罪」⑫，他似乎在指摘無辜者正受著殘酷的輾壓，可是上帝尚且袖手。不過這些在草坪曬太陽的患者，卻也有反制之道，他「常常對著你惡戲地笑了起來，使你一驚，彷彿被他窺破了你的什麼」(陳映真1988b：158)。就在這種「不真實的醒悟中，所有的病人都是這名學生自我孤立的一面鏡子」(米樂山1988：119)。但是，他們都無法用言語去申明他們的糊塗或曉事。

再者，醫病之間因以日語傳達病歷而形成一種隔閡；同時兩者也因對待關係的固著化，醫生與患者以不平衡的垂直地位對峙著。

> 我忽然地以為：在被禁了菸的病人面前抽菸的醫生，簡直是個不道德的人。(陳映真1988a：153)

在患者之前，醫生算是擁有權力的人，患者是被邊緣化的，因此他只能消音。除了醫生之於患者，神學生之於精神病人的關係，亦同樣的不平等。在不被上帝眷顧的精神病人面前，郭先生的宗教慈悲彷彿帶著僞善的面具。大學生曾問郭先生：精神病在神學觀點上有何意義，郭先生吃力地解釋精神病和被鬼附身的分別，但大學生沒有從中得到啓示。他自己領悟說：「好像上帝也丟棄這個世界了」(陳映真1988a：157)。然而，上帝爲何要丟棄這世界？因爲「太蕪雜的緣故」？平順而不蕪雜的意義如何界定？

> 正常的或不正常的人，都有兩面或者甚而至於多面的生活。有時或者應該說：能夠很平衡地生活在不甚衝突的多面生活的人，才叫正常人的罷。(陳映真1988a：155-156)

問題是假若精神病是異病之一，醫院外頭正常人過的正常生活，也還有著同樣的亂世道的殺伐，則院裡院外、有病沒病的差別何在？這問題若有答案，恐怕也只有透過被鬼附身的醫生和精神病患者之口來訐發陰私。弔詭的是：所謂的正常人，不肯證實明眼所及的現象，卻由不正常的人來擔當責任。或許因爲一旦不正常，也就不必守常軌，如此則可一無反顧托出真話。

林鎮山(1999：11)以爲：「繼承了魯迅的狂人對當時社會的針砭，〈淒慘的無言的嘴〉透過『半狂半醒』的知識分子，敷述了一個慘白、封閉、冷漠、殘酷、虛浮不堪的人間世」。不過，大學生所有異常的表現，更應該是因爲他在心裡持續進行著龐雜而難解的異己關係之辯證。只是在關係未釐淸之前，他是一個異於常人的瘋子。這就類似於陳映真(1984b：163)所謂市鎮小知識分子的苦悶與侷限：

> 當其昇進之路順暢，則意氣昂揚，神采飛舞；而當其向下淪落，則又往往顯得沮喪、悲憤和徬徨。

然而弔詭的是，決定其社會流動與否的取決權，完全不在患者或知識分子的手上，而是關乎當時的政治及社會條件。

陳映真所要表現的亦即在此。他讓患者在散步途中意外見到被殺的雛妓的傷口，他讓患者因此想起莎劇《朱利・該撒》裡安東尼說的話：「我讓你們看看親愛的該撒的刀傷，一個個都是淒慘、無言的嘴。我讓這些嘴爲我說話……」(1988a：163)。如此爲不平的世道人心吐訴出公理正義，正是陳映真所煥發的魅力所在。施淑認爲陳映真的思想及信念因此而「更接近日據時代台灣菁英思想的性格」⑬。因爲在日據時代有這種性格的人，大抵是當時中小資產階級的知識分子，他們在思想成分上，已具有菁英思想的性質，他們自外於統治者階層的社會基礎，卻同時也被排除在這個統治者階層的社會基礎之外。

然而，他們特有的思想格局，使之「不得不扮演時代先鋒的角色，動員一切激進的、自由的思想成分，與既成秩序作猛烈的決鬥」(施淑1990：197)；但爲謀出路，「他們又發現自己只能生活在一個與他們敵對的、而事實上又不得不與之圖存的社會」(施淑1990：197)。在精神與現實這兩種極端的縫隙裡不得喘息，正是菁英分子思想的特徵。

如同文本中患有精神病的大學生，正是一個新世代的反諷。自由，是新世代的標誌，然而，被剝奪了個人意識的病患缺少的即是自由，以此放大到社會層面，這種剝奪感，是促使衝突產生的先決條件，因爲吾人所期望的價値與實際獲得的價值之間存在著矛盾，瑕釁即因此形成。

施淑並以為，像康雄的姊姊以悲壯的浮士德姿態毅然地把自己賣給了財富後，嚐到了革命的、破壞的、屠殺的和殉道者的亢奮；又像〈某一個日午〉裡，在揭發理想的欺罔後，贏得了替罪羔羊光環的房恭行；或者像〈一綠色之候鳥〉裡的趙如舟，〈蘋果樹〉裡的林武治，和〈哦！蘇珊娜〉裡的李，甚至於像搬演著「以慾望征服哲學流浪」的〈唐倩的喜劇〉裡的唐倩，以及〈第一件差事〉裡的像是作為這小說世界的句點，以彷彿有些羞澀的死了的容顏，讓活著的意義以「活著未必比死了好過，死了未必比活著幸福」，而引起一場爭論的胡心保，以及其他類似的人……，「這些全是陳映真早期小說世界中的『淒慘的無言的嘴』，這些失去答案的問號，伴隨著重複出現的小說主題，像憂鬱症患者之一再重返折磨著他們的心靈災難」⑭。

的確，人間世的困惑籠罩在凡人頂上，有時竟迫使萬物之靈的人類好似一隻只活在二度空間中的螞蟻，一旦牠失了方向，掉進渾無所知的三度空間，牠便完全要喪失理智。而這正所以顯示出：「陳映真的破滅了的烏托邦，他的小說世界，負載著的或許是漂泊在歷史和現實中的失去了行動力量的台灣菁英分子的憂鬱」(施淑1990：205)。並且這也就是既經時代擠壓的變形的知識分子形象。

有人因此認為要形容台灣現階段的變貌，應從「反建制」(anti-establishment)及「脫中心化」(decentralization)兩組概念著眼；因為「交錯其間構成它們實踐動因的核心理念，則不外爭取主體性解放的自由」⑮。其理由是：當自身的生命經驗長期處於歷史焦距模糊及文化意識迷亂的緊張之中，正突顯出我們從不曾擁有理想的論述情境(ideal situation of discourse)。因為無法獲得理想的論述情境，所以，屬於這塊土地的社群文化即無法應運產生，而這都是源於無所不在的政治力的阻遏，並因此而使台灣數十年來走入一個極其偏異的論述空間(蔡詩萍1995：41)。所以，如果說淒慘的無言的嘴想要吐訴些什麼，或許就在他想起歌德臨死前所說的話：「打開窗子，讓陽光進來罷」(陳映真1988a：165)的同時產生了新生的意義。

陳映真以「淒慘的無言的嘴」所營造的意象，有論者指出日後劉大任以《杜鵑啼血》與之回應⑯。其意謂：陳映真運用莎士比亞曾以血淋淋的傷口喻作無言的嘴，聲聲口口發出無言的控訴；而劉大任更進一步賦予作品深意，使《杜鵑啼血》「不僅是一部談記憶破裂的寓言，它同時也言明了一個事實，即作者重拾歷史記憶的慾望，必定會橫遭重重的困難阻撓」(柏右銘2000：245)。

論者舉白居易〈琵琶行〉之「其間旦暮聞何物，杜鵑啼血猿哀鳴」，又舉《異苑》杜鵑嘔血事，說明「鳥的叫聲能誘引聽者做自我表達，但是一旦說了出來，將會導致自我犧牲」(柏右銘2000：246)。在劉大任的《杜鵑啼血》中，那些杜鵑花，「簡直就像是個含著一口又濃又腥的鮮血，從那麼多的咽喉裡蠕動著，迂緩而無從堵塞地湧流出來」(柏右銘2000：246)。論者以爲：這些花實際上「象徵著敘述者嘗試道出記憶的痛苦。因此，這裡的杜鵑花不僅寓示著作家在蔣後的時期所面對的處境，也暗示著暴動的過往，以及由於暴動鎮壓而造成的沉默無語」(柏右銘2000：247)。

在類似的時代悶局中，或許這都不失爲可能的情境之一。然而，糾結在精神患者腦中的諸多想法，使他將路上所見的工人形象轉化爲羅馬勇士，想像他們「一劍化破了黑暗，陽光像一股金黃的箭射進來。所有的霉菌都枯死了；蛤蟆、水蛭、蝙蝠枯死了，我也枯死了」(陳映真1988a：165)。弔詭的是，當自我也枯死了，所有力圖建構的論述與記憶其意義夫復何求？在此，文本似乎隱藏著論述空間能否擴大仍是前途未卜的一個問號。

論述空間能否擴大，其實關係著建構者願不願意釋出誠意，也關係著被建構者敢不敢爭取權利。在台灣，要以後殖民論述來重建原始架構，並瓦解主流建設的一股新風潮正蓄勢待發，邱貴芬因此列舉諸位後殖民理論家的說法，以期重新「發現台灣」：

> 後殖民論述有兩大特點。第一，對被殖民經驗的反省。第二，拒絕殖民勢力的主宰，並抵制以殖民者為中心的論述觀點。……後殖民論述呼應了後現代文化「抵中心」(decentring)的強烈傾向。……此「抵中心」傾向可謂後殖民論述的原動力。⑰

以薩依德《東方主義》的說法詮解，可知：「被殖民者在殖民論述裡，往往被迫扮演邊緣角色。當不同文化對立衝突時，勢力強大的一方經常透過論述來『了解、控制、操縱，甚至歸納對方那個不同的世界』」(邱貴芬1995：174)。根據這個說法，薩依德日後更明批其強勢者的意圖：

> 這個論述行為往往以強勢文化團體為中心觀點，把弱勢文化納入己方營建的論述，並藉政治運作壟斷媒體，迫使對方消音，辯解不得其門。(邱貴芬1995：174)

既明白文化形成的前提之可議處，邱貴芬因以為台灣歷史的失落及文學典律涉及的諸多問題，正是此類殖民舉動的後果。

至於如何翻轉乾坤？如何逆寫帝國？「位居劣勢的一方唯有抵抗『消音』(Silencing)，抵制以對方為中心觀點的論述，才有奪回主體位置，脫離弱勢邊緣命運的可能」(邱貴芬 1995：174-175)。是以，當建制者企圖以不合理或合理化的中心論述收編吾人時，吾人豈能甘為單向度的人，而不思重建自我的主體性？

第二節　分裂的主體建構

相對於六十年代台灣思想界的蒼白，民國初年的中國思想界則呈現空前的蓬勃朝氣。新思潮與馬克思主義在中國，以1915至1918及1919至1921年兩階段為主要傳播時程。在新文化運動中，前一期傾全力於思想解放，後一期傾全力於西方思想之宣揚。凡中國所無的學說主義，無不被視為救世良藥，因此新鮮而具有刺激性的社會主義學說，尤其受到近乎宗教熱的歡迎(郭廷以1980：519)。

究其實，自五四運動以來，為反軍閥、反侵略而毫不選擇地輸入西方各種新思潮，使得知識分子分為兩個壁壘：一派認為應取法英美，循自由、民主、科學之路而前進；另一派認為應取法蘇俄，採行共產主義，作根本改革。前者聲勢盛但眾說紛紜，始終無法形成共識；後者步驟劃一，已有共同組織。雖然一般社會人士傾向於自由民主之路，但俄國共產政權建立後，已於1919年成立第三國際，開始推動共產主義的世界革命。中國國民黨此時亦在進行改組過程中，一項攸關中國國民黨與蘇俄及中共的新關係同時正在發展，此即起自1922年八月迄於1928年二月的「聯俄容共」政策。

然而，聯俄容共政策爲中國知識分子帶來的衝擊，卻直接影響新中國的胎動。直到1927年四月，上海戒嚴司令白崇禧奉「護黨救國案」之令，採取因應對策，使共產黨徒所控制的上海總工會糾察隊繳械，並限制其活動，才正式展開「清黨」行動。但其實共黨破壞北伐的陰謀，已經在相當程度上發揮作用了。我們在探討〈趙南棟〉一文時，曾稍涉有關史事，因而得知他們策動南京事件和上海暴動，企圖招致外國干涉(李雲漢1990：426-427)。

尤其在1931年，日本陸軍藉九一八事變發動侵華行動。1932年，日本海軍又利用一二八事變發動第二波強力攻擊行動。事變發生後，激起上海民眾及學生日益高漲的抗日情緒，而在上海的日本「居留民」也不斷地召開會議，發出「膺懲暴戾支那」的蠻橫口號。

如前所述，學生運動的蓬勃發展，是國難期間的一項特色。這些學生運動中，〈趙南棟〉文本裡的宋蓉萱、趙慶雲等人即參與其中。本節所將探討的〈某一個日午〉一文裡的房先生亦曾身歷其境。紛擾近半世紀的國共內戰，大致在年長者心底深處沉澱了。但七十年代一個夏天日午，房先生收到下女彩蓮轉寄來的一封書信，重使房先生墮入緬想之境。他因而想起自殺後「仰臥在棺木中的兒子的臉上，在下顎密密地聚生著深黑的微蜷的鬍子，配著那一張因爲無血氣而格外顯得馴順的臉，構成某一種荒謬的，犬儒得不堪的表情」⑱。

曾經倡言有德即是幸福，排斥世俗名利羈絆而刻意苦行者，人們譏其「窮犬」，那樣的「犬儒」形象，房先生必然是遺忘了。所以，回憶裡的兒子是陌生的，他對兒子何時蓄了鬚沒有一點印象；對鬚髭的模樣，也無法與任何人事做絲毫聯想。但閱畢兒子托彩蓮轉寄來的信，竟發現兒子是因爲翻閱自己年輕時所研究的有關社會主義的藏書而愧恧自戕，才得知兒子是用生命刻骨銘心地鉤沉了一段往事：

> 我的生活和我二十幾年的生涯，都不過是那種你們那時代所惡罵的腐臭的蟲豸。……。您使我開眼，但也使我明白我們一切所恃以生活的，莫非巨大的組織性的欺罔。更其不幸的是：您使我明白了，我自己便是那欺罔的本身。我無能力自救于這一切的欺罔，我唯願這死亡不復是另一個欺罔。(陳映真1988c：43-44)

追憶起容共和清黨的歷史，北伐垂成之際，黨內出現雜音，國民黨於焉清黨。門戶既清之後，國共分道，以五四菁英分子爲核心的知識分子，繼續發展共產黨理念，遂從此與國民黨涇渭分明。國民黨員中亦有受其思想感染的，在當時是被容許的，怎奈政策飄搖，是友是敵，一夕改貌。而原以爲早就堙滅在大時代的歷史之外的前塵故事，竟因此招來喪子之痛。對房先生而言，兒子恭行那列寧式的鬍子，在往日是前進、實踐的表徵；在今日卻是犬儒、荒謬的幼稚。那列寧式的鬍子的臉，彷彿在眼前獰笑著，旁觀他已被收編的青壯年華。

青春年盛的堅持早已曠日廢久。當曾經是下女後來與死去的兒子染有私情的彩蓮來到，房先生便連一點點有感覺的思緒都被打散了。彩蓮來，是想要一點錢墮去與恭行珠胎暗結的孩子。房先生叫老僕人給她錢，並打發她別再來了。彩蓮想想竟說：「我想，錢，就不要了。……我要這孩子，拿掉他，多可憐。」(陳映真1988c：45)說完便走了。房先生想起兒子恭行形容彩蓮的話，正是仿擬房先生少時的語言。恭行說她是一個「新天新地的創造者」(陳映真1988c：38)，她凡俗的生命力，強壯、逼人而又執著地跳躍著。可惜房先生業已自行摧毀早年信奉的理念，並因爲習慣了富庶及功名，彩蓮也就變得不堪了。

〈某一個日午〉一文，是尉天驄把尙在獄中的陳映真舊稿拿來發表的，在1973年8月以史濟民爲筆名刊登在甫復刊的《文季》上。爲避免困擾，他將陳映真慣用的第三人稱詞「伊」改爲「她」，這是陳映真全數作品中，唯一出現「她」的小說。在這文本中，一封恭行的遺書，令人想起日後的〈山路〉那一封情文並茂且撩人心弦的千惠的絕命書，兩者同樣縈繞著理想幻滅之悵惘。

對襯起父親早年棄守的理想，房恭行一篇「蟲豸」之論正所以譴責國共內戰所導致理想的棄守，及國民黨政府的腐敗。縱觀日據時代，台灣民族運動者一直熱切期盼祖國的支援，特別是對五四運動之後所興起的中國民族主義。所以，國內革命的崩壞，對台灣的民族主義運動亦是一大斲傷。尤其是中國民族主義在1927年前後所遭遇阻難：

> 中國共產黨成立，中國內部因此產生解除帝國主義壓迫的民族運動，或解決中國社會內部問題的階級運動，何者優先的路線分歧，兩種意識型態的對立，使得中國反帝運動產生矛盾而猶豫不前。(游勝冠1996：34)

如前所述，1927年四月，主張民族主義的國民黨即在蔣介石領導下開始清黨，與強力運作中國農民運動與工人運動的共產黨佈陣對壘。因此，國共合作的理想崩壞了，同時亦相當程度地刺激了台灣民族運動者，使原本對中國民族運動充滿企盼的祖國支持分子大失所望。於是台灣的命運與中國的前途是否畫上等號，便因爲這時的現實考量而突顯出其中的變數。

> 就在「日本統治越來越深刻的壓力下」，又因為中國民族主義運動受挫，在祖國幫助下解放台灣變得越來越不可能，使得「台灣越來越孤立，而單獨被顯露出來」。⑲

自帝國主義者手中解放台灣，是淪爲日帝殖民地台灣的解放運動之初衷，也是終極目標。易言之，台灣解放運動的原始動力，事實上即同時賦予了所謂的祖國意識，因而在台灣的民族主義運動受阻之際，中國前途會如何，已變成是另一層面的、甚而可說是其次的考量，而攸關台灣現實困境的民族意識於是鮮明成形。

1949年國民黨政府播遷來台，正式宣告國共兩黨在解放意義上的勝負。國民黨強力灌輸的中國意識，雖然無法在現實的矛盾上自圓其說，屈居其強控制體制下的台灣，卻不得不噤聲。國共內戰失利的潰敗之象，以及前此於1947年所發生二二八事件的衝擊，於是產生「『中國』政權——『台灣』民間、『外省人』——『台灣人』類似日據時代台灣人對抗日本人的緊張關係，台灣意識一再被刺激出來」（游勝冠1996：80）。戰後，國民黨政府以威權統治所強固的中華民國的正統性，因此一變而爲對立中國的新興意識。

在文本中，陳映真對國共內戰導致社會主義道路的不順暢，寄寓了深深的惋惜，並將日後所產生的所謂分離意識歸咎爲國民黨之責。他藉房恭行之口譴責因此而未能堅持革命理想的其父一輩，深自鄙視自身所處的，正是其父一輩當時咒罵的「腐臭的蟲豸」。對於父親年少時所宣告並嚮往的新人類之誕生及其世界，在父親棄守理想的同時，已變成巨大的欺罔與假象，如此遂使房恭行再也無法承受上一代革命情操的崩壞。

來自大陸的上下兩代無法根植台灣這塊新土地，因此老的枯萎，少的凋零。相較之下，彩蓮這個角色就值得注意了。彩蓮在文本中的意義，其實已跳脫悲情的台灣下女角色。她有自覺，能夠選擇自己的路，不必再受制於房先生所代表的權勢，也無須拘泥於妾身未明的身分。她以最低調的方式發展屬於她自己的聲音，正如第二章第二節巴巴所言，被征服者無法脫離征服者的影響而重新書寫歷史，但因爲征服與被征服兩者之間存在著所謂「含混、交織」的灰色地帶，因此，巴巴提出的「重新定位」的觀念，即爲雙方在無法掌握的敏感範圍，提供各自發言的特定位置。

只是在陳映真而言，彩蓮象徵的是所謂新世界的新人類，亦即是已遭崩壞的革命理想之復甦；但在我們的解讀下，彩蓮所意味的卻已變形爲新的台灣的本土論根源——畢竟社會主義革命在台灣，已喪失其現實存在的必要了。

回溯國共齟齬初生過程，策略的逆勢並不能同時使兩黨成員的意識型態跟著轉變，許多人從極右而極左，也有人從極左而極右。但一部分在思想上屬於國民黨左派者，卻無法在國民黨清黨右轉後及時拐彎，因此對右轉後的國民黨十分不滿，亦因此而對曾與國民黨合作的中共，寄予相當程度的同情。而且原來因爲國共合作所形塑的意識型態和革命情感等關係，後來都變成一項「罪名」，益使其中的歷史糾結更爲複雜(王曉波1997：429、433、454)。

從「病徵式閱讀」觀點看，房恭行以死懲罰房先生的良心及其曾經捨棄理念的作爲，似乎也進行著作者另類的一種譴責方式。當然，以陳映真的立場言，房先生晚年喪子正是他應得的歷史功過，而蔣經國死後台灣急遽本土化的結果，似乎也變成是對老小蔣政權的一種嘲諷。簡言之，房先生和蔣經國在陳映真的檢驗之下，都是爲德不卒的社會主義信奉者。但如前所述，因之而起的政治現實僅僅容許作者發揮單向譴責，而外，再無其他方法可以分說這段歷史的弔詭了。

同樣在不自知的欺罔之間迷離著的，不知凡幾。本節所要探討的第二篇小說〈我的弟弟康雄〉，即以不同形式突顯類似的現實與夢，及其間所密藏的隱憂。我們在文本中看到了殘酷的焠鍊，而且它恆常以生命爲代價。因爲相對於滿懷革命理想的陳映真，爲德不卒者往往因此而深受訶責。例如：無政府的安那琪弟弟莫名而亡；青年畫家生計窘困只得棄畫賣身廣告社；衷心愛戀著青年畫家和弟弟的女子，更無法自拔於現世中，終於憑藉姿色嫁入豪門。

從歷史的角度來看，這是不得不然的，因爲形勢比人強。結局會如此，自然與當時的國際氣候脫不了關係，那是東西兩大陣營對壘的結果，亦是以美國權勢爲後盾的結果。不過，這樣的解釋，有人以爲「似乎有爲台灣殖民體制開脫罪嫌之疑」(陳芳明2000b：21)，因爲主要原因應在於囚禁肉體和精神的戒嚴文化。當思想與行動遭受禁錮時，精神與肉體便自尋出路。如若未果，與社會架構枘鑿不合的個人，便只得被犧牲。

尤其在〈我的弟弟康雄〉一文中，當青壯的男子都疲於承受一切世事，這個爲人姊、爲人女的一介「簡單的女孩子，究欲何爲」⑳？雖然她最終目的是想挾財富以報復輕視者，不過，以某一個程度言，她還是把自己給賠上去了。由此不免教人緬想起〈山路〉裡的千惠，千惠爲贖兄長之罪，把自己送進貧窮的李家，自願擔任孝子賢媳代人撫孤，她爲一個說來遙遠的理想而孤擲一生爲注；康雄的姊姊卻如浮士德，把靈魂賣給財富。兩者相較，康雄姊姊令人扼腕，而千惠教人肅然。

然而，若不以陳映真的價值觀做分判標準，則千惠對了嗎？而康雄姊姊錯了嗎？千惠的兄長漢廷奉父母命爲求自保出賣了同袍，使千惠爲贖其罪遠家數十載，如此的她，置自家父母於何地？康雄姊姊向自己曾經的夢想告別之後，以一介女子所能奉獻的青春幸福爲犧牲，完成一項「革命的、破壞的、屠殺的和殉道者的亢奮」(陳映真1988a：13)，但是她至少教父親寬慰，也能讓康雄死後榮光。因爲殉身於安那琪式理想者如康雄，輕生而死則死矣，不必贊一詞；但是，爲堅持原則而終生以之者如千惠，其代價若何？難道用一生抵償就爲換取一聲崇敬？

〈我的弟弟康雄〉一文似以康雄爲主角，但當他只是一個行動的無能者時，除了爲他受縛於制度的無奈寄予惋惜，我們竟也無法爲他多做申辯。這樣的無政府主義者喘息於制度中，不能自求解脫，不能自闢蹊徑，不能起而行，就算他活著能做什麼？康雄是一個行動的無能者，姊姊是康雄凡事的最大支柱，當康雄出外再無姊姊隨時照料，所以，他以孺慕之心與婦人相戀。婦人如母姊一般，適時接替了照拂的工作，當康雄不能向姊姊傾洩全部心事，一個無知的婦人正好讓康雄得以不必言宣，只要肉身以對便能塡補其空虛。

然而，他畢竟無法承受道德的審判。安那琪分子無所逃於制度，無政府主義者竟住進聖堂，於是康雄逼使他自己被鎖納在有罪而無能解罪的窘境，同時亦殘酷地逼使他面對現世汙濁的自我。康雄自戕時的留言即標示了他的困局所在：「Nothing is really beautiful but truth」(陳映真1988a：15)。通姦的罪惡真實地呈現於良知的檢驗之上，使康雄不得不以死謝罪。但是如果上帝可以當眾赦免一個淫婦，應該也可以赦免弟弟康雄吧？然則，上帝沉默，上帝的教義及守貞道德觀，逕教康雄自尋毀滅，並眼睜睜目睹康雄自裁。所以，康雄姊姊要告狀。但令人不解的是：她要告上帝的狀？還是要向上帝告狀？實際上，所該控訴的應是禮教殺人。

弔詭的是，陳映真秉以五四精神針砭禮教制度的啃蠹人心，然而他仍不免以禮教分判筆下之人。他讓果敢行動的姊姊在面對基督裸身時如被洞悉而自覺髒汙，因此，「始終不敢仰望那個掛在十字架上的男體──因爲……兩個瘦削而未成熟的胴體在某一個意識上是混一的──與其說是悲哀，毋寧是一種恐懼吧」(陳映真1988a：17)。姊姊藉著日記了解青澀苦悶的弟弟，弟弟藉耶穌之軀以童貞之眼洞穿正以另一種形式墮落的姊姊。陳映真莫非也用了一種無異於世俗觀點的判準來審視世人？

李豐楙著眼於變亂與失序的六十年代的社會面貌，對於類似陳映真這類寫作有關「命與罪」作品的作家有一番解釋：

這一世代都親身經歷二次大戰前後的戰爭年代，無論是在

> 台灣本土生長、抑是從大陸隨國民政府撤退來台的，都親眼看見那種動亂中的人及所表現出來的人性。那是從農業社會轉型為工商社會的過渡階段，不同階層的人都表現出精神生活中對於宗教信仰的一種心態。(李豐楙1996：249)

特別是中下層社會芸芸眾生，他們的宗教意識多具體表現在信仰行爲中，由這些表現，正可觀察到一些時代變遷中精神生活的面貌，據此並可引申〈我的弟弟康雄〉一文。其文本所示：康雄和姊姊的表現，應分別可視作在當年冷肅時代裡的一種或隨順或抗衡的命運觀。只不過令人不得不思考的是：康雄選擇了死亡，是償贖他的罪，還是逃避他的罪？留下來的人賴何爲生？

> 「苟活」的生存方式是否會面臨宗教、道德的反省？小說家之所以會選擇這些時代中的非常性題材，其實正是要藉此來嚴肅地思考一些人生在困境時的反應：到底是道德高於一切？抑是生存的本身才是人尊嚴的存在事實？(李豐楙1996：252)

然而，在文本中實在無法找到適切的答案。僅知的是：犯罪之後的解罪方式，一般是在神前懺悔；但安那琪的、無神論的康雄無法脫逃於宗教的譴責，而陳映真也只能讓康雄以自殺來回應他的罪責，以及其他無法用言語和盤托出的時代所形成的困局。

吳宏一以爲這是源於康雄性格上的缺陷，這種矛盾的性格，使這少年虛無者趨於死亡：

在他的烏托邦裡，他說「貧窮本身是最大的罪惡」，但他也不是想奢侈富裕，因為「富裕能毒殺許多細膩的人性」，這種性格的矛盾，正如他姊姊所說的是「少年的虛無者」，他想能建立許多貧民醫院、學校和孤兒院，但他無能為力，他「求魚得蛇，求食得石」，因此，「逐漸走向安那琪的路，以及和他的年齡極不相稱的對待」。他鄙棄人間的慾情，但卻把童貞給了一個「媽媽一般的婦人」的女房東。㉑

性格之矛盾正是大環境所致。易感的少年心都有某種淑世憧憬，但理想若只停留在想像之中，迎面撞擊的卻可能是迸落的靈魂與自我。

施淑認爲康雄和〈麵攤〉一文呈現的世界與人物，都有一種空虛、匱乏，然而平靜的構圖，它顯露的是一個問題人物，「一個緊張地思索著的自我」(1990：200)。她並認爲：「就像提供給人幸福的幻想的宗教，是人的現世苦難的證明，陳映真的烏托邦，在根本上扮演著同樣的社會意義」(1990：200)。不過，陳映真文本所顯現出的自我對話和自我告解性質，其作用只是一種意識型態的消費，而非意識型態的批判(1990：203)：

在宗教問題上，批判者雖然也著眼於宗教的社會功能，但不同於教上或信徒之僅止於教義的傳播和消費，他是由社會苦難的根源去解釋它之所以存在的原因。(1990：203)

正由於如此，施淑認爲陳映真「在問題的探討上，不免於要陷入意識型態本身在運作時的『欺罔的機制』(Mechanisms of ideological deception)」(1990：203-204)。而這便突顯出一個額外的問題，它將使思考從具體情況中游離出來。

> 以宗教為例，透過這機制，人創造的神反轉過來成為統治人的無上的力量；以思想為例，決定自由、平等、博愛等資本主義的代表思想的具體的物質條件，經常從思考中被易位，最後反而是這些觀念本身成了推動人類歷史發展的決定性力量。(1990：204)

當然無可諱言的，是時代困局的壓縮造成了一批尋覓不著出路的人，也因此檢驗了年僅十八而早熟的康雄，讓我們看到他在提前承受之後，所做的竟是如此決絕的選擇。

除了康雄困在其中，整個文本的調子同時呈現了姊姊的處境：著眼於她心理層面的自剖言，她之投入婚姻市場，不啻是對女性主義的反挫。嚴格來說，這種做法似乎僅僅是以靈肉的一次「賣斷」避免多次「零售」。在姊姊身上所呈露的不只是情慾問題，更重要的是「性」在其中所蘊含的具有交換價值的「政治經濟」(political economy)意義。簡言之，在社會所產生的物化(reification)過程中，性亦隨之商品化了。

而這正是一種宰制。其中包括康雄無意間以他需索母姐的關愛爲方式，間接壓榨了姊姊的純美；同時亦包括了其父和整個社會以脫離貧困爲由，對當時女性弱勢族群進行思想及價值觀上的改造。女性孤身處在被雙重邊緣化的位置上，因而顯得更加無助。在下一篇所要探討的小說〈家〉一文中，也可理出類似的弱勢地位女性之「病徵式閱讀」。不過因爲作者對被弱勢化的女性並無多作敘述，所以，我們只能從第一人稱「我」的妹妹身上去揭發這一項父權式的陰謀。

妹妹自喪父之後所表現的「認命」，以及她敬其兄如其父的改變，在在顯示她以一介女子的邊緣身分，置身在無法掙脫的橫暴的男性中心之內。命運對這個女性弱勢者而言，是以權威而冷酷的社會壓力侵凌之。妹妹能不能繼續升學，先是受制於村人的期待，復完成於哥哥的堅持，她的命運遂與男性中心形成不可抗拒的、弱制於強的態勢。弔詭的是，如此的弱勢者，不僅反映出社會的脫序及人性的變態，並且使六十年代乃至今日之政治與社會所存在的不穩定感畢現。

然則，雖說敘述者「我」以男性身分出現，應能受中心論述保護，但由於他的年輕，加上兵期已屆以及眾人對他的期許，亦使他難逃於既定的社會體系之宰制。可歎的是，自在不成人，成人不自在，正因為父亡，「我」被迫長大。喪父的長子沒有幼稚的權利，加上鄉人「可惡的善心」，不啻是再上一道禮教的枷鎖。而且長期以來促成重視文憑的社會風氣，及其種種外來的壓迫，於是將一個個青澀少年推入苦海。無力掙脫的少年，遂變成大人手中操弄的懸絲傀儡；來自家庭及社會的期待，遂也變成一條又一條牽動傀儡的線。

尤有甚者，進入大學的窄門並不等同於進入天堂的大門，反而以地獄般的試鍊來磨折這一群無反抗能力的青年學子，並且不提供「即得永生」的保證。同時，「家」的意義也出現了危機。在一場正值社會轉型的變動之中，人人都扭曲自己以期符合社會判準。在家的外面，人人都孤獨；然而想回家時，家卻未必提供溫暖的慰藉。是故他只能自棄地設想：「在對惡無可如何的時候，惡就甚或成了一種必需」㉒。更退一步，無力抗衡的青青子衿只能夠犬儒地安慰自己：「欲對惡如何，必須介入於那惡之中」(陳映真1988a：24)。於是，伴隨思考能力而來的是無助與孤獨，最熟悉的家也就變成最可怕的「枷」了。欠缺勇氣做拒絕聯考的小子，乏力抵擋勢如破竹的社會壓力，在文憑是尙的學海之中，他們載浮載沉，有時仍不免慘遭滅頂。正如林鎭山(1999：3)認爲：

> 〈家〉這篇小說涵蓋的主題範圍比較廣，包括:描塑「傳統父權觀」、「性別差異觀」、以及省視戕害「心性發展」的「社會制度與機構」——補習班和大學聯考等等——今日多元媒體上一直爭議紛紛的社會議題。〈家〉發表於一九六〇年三月的《筆匯》，距今，幾乎已經四十年，這是不是正如他的左翼社會主義觀，反映了：陳映真對社會議題的關切，有時又比他的時代超前?

本節所要探討的第三篇小說是〈故鄉〉。在〈故鄉〉一文中，哥哥的突然墮落，同樣導因於難以承受的社會壓力。因此基本上，即使哥哥墮落了，仍不免令人悲憫憐見。有論者以爲，墮落的哥哥是國民黨幾十年來的寫照㉓，但若細讀文本，這說法似乎有些強做解人。因爲文本所塑造的哥哥是無奈而可悲的，連同弟弟一樣都只是想在壓力下暫喘一口氣。尤其弟弟既不忍看哥哥墮落，又不願承認自己吃父親保險金也是一種墮落，因而選擇逃家：

> 吃光了父親的保險金，四年的波希米亞式的大學生活也終於過去了。現在，我憂愁的倒不是職業，倒不是前途，也

> 不是軍訓，而竟是我之再也沒有藉口不回到一別四年的故鄉了。㉔

這倒讓張大春以爲：在七十年代的台灣小說發展進程中，以鄉土文學爲重要標示的面向，正突顯出「『城市』或『都市』早已經是作家急於認識、反省和嘲諷的主題了」㉕。他藉此指出自剖和總結爲「市鎮小知識分子」的陳映真，其本身所代表的和〈故鄉〉文本中的敘述者「我」一樣，都是「從事非生產勞動人口」。張大春(1995：111-112)並從這面向上來稽核陳映真：

> 倘若不泥於「市鎮」字面本身……陳映真所謂的小知識分子正是……柴爾德所表述的城市特徵之一：從事非生產勞動的專業人口，而這種城市人口所關切的政治組織、階級社會、對外貿易、人際關係(大型居住區)、財富集中等等課題也是和他自己一同構築起「城市」的種種特徵。

黎湘萍則反求諸心，他以康德的絕對道德律令做爲解釋陳映真的思想、寫作和生活的依據：

> 陳氏人物有一種遭受天譴的「特徵」，那就是一旦內心的道德律令喚醒了曾一度曖昧的善惡感，這些人物便陷入了良知與現實的衝突之中，而解脫痛苦的結果，便是走向死亡。這種嗜死的本能就潛藏在那些因精神苦難而顯得憂鬱蒼白的人物身上。(1994：91)

陳映真果真如黎湘萍所謂，是以「內心的道德律令」代天行道嗎？頂天載地從事勞作的人才能被張大春稱做「生產勞動人口」嗎？假使他是構築城市特徵的共謀之一，他有沒有間接逼使他者退避邊緣之嫌呢？是陳映真本身混沌不明的善惡感將人物推向衝突的深淵嗎？諸家說法各有高明處，但有必要如此設想嗎？

對照起〈家〉一文中的「我」，因爲上有喪夫的母親，下有年幼的妹妹，家境不寬裕的「我」同時還要承受眾人令人「厭惡的善心」，他不能逃離，必須考取大學，而且只能強佯大人。而已經完成大學學業的〈故鄉〉裡的「我」，因爲有哥哥，有父親的保險金以資度日，所以他沒有絕對的義務一肩扛起家的重擔。但他們所要面對的心理衝擊仍相似。如何因應？我們只看到：其一「翻過身，枕頭上的淚痕涼涼地貼在臉上」(陳映真1988a：44)；其二也「躺了下來。冷呢！於是止不住捲成一支蝦的姿態了」(陳映真1988a：24)。

因爲〈故鄉〉裡的弟弟處境如此尷尬，益發突顯哥哥令人同情的「墮落」。爲進一步解釋哥哥這種心理轉變，後殖民論述其實已經提供答案。反殖民的革命家如法農和甘地，以及後殖民批評家如薩依德，都承認反殖民的民族主義對被壓迫民族方面激起過動員與組織的積極作用。但他們也都傾向於相信：「反殖民的民族主義應當以徹底告別殖民邏輯與對抗意識型態，走向一個後民族主義(postnationalism)的新世界爲最終目的」(陶東風2000：141)。爲走向後民族主義的新世界，國家、民族，乃至於個人的族裔認同與文化全球化等等的政治對話，都因此而時刻在修正當中。此過程包括一項「反本質身分觀」的理論資源，這或可說明哥哥原有的理想之所以碎裂的原因。

十六至十八世紀的「主權個體」(sovereign individual)觀念代表了與過去的重要決裂，這意識同時被視爲現代認同的核心，因爲：

> 人在「偉大的存在之鏈」(the great chain of being)中的固定地位淹沒了人是主權個體的意識。(陶東風2000：163)

這種觀念卻在二十世紀受到極大的衝擊。其衝擊至爲致命者有五大西方社會理論，其分別是：馬克思主義理論、潛意識與精神分析理論、結構主義與後結構主義語言學、傅柯的後現代主體理論，以及作爲理論批評與社會運動的女性主義。

其中，佛洛依德認爲人的認同(身分)、性別與慾望結構是在心理與符號的潛意識過程中形成，而潛意識是經由非理性的方式發揮作用的。拉崗則認爲認同不是天生的，而是透過潛意識的過程才得以建構；比如幼兒的自我形象，是在與他人相處的關係中逐漸並艱難地學習來的概念，而非從內部自然產生。拉崗的這種「在他人的觀看中形成自我」的活動，開啓了兒童與外在於他的符號系統的關係，同時也指出一條途徑，促使兒童進入各種符號再現系統(如：語言、文化、性別關係)之中(陶東風2000：165-166)。因此，正値兒童要進入這種種的符號再現系統之際，矛盾感與懸而未決感若伴隨而來，則他的認同架構勢必遭到嚴重的衝擊：

> 在其自我的潛意識形構中是關鍵的方面，正是這種矛盾感與懸而未決感使得主體發生碎裂。有意思的是，雖然主體總是碎裂的，他(她)卻把自己經驗為統一的、整合的。這

> 就是認同的矛盾性的起源。也就是說，一方面總是存在著對於認同的統一性的幻想，另一方面，認同總是不完整的，總是處於過程之中(in process)與形成之中(being formed)。(陶東風2000：166)

於是，俊美如太陽神的哥哥的主體性碎裂了，他卻還被自己網羅在混沌初開和洪荒未開之間而自欺欺人。富於淑世理想的哥哥從此被迫變成了一個「由理性、宗教和社會主義所合成的壯烈地失敗了的普羅米修斯神」(陳映真1988a：40)。

施淑認爲〈故鄉〉的哥哥和〈我的弟弟康雄〉的康雄，以及〈鄉村的教師〉吳錦翔三個人物，是陳映真小說人物的原型，而他們所秉持的信念，即是他小說一以貫之的思想。的確，理想之於他們而言，只是讓他們有理由躲在象牙之塔咒天咒地，但他們終究不敢做出「虛無者」敢做之事。他們欠缺支持他們銳意獨行的勇氣，他們都不過多讀了些書，就自以爲開了眼界，然而他們在閉鎖的心房裡妄想自己能救世救人，詎料最後連自己也救不了。或許理想之所以時而慘遭破滅，即因爲理想的實踐者往往囿於現實，而變成理想的空想者。這思想恰巧是陳映真所自嘲的「老掉牙的人道主義」，也是康雄之父所謂的「上世紀的虛無者的狂想和嗜死」。

如前所述，施淑並以爲陳映真的思想，「基本上，與充滿革命幽靈和未來的詩情的日據時代台灣菁英思想，並無二致」(1990：202)。但它之所以失去了日據時代先行者的鷹揚氣息，而以破滅的烏托邦的意識型態頑強地表現於他所有的早期作品，應該有一個重要的客觀因素存在：

> 這顯然與中國的破裂，與烏托邦思想本身的發展規律有關。也就是說，作為日據時代菁英思想的出路之一的「祖國」，這個解救符號，在光復後的世界冷戰中，……只保留烏托邦之所以為烏托邦的美麗信念，卻無法從事實上解消那被光復後的政治屠殺和白色恐怖復辟了的過去的悲劇歷史。於是，馬克思筆下的革命幽靈重行遊蕩，死者並未埋葬掉自己的死者，在弄不清自己的內容的情況下，致死的懷疑成了二度來臨的烏托邦的唯一合法解釋。(施淑1990：202)

所以，「在懷疑的領導下，陳映真的破滅的烏托邦，成爲日據時代以來的台灣知識分子的心靈創傷的病歷」(施淑1990：202)。也因此，「認同與其說產生於業已內在於個體自我的認同之充盈(fullness of identity)，不如說產生於自我的內在整體性的闕如」(陶東風2000：166)。

或基於此，陳映真以變奏的方式處理他的小說作品，諸如：充滿蒼白厭倦與懷疑的、瀰漫著思想的欺罔與墮落的、撩撥著情慾誘惑與驚恐的、乃至於無能於愛的情調，在不同作品的主題中，呈現著性質及意義時有重疊的樣貌。本節所要探討的第五篇小說：〈兀自照耀著的太陽〉即同時兼備上述主題。

探病的許炘自負而漠然地說他最近蓋了新房，並包攬了一家美國農藥商的代理權，他無所謂的點上菸，原來探病時應有的哀矜，卻由於自小慣看煤區的死亡紀事，對瀕死的小淳所表現的也只是多加一分惋惜的淡漠。連小淳之父都同樣基於他醫學的專業而視死如歸。在他眼裡，尤其在這個礦區，「死亡早已不是死亡了」，死亡的況味所顯露的較大意義在於：它是在投入醫生工作之前應具備的心理建設。魏醫生甚至於「從不知道要爲別人，或者不同族的人流淚的事」㉖，他有醫術而缺仁心，即使是親如小淳，在他專業教養中，也只是以一定限度的感傷來表達不捨罷了。他的冷漠即是身爲醫師的必然表情嗎？可是歷來改革者不乏醫生啊！由此不免令人聯想起〈故鄉〉裡自願擔任焦炭廠保健醫師的哥哥。

個人的理想氣質生起變化，哥哥和魏醫生都不復故態了。魏醫生忽略了瀕死者同時是在與命運搏鬥，尤其在礦區，那些已然入土而尚未掩埋的人們，若不幸亡故，死亡容或只是他們與貧窮拔河的一條繩索。小淳以平靜的病容所表現的某種形式的抗議，正是對這些礦工及其家屬深致悼意，因此，她「在衰竭中有一種不可思議的安詳」(陳映真1988b：45)。

文本中唯一似乎較能體貼小淳心意的人是家教老師陳哲，他對於這樣一個在「盡是荒火田的礦山區的小鎮上，戰前的和戰後的中產者聚在一起」(陳映真1988b：47-48)，及其所過的生活模式顯然並不以爲然。但他因爲暗戀著醫生娘京子，使他也只得「耽溺在一種心的陣疼裡」，卻未能起而改變。

這一群中產階級者代表的是時代菁英及知識分子，然而他們對人間世的淡漠，或者正暴露出他們有意規避政治出路無著的窘境，以及隱藏於若選擇從事社會改革所可能發生的危機。相較之下，小淳的善良柔懦只能代表她的地位之邊緣而弱勢。所以，小淳也只能以形式極爲安詳的慢性自殺爲手段，唾棄其父執輩的安於現狀。但設想生活在上流社會的小淳，若安於優雅、富裕的環境，即能一概無憂，但她畢竟不同於〈最後的夏日〉裡的李玉英。

這不免讓我們又聯想起〈某一個日午〉。房恭行之父以他位高權重的身分忽視週遭，甚至親兒及彩蓮腹中之孫；小淳之父同樣是不自覺地自視爲優於礦工的高等人種。雖然最後小淳之父體認到：「我們所鄙夷過的人們，他們才是活著的」(陳映真1988b：50)，然而，這已然暴顯出社會的病態。而這也正由於是階級性的區分，致使上流者自以爲偉大及潔淨，而辛勤的勞動者爲的竟只是活口，同時替上流社會證明「勞力者食人，勞心者食於人」這樣「唯有讀書高」的社會成見。在這偏頗的社會規範下，作者再一次譴責中產者與低階者自生來即被預設的分別，從而嘲諷所謂的社會正義有時是不存在的，因爲它無法爲這些社會邊緣人爭取到什麼。

在〈某一個日午〉裡，房恭行鄙夷自己有如蟲豸一般活著；在〈兀自照耀著的太陽〉裡，魏醫生以「總要像一個人那樣地生活著」來期許未來。魏醫生及其友人同時誓盟：「只要小淳同我們留下來」，我們將「拋棄那些腐敗的、無希望的、有罪的生活」(陳映真1988b：54)。然而不得而知的是，如果小淳真的對將來猶抱一絲希望而活了下來，魏醫生一行人會不會找藉口再度縱情肆欲？這問題因爲是假設的，其答案也就不那麼關鍵。但是，從「小淳安安靜靜地在五人沉睡的勻息以及在初升的旭輝中斷了氣」看，這五人並未陪她走完人生最後一段路，更遑論要因她而重生呢？

據〈試論陳映真〉一文所述，〈兀自照耀著的太陽〉目的是：試圖要「在這絕望的、灰黯的世界中，………劃燃一根小小的火柴來照明和取暖」(1984b：168)，因而，當「神祕地象徵著希望和良心的小淳」在旭日初升時刻悄悄死亡(1984b：169)，小淳所象徵的良心和希望恐怕已經不存在，只是再度徒留一個「死諫」的意涵。

如上所述，這些時而交叉重疊的主題，「就個別情況看，似乎是獨立發展的，但由於它們的背後總是有一個隱隱然的力量在推動或批判，因此與其說是一些被思考著的獨立問題，不如說是以一個大的、根本的問題的局部或側面而存在」(施淑1990：202-203)。而這也就是在後殖民論述中，一再地要經由解構而重建的主體性。社會如是，個人甚且如是。

特別是在貧瘠而匱乏的年代裡，像魏醫生等一干人衣食無虞，但他們雖不致被物質壓力逼迫得瀕於絕境，相形於他們生活的優渥，以李豐楙對命與罪的體認言，「『如何活著』就成爲一種生物式的本能，甚至因而需要犧牲他人的生命或生存，這種人性的扭曲既是本能的存在，卻也是道德上的惡、宗教上的罪」(1996：252)。因而當他們正無意識地享樂，或甘心自囚於象牙塔的同時，對他人而言都是間接地在進行宰制與壓迫。

値得注意的是，小淳以其少年的自覺拒絕被同化，似乎在挑戰社會上既存的大敘述。可惜的卻是：小淳沒有足夠的空間與時間爲她的理念做出堅持和努力，因此她喪失了自我呈現(self-representation)的機會，僅僅突顯出在這一群狀似有反省力但實際上無行動力的「大人」之前，小淳還是處於被呈現(represented)的位置。

第三節　迷離的含混地帶

1864年，泰納(H. Taine，1828-1893)以種族、國家與時代標出國家建構的三要素。及至十九世紀以來，西方國族論述中已出現數種有關土地與國家的辯證。大致而言，重要的有：法國何農(E. Renan，1823-1862)的選擇論，以及巴黑斯(M. Barres，1862-1923)的決定論。何農認爲現代國家的構成本質是「遺忘」；巴黑斯則強調遺傳、環境及種族譜系對國家之必然的影響力。

其中所謂「選擇論」是指：「經過(創造性的？)遺忘，國家誕生時的暴力、種族社群、語言及宗教等依歸，乃被透明化。所謂的國家，『是一種精神』」㉗。換言之，人民在對國家做出選擇的當下，如果是基於理性的利益考量，則他的國家界義是「國家選擇」。反之，「決定論」是一種感性的訴求，它以爲是「『血液的聲音』及『鄉土本能』，構成了國家民族主義的兩大核心」(王德威1998：162)，它是以心理的感情取向爲主，並肯定歸屬感的終極價值，其國家界義是「國家認同」。

在這些「國家」界義的基礎之上，我們即可以把民族意識上有共同自覺的所謂「認同」產生之因，歸納爲三大類：

一、原生的血緣論，這是指一群人立基於客觀上有形的共同文化基礎。例如語言、宗教、生活習慣，甚或是共同的血緣，而建立的一種民族認同。

二、權力結構論，這是指一群在政治權力或經濟財富上因爲所得的分配不公而形成主觀上的集體意識。其中血緣或文化的特色只是動員的工具。

三、強調共同的歷史、經驗或記憶才是決定民族認同的關鍵。這是立足於一種無形的基礎。尤其當中的記憶，包括了真實的，同時也可以是想像出來的。基於此，對一個國家而言，建立官方版的歷史觀有助於集體的民族認同。

把這些國族論述放在後殖民進程中的今日看，已非新論，但置之於「台灣鄉土論戰及其後的語境裡，它們不但歷久而彌新，而且竟能凸顯官方及其反對者間的底線，何其一致」(王德威1998：162)。原因是：堅守原生血緣論認同取向者，逐漸受到秉持地緣認同立場的選擇論者的挑戰；而選擇論所堅持的，以客觀條件涵蓋的無形基礎者，漸漸取得較大的發言空間；然而，秉諸權力結構論者亦伺機而動。

二次大戰結束後，特殊的政治氛圍及社會體制，使得討論台灣人與大陸人關係之議題，被劃歸在某種敏感的禁區，陳映真是台灣第一位敢藉小說形式關注省籍問題的作家㉘，這因素則使其位置更顯特殊了。或許陳映真的特殊正如他所自期的，他想要在絕望、灰暗的世界中，「劃燃一根小小的火柴來照明和取暖」(陳映真1984b：168)，以對抗一個新舊時代遞嬗時所造成的無可避免的傷害。

在本節所要探討的三篇小說：〈那麼衰老的眼淚〉、〈一綠色之候鳥〉和〈第一件差事〉中，我們將把〈那麼衰老的眼淚〉和〈一綠色之候鳥〉置於同一個討論空間。因爲即使兩者寫作時間相隔了三年多，但在情節發展上，有其承繼性的聯繫。

〈那麼衰老的眼淚〉裡的康先生，是一個五十開外的、纖細白皙的斯文男子，在兒子青兒讀大學寄宿在外的時期中，同時也是他的事業面臨嚴酷瓶頸之際，絕處求生的他，誘拐了幫傭兩年有餘的二十三歲女佣阿金，並已暗結珠胎。然而，當兒子知悉了一切，康先生非但不保護阿金，還對自己的行事作爲深感荒唐和羞愧，甚至於因此迫使阿金將親骨肉折殺掉。

來自南部鄉下的阿金，因爲她的台灣人下女身分，使得她與康先生的感情發展遭到阻礙。其實這阻礙同時來自兩處：一是康先生的兒子青兒，一是阿金自己的兄長。以後殖民論述觀點言，佣人身分使阿金在康家是下位者，也是一個他者；同時，當她面對來自兄長父權形式的壓力時，她所能爲自己搏鬥的力量更是有限。

如前所述，連〈唐倩的喜劇〉裡思想前進的唐倩能否孕育下一代，都得仰老莫之鼻息，阿金更是受宰制的一個弱女子。阿金渴望擁有自己的骨血，即使回鄉「給人做後的」，至少可以名正言順地生孩子。因此，不論背景如何，她們都有與生俱來的母性，足以摧毀男性自私的尊嚴。〈某一個日午〉裡的彩蓮亦如是，她們不要錢，只要孩子。

但康先生在這個情慾戰場上並未勝出，他一改我們的刻板印象。如同〈家〉的敘述者「我」，他們性別的優勢並無法保證使其處於中心，或可謂此等人是「被閹割的男性」。尤其康先生在工廠倒閉後，他行將老矣的身分使他頓失尊嚴和成就感。所以，他所面對的兒子，竟進而變成一個龐大的、足以壓制他的新興父權體，使「康先生覺得極爲狼狽起來，便將他一切美夢，賭氣似的撕毀了」㉙。

更甚而他循青兒思路，視阿金的一舉一動爲不倫不類，他對阿金的歡愛遂時而夾雜垂直式的鄙棄。被邊緣化的康先生肩膀不能承受任何一切，乏力推擋阻力的阿金於是只能無奈地答應兄長回鄉嫁人作側室。阿金畢竟自己解決了來自家庭的壓力，由於阿金自行解決，康先生如釋重負，但康先生乞憐於青兒，他絲毫不敢努力的卑瑣嘴臉，卻令人生厭。

阿金離開以後，康先生對著她所留下的一切，「居然吃力地積蓄著那麼衰老的眼淚來了」(陳映真1988a：80)，這眼淚之所以衰老，顯示康先生的年歲漸增，更預告著哀莫大於心死的他，日後必然的悽愴光景。康先生不能提供阿金感情上的保障，在某程度上而言他始亂終棄，這似乎表述了「大陸男人欺凌台灣女人」㉚這樣的概念。不過，這層意思應該不是陳映真所要表達的主題。料想陳映真是想要以回首歷史的傷感，來紀錄一段未完成的族群融合。

劉紹銘認爲：「(康先生)他其實是一個極其自私的人。……這樣一個畏首畏尾的自私的人，可能因此得到名教社會的尊敬，卻失掉我們對他的同情」㉛。不過，如此解釋似乎過於苛責。康先生之所以自私，事實上顯示出他無力掙脫的多重制約。簡言之，這不單是康先生一個人的怯懦，還有許多來自於大時代的壓力，如果只教他一肩扛起，的確是太沉重了。而且事實上，涉及婚姻動態的因素極其複雜：

> 對傳統中國社會來說，結婚牽涉到四個或者說四組行動者的事務：新郎、新娘、新郎的家庭與新娘的家庭。幾乎所有有關中國傳統社會的婚姻陳述，都強調新郎與新娘對他們的婚配沒有任何發表意見的權利。相反地，婚姻是家族或是更大的親族團體，為了他們本身的利益所做的一種安排。……兩個家族的利益是多方面的，加上相互競爭的利益，其複雜性使得婚姻成為傳統社會最需精心處理的社會事件之一。㉜

在這範疇的規限下，即使年近半百的康先生亦無力擺脫既有的制度。因爲「尊嚴與慾望轇轕」帶來了「靈欲」的宿命糾纏；父子的互動關係，及其間接形成的對立亦帶來家庭張力所致的緊張態勢(林鎮山1999：8)。

陳芳明以爲陳映真這一類作品所表現的，台灣人與大陸人之所以不能結合的原因，不僅是由於時代的壓力，最根本的因素，還在於雙方出身的不同。他以爲用更精確的字眼說，即階級的差距所致(陳芳明1988：138)：

> 大陸人與台灣人之間似乎沒有相互認同的地方，他們各自背負自己的歷史命運，也各自生活於不同的社會階層。因此，兩個陌生的世界交會時，自然就產生了種種的衝突與悲劇。(陳芳明1988：139)

不過，陳芳明的重點不僅在突顯階級意識，更強調了族群差異，並藉以鞏固他一貫的論述。然而，以階級爲區隔所產生的悲劇，是否即能證明是省籍不同所造成的，這則是另一個亟待深思的課題。

除了〈那麼衰老的眼淚〉，另一篇〈一綠色之候鳥〉仍然展現著關涉於國族認同之政治理念，及其滲透於日常生活私人領域的現象。不同的是季叔城具備了「爲了愛情而甘受社會白眼的道德勇氣」㉝。有人即因此認爲：以描寫知識分子的失落感爲重點的作品而言，〈一綠色之候鳥〉的處理方式，要比上述其他各篇來得好(呂正惠1988：186-189)，理由是這篇小說成功地塑造了一個相當程度的象徵意義。

〈一綠色之候鳥〉所展開的情節內容，是從敘述者陳在自家門口撿到一隻鳥開始，而相繼牽動幾個主要關係人的視野和心理變化。年長的教授趙如舟平易近人，在得知陳拾獲一隻綠鳥後，他們一起關心鳥的飲食起居，並由這個關心鳥的趙如舟牽引下，使陳偕同其妻進入了季叔城夫婦的世界。季妻是季叔城往時家中下女，其結合難免受到世俗觀點議論。即使爲躲避流言而輾轉來到現在這個學校，歧視依然壓迫著他們。季妻更因所承受的壓力過大，以至於在生下一子之後，便莫名地病著。季叔城原來的兒子，更因爲不肯接受這樁婚事，父子倆形同陌路。

後來陳夫婦將鳥送給季妻，並一日日從季叔城口中獲悉其妻病況之轉好。然而，季妻病體稍瘥竟只是迴光返照，她半個月後亡故了。季叔城在死者入殮時令人動容地慟哭哀號，其聲戚然，劃破靜默。當一切歸於平靜，有感於季夫妻情繫生死的趙如舟，回憶起曾經擁有過的兩個女人，他沉沉地感觸著：「能那樣的號泣，真是了不起……真了不起。……我當時還滿腦子新思想，……回上海搞普希金的人道主義，搞蕭伯納的費邊社。無恥！」(陳映真1988b：16)

此刻，趙如舟的憾恨竟類似於康先生，它顯示出知識分子曾經的自命不凡，以及因爲過分疏離真實社會脈動，所造成今日的噬臍莫及。不多久趙如舟痴呆了，敘述者陳之妻竟也毫無預警地死去。惺惺相憐的季叔城和陳，望著季家倖存的幼兒，只能同聲企盼他能夠是一個欣然健全的新生命。

至於那隻受到妥善照顧的綠色候鳥，或許也還能巧囀啾啾，然而牠是一隻候鳥，如季叔城所言是北國的一種候鳥，則牠必然要受制於變動不居的循環週期，生命對牠而言，亦是不確定的：

> 據說那是一種最近一個世紀來在寒冷的北國繁殖起來了的新禽，每年都要做幾百萬哩的旅渡。……這綠鳥……一定是一個不幸的迷失者。(陳映真1988b：12)

候鳥飛到陌生的南方後，應該還會飛回去，但因為各種因素所造成的錯誤，使牠們從此失去了方向，回不去孕育生命的故林。這恰似在逆反時代裡倉皇東渡的人們，被迫抛卻自家無盡藏。那是不甘心的，卻也是莫可奈何的。一旦固定模式的生命鏈缺了口，勢必引起不可言說的危機。尤其當牠或他們時空錯亂，被留在不適當的環境，悲劇的發生則是意料中的。

借若候鳥在此是一個喻依，便足以說明「這是台灣人與大陸人結合的一個不可能，其不可能的原因似乎是社會上的歧視大於肉體上的疾病」(陳芳明1988：135)。而且從實際情況上來說，大陸人願意與台灣人結合還有一個現實考量，那就是為了汲取再生的力量，就像候鳥逐漸接受了陳所供給的食物，初時候鳥並不接受，後來因為要生存，便只得隨順環境。

因此嚴格而言，能像季叔城那樣純然為了真情，敢於承認並承受社會異樣眼光者，的確不多。究其實，因為其結合之困難正在於：「大陸人受羈於舊日的夢魘、固執於既得的尊養，使得雙方的隔膜更加深化。……不僅由於時代的壓力，最根本的原因，還是在雙方出身的不同。」(陳芳明1988：138)因此陳芳明以為，陳映真在表述大陸主人和台灣下女這種關係時，是在暗示台灣人的「養女身分」(陳芳明1988：138)：

> 陳映真作品嘗試表現的主題是：台灣人之所以絕望，乃是覺得在現在、在未來根本不能獲得改革的機會；而大陸人之所以陷入苦悶的深穴，乃是他們已經沒有返鄉的希望。這兩種不同形式的鬱結，都同樣來自一個根源，那就是無能和無助的政治悶局。(陳芳明1988：131)

當然，我們知道陳芳明和陳映真在意識型態上是迥異其趣的㉞。陳芳明企圖替陳映真作詮釋，他認爲以候鳥爲象徵，是在勸誡在台大陸人應放棄候鳥心態，否則很難適應台灣的現實環境。然而這種認定，卻引起其他論者的異議。廖咸浩因此以「發現外省人」來詮解這種對大陸人的認識：

大概多數所謂的外省人都重新發現了他／她是外省人所具的意義。而這個發現的過程又往往伴隨著一種新醞釀出的「原罪」感。「外省人」意味著「非台灣人」。而且相當程度而言，也意味著「對不起台灣的人」。㉟

這種見解自有其社會和文化的根源，但廖咸浩認爲這種見解既已形成，「異類」想要被接受而且具有同等地位，必須要自己爭取。

在文化接近、種族相類的社會裡，多元並存的覺悟其可能性也相對降低：差異(difference)反而更容易被目為「偏差」(deviation)，……因此身處這種「類同質社會」(quasi-homogeneous)更需要為「多元文化」的觀念大聲疾呼。……而發現的目的不單是要確認大家都是台灣人，而且都不是(也不必是)一樣的台灣人。當然最終而言，還是要能盡量降低「符號」對於人與人關係的干擾。㊱

陳映真曾表示之所以關懷省籍問題，起因於「他到軍中服役。軍隊裡下層老士官的傳奇和悲憫的命運，震動了他的感情，讓他在感性範圍內，深入體會了內戰和民族分裂的歷史對於大陸農民出身的老士官們殘酷的撥弄」㊲。陳映真因此鋪述了老士官及其他大陸人的故事。至於以男女關係作爲象徵性型態(呂正惠1988：188)，來詮解其作品中有關大陸與台灣的關係，這到底適不適當，似乎不是最重要的，因爲這都只是更加凸顯這類小說繁複而多解的意象罷了。

除此，另有人以鳥和鳥籠分別代表兩種含意：鳥籠意指「女孩子覺得老教授的社區像個鳥籠，格格不入」㊳。但這說法很難在文本中發現，而且，娶下女爲妻的大陸籍教授的外省身分，固然不免使他受到某些世俗評議，可是一般而言，擁有教授頭銜者，應是任何女人樂於接受的高棲歸宿，所以，它不見得是一個牢籠。

比較可議的是，季叔城將繼續活著，「死滅的卻不是這條枯魚、這隻北方的候鳥，而是跟他分享著社會詛咒的妻子」(劉紹銘1988：18)。還有，敘述者陳之妻竟也離奇死亡，這種種無以名之的死亡，令人不由得想質疑：爲何每當主人翁對生命產生了悟的同時，他就必須以死明其志？候鳥的到來不是使季妻之病稍瘥嗎？同時亦使得陳妻也開始學會關愛他人？如果死亡在陳映真作品呈現上，佔據著不得不然的關鍵地位，則這是在吐訴死亦生、生亦死的弔詭嗎？這答案陳映真始終不曾回答。或許這麼想，拿「blue bird」死滅前的餘溫所象徵的幸福，來與人們的生命同作比較，生命必然而終，因此，幸福的獲致應是一種難以負載的重量吧！

可是，若陳映真一逕地呈現結合無望，如何使他的小說發揮滌淨心靈的功能呢？這種僅剩的幸福會不會像〈蘋果樹〉裡被林武治誤識的茄冬樹一樣，只是爬滿蟲子？凡人無法阻擋的或許是命運捉弄，但從因果循環裡去推尋，仍企盼作者提供一個導致悲劇發生的、有關福孽恩仇的印記。

或者說，陳映真當真是以社會人而非畛域人的概念去看這些不同省籍人士的悲喜哀歡，因此，他們的結合或不結合其實無損於作者初衷。然而，這就難怪有人認爲陳映真自剖之文：〈試論陳映真〉文中，對二二八事件中不同省籍者所受苦難似有一概而論之嫌㊴。當然我們仍缺乏證據來臧否陳映真的居心，而且事實上仍有論者要替陳映真分辯。

廖咸浩即認爲，如上想法「對台灣人(及外省人)的定義與國民黨或中共式的中國民族主義何異？同要排斥異己(他們外省人，我們本省人)；同樣把身分本質化／浪漫化(他們外省『壞』人殺了我們本省『好』人)」(廖咸浩1995：180)。

在陳映真早期作品中，「省籍乍看似乎有某種程度的命定或先驗意味。外省人往往是失落無根的，而本省人則象徵著沛然的生命力」(廖咸浩1995：175)。但無法證明當時是有意假設，或許陳映真原意在譴責國府政治隳壞及大陸革命墮落，其觀察本身有一定程度的歷史性描述意義，但也的確「易爲讀者把象徵轉換爲普遍事實」(廖咸浩1995：175)。陳映真因此在後期作品中，改採階級來區隔文本中人物的保守或進取，萎靡或生機，而不再以省籍問題做爲象徵性處理。「換言之，新的『中國』身分將由『被宰制階級』以其被壓迫的生命力所重新塑造」(廖咸浩1995：175)。

其實諸如此類的文本，的確是作者想要藉以釐清族群衝突之刻板看法的策略。陳映真「將之理解成『宰制階級』與『受制階級』間的衝突，相當程度而言確是穿透了這個事件之上層層不斷累積的、以族群衝突爲描述導向的迷思」(廖咸浩1995：181)。但歷史的迷思更恆常的表現，是伴隨著人力所無法扭轉的命運，所展呈的無奈與痛楚。比如本節所要討論的第三篇作品：〈第一件差事〉裡的胡心保，就不只是求解脫於情欲糾葛之中便足矣。

在〈第一件差事〉文中，我們更深一層地被包縛在濃重的負疚裡，眼睜睜看著一個在歷史與未來之間喘息，並因受挫於現實困境而精神痛苦的人，卻無能爲力。黎湘萍以爲陳映真似乎在暗示胡心保之死的目的是：「爲歷史和自己贖罪，因而在刹那間那卑汙的、頹唐的、軟弱蒼白的靈魂都得到了淨化」(黎湘萍1994：89)。或許所言不無道理，但是從文本當中，看不出他在歷史上留下了什麼足以自殺以謝罪的惡行。黎湘萍的評論指出，胡心保曾活埋過六、七百名共產黨人，所以他要爲他的罪行付出代價。這說法其實是錯誤的，情節並不是黎湘萍所以爲的：胡心保是因無法忍受自己有罪的歷史而自殺。文本明白呈現：活埋共產黨人的是體育教員儲亦龍，並非胡心保㊵。

據述，剛上而立之年的胡心保同時得意在事業、金錢、愛情上。換言之，成功男人想要的他全擁有。可是爲何他還想不開？對照〈某一個日午〉中不願活在欺罔之中的房恭行，胡心保似乎也有類似的困惑㊶。爲了掙脫擾攘而無以名之的愁緒，胡心保作繭自縛把出路封死了，但他的在婚姻中蒙受欺騙的妻子卻反而活得起勁。胡心保對於妻子能夠那麼盡心盡力地活著這件事，始終相當不解。溫馴生活著的妻子無形中竟變成了胡心保的假想敵。但到底是什麼原因導致這樣緊張的關係呢？

以文化認同(idetity；或稱「身分」)這個主題來看，其探討的途徑有二：一是本質主義方式，二是文化塑造論方式。如前所述，這兩者都與社會上的物質條件、歷史聯繫和文化塑造過程產生關係。文化認同往往呈多種形式，並且在變動之中。因此，一個人之所以被認定，主導權不在他自己，而是視其個人特質的發展以爲指涉。文化認同有其流動性，它不免受制於被壓迫的現實以及移民社會中所形成的自我矮化現象。而有關以上的說明，其發聲體及主控權自來都是操縱在殖民者。

以通俗論述言，胡心保的外省身分，應傳達出他也是「優勢少數」中的一員之訊息，但在文本中，他雖表面上是一個強者，實際上他遠不如妻子有能力面對現實生活一切。因而他原來的強者位置，無形之中被他自己雙手奉送出去。於是，他所表現的是另種去勢的焦慮，以及自我消音的沉默。但他無法將被壓抑的情緒向他的兩個女人吐訴，而與這兩個女人的關係卻愈顯依賴，有時竟得以欺騙爲謀求依賴的策略。然而最後連自己都不再相信自己圓的謊，就只好選擇規避。

死亡只是其中一種形式，另一種即是不斷地回憶。胡心保不就說：「想起過去的事，真叫人開心」㊷。儲亦龍替他說明：年少的胡心保家裡是開錢莊的，家大業大，三代只這男丁，十幾歲還抱在膝上餵飯呢！逃難時腰纏的黃金全落了河，來到台灣，僅餘的幾個錢，卻拿了大半買香蕉吃，最後什麼也沒剩。可是終究不甘心，心想大難不死總有個意義，所以也著實發憤圖強成了家立了業。然則，儘管妻子兒女笑語盈耳，空虛的感覺卻從沒有放過他：

> 於今他忽然不曉得怎麼過來的，又將怎麼過下去。這好有一比，……好比你在航海，已非一日。但是忽然間羅盤停了，航海地圖模糊了，電訊斷了，海風也不吹了。(陳映真1988b：137)

胡心保的心於是像一枝被剪下的樹枝，能夠鮮活的時日不多，北風一吹、太陽一曬，就枯蔫了。

追查胡心保之死的敘述者「我」，是新上任的警察杜先生，自他著手調查這樁命案起，他即不斷從關係人之口得到有關胡心保死因的線索，但是新婚的他無法理解如此生活寬裕的男子爲何要尋死？他進行調查的筆錄當中，一再出現關係人引述胡心保的話，諸如：「一天過一天，我都過得心慌了」(陳映真1988b：125)；「忽然找不到路走了」(1988b：125)；「昨天我還在拼命趕路，今天你卻一下子看不見前面的東西，彷彿誰用橡皮什麼的把一切都給抹掉了」(1988b：126)；「人爲什麼能一天天過，卻明明不知道活著幹嗎」(1988b：129)？還有：「人活著，真絕」(1988b：127)。

杜警官不會明白其中糾紛，樂天知命的旅社老闆當然更不知人活著怎麼個絕法，從他複述胡心保的回答中，我們始得知：原來又是戰爭使然。紛亂的時局造成了人心的悽惶，它非關天地不仁，只是好鬥的人們自爲芻狗。不過，從歷史的橫切面觀察，胡心保家業有成，想必在台時間不短，國府撤退的氣急敗壞，二二八事件的鬼哭神號，掃紅整肅的摧堅廓清，這一切政治行動恐怕都看在他眼裡。比對所歷經過的戰爭，這些來台後的慘事，似乎更加深他的痛楚：還有什麼勝似互殘而教人絕望的呢？而這些政治行動迫使他的大陸人身分更異端。

但執政者是他故國神州的老鄉，他能如何？終日共處的朋友、同事，是界於他身分外圍的台灣人，他居住在這裡，可是心靈在流亡。原始要終，胡心保的痛苦不能離開歷史悲劇所挾帶而來的身分的原罪。因此，本省人固然因爲再度受壓迫無法自由，所以精神上處於流亡狀態，外省人身在異鄉爲異客，不也在流亡？所謂流亡(exile)分爲兩種：

> 一種是外部流亡(external exile)，它指的是離開自己的土地，放逐到異域度過漂泊無根的生涯。這種流亡，是指身體被迫流放到另一陌生的土地，所以又稱肉體流亡(physical exile)。另一種是內部流亡(internal exile)，它指的是一般不能離開自己土地的人，卻又不能認同它所賴以生存的土地上之政治體制或價值觀念。他們不像外部流亡的人能夠遠走高飛，而只能進行心靈上或精神上的抵抗。這種內部流亡，又可稱為精神流亡(mental exile)。㊸

胡心保恐怕是兼備了內外兩種流亡。他離開自己的土地漂泊他鄉，因政治因素回不去家園故里，然而如果要遠走高飛，除非到一個連血脈都一無牽涉的他國，所以，他的肉體在流亡；他所生存土地上的政權宣揚的復土遠景，根本無法被他信賴認同，所以他的精神也在流亡。而「這種強烈的放逐意識(expatriatism)，來自一個未能正視歷史問題的政府體制」(陳芳明1998：258)。

在台灣，對於處在精神流亡狀態者，人們形容以「孤兒意識」；然而對於同樣身處精神流亡的大陸人，人們大半視他們如殖民當權者，即使有同情他們的人，頂多以「孤臣意識」形容他們，並藉以區隔之。陳芳明認爲：「在殖民者的眼光裡，根本沒有他者(other)意識的存在。在帝國主義者的凝視下，被侵略、被殖民者都只能以扭曲的姿態，甚至以著透明的形狀存在著」(陳芳明1998：251)。

不過事實並不盡然。盧建榮在《分裂的國族認同》一書中指出：

> 一九四五年，二戰結束，……。中國在甫行新政的台灣即發生激烈衝突。同時，中國於大陸內戰方殷，不久，敗戰的一方退至台灣組流亡政府。拜戰後冷戰國際權力結構之賜，這個以中國正統自居的保守政權，順利地在台灣施行暴力威權統治。從此該政權就被仇視她的民眾看成外來政權，而且是沒有母國的殖民帝國。(盧建榮1999：14-15)

盧建榮根據一般學者研究，稱這種殖民方式爲「內部殖民主義」。一則因爲該統治者在種族屬性上無殊於島內的被統治者，同是漢人；再則爲有別於殖民主是外人的「外部殖民主義」，因此區分該政權所實行的統治模式是爲內部殖民主義(盧建榮1999：89)。盧建榮在論說中並首先借用陳光興的看法，以「國民黨這個殖民政權」稱此統治者㊹，再借用黃昭堂之說，稱國民黨政權是個「沒有母國的殖民政權」㊺，他的目的在於要說明：「這樣的殖民者內部本身就是一個階級分化的社會」(盧建榮1999：89)。

據研究，外省人大抵可區分爲公教人員和中下層軍人兩類，而前者地位高於後者。中下階層軍人率多居住眷村，解嚴之後則多半淪爲社會邊緣人，他們的處境其實與被殖民者相似㊻。這情形使得國民黨治台的方式與西方殖民帝國有所不同。盧建榮因此指出：

> 西方殖民帝國在宰制亞非第三世界時，她的子民哪怕在母國地位何其卑微，等到了殖民地，搖身一變，變成騎在被

> 殖民者頭上的主人。這點是國民黨政權這個殖民者異乎西方殖民帝國之處。(1999：14-15)

若我們客觀觀察社會脈動，被這個「外來政權」欺凌的固然多數爲本省人，但皓首戰場到頭來還孤苦一身的，不也多的是所謂的外省人？特別是中下階層的軍人，他們跟隨國民黨撤台，在國民黨爲遂行戒嚴體制的前提下，軍隊經過重新統一整編及嚴格審查，這好比打裂了他們的根，並將他們分別拋散在各單位。嚴格而言，國民黨政府也並未曾視他們爲同等階級的同胞！

換言之，前述的未能正視歷史問題以致讓人民產生放逐意識的政體，未嘗不是以同樣的錯誤籠罩著大陸來台人士？這失衡的政體使大批來台大陸人士在台灣辛苦建立了家業，可是感覺虛蕩蕩的，像一隻泊不到岸的船；在大陸所擁有的一切，卻「像黑夜裡放的煙花，怎麼熱鬧，終歸是一團漆黑」(陳映真 1988b：139)。雖然人本來無非是賴著過日子的；雖然好死不如歹活，偏偏胡心保不肯善罷，寧肯把自己逼到死胡同，也要用命去呼告！

或許正是在這難以解脫的交叉點上，陳映真再次深化了某些外省人有苦道不得的徬徨感，比如：〈貓牠們的祖母〉裡的張毅、〈將軍族〉裡的三角臉、〈最後的夏日〉裡的鄭介禾，以及〈第一件差事〉裡的儲亦龍和胡心保，他們各自有一段心事，卻不足與外人道。其中〈第一件差事〉是這些文本中最能表述其苦的作品，是故徐復觀認爲陳映真在〈第一件差事〉裡所採用的側寫、暗示的方法，恰如其分地反映出流亡者的心聲：

> 假定「文學是人性的發掘與反省」的命題可以成立，便不妨說，陳映真每篇小說結構的發展，都是對人性發掘的歷程。……這種反映出流亡在外的中國人的人性深處的呼喚，……僅就這一點，我承認他是「海峽東西第一人」的說法；因為他透出了中國絕對多數人是沒有根之人的真實。㊼

然而死了一個胡心保之後該如何呢？死了了卻一切，倒是苦了無辜的存活者，如旅社老闆，如胡氏妻女，教那些連死都沒有權利、沒有自由的人去哪裡尋一個不染汙的清淨地？而且我們不能教每個人都消極以對，死亡何曾替人詮解了任何意義？只不過以無遮掩的死屍再一次暴露出自己的毫無尊嚴。

或許這也正所以呈顯出都市乃是產生現代社會問題的根源。張大春即引述學者所論謂：「一個由鄉村移居都市的人，必因都市過量感官與心理負擔而變壞；在此種複雜的都市社會中，似乎失去了改變和控制環境的能力」㊽。他並藉此說明：

> 在融入各種大眾習見的廣泛性論述之後，不難形成種種以都市、鄉村為二元的對立關係。都市宰制鄉村、剝削鄉村、侵擾鄉村，而鄉村唯一可能反擊此一凌虐關係的便是透過文學作品中獲得最終覺悟(epiphany)的素樸主人翁經由咒罵、辭職、自殺、瘋狂來斬斷這種近乎箝制性的關係。㊾

對於不平等關係之欲斬之而後快，往往必須付出極大代價，但如前所述，爲了走向一個後民族主義的新世界，我們應當以徹底告別殖民邏輯與對抗意識型態爲方法。

再者，時刻處在修正過程當中的國家、民族，乃至於個人，其族裔認同與文化全球化等等的政治對話，其實已提供了另一項理論資源。此即是「後民族倫理」。後殖民倫理的特點爲何？甘地(Gandhi)認爲：即使是西方殖民壓迫者自己，也必須從被敗壞的自我之中解放出來，而且誰也沒有比被壓迫者更有資格從事這個使命。這個意思正如同法農所謂：「第三世界的目的是解決歐洲解決不了的問題」(陶東風2000：174)。具體而言，曾經被邊緣化的自我，已經成爲反壓迫鬥爭中的同盟：

> 透過認識到殖民的勝利者與被殖民的犧牲者這兩個舊的對立雙方之間的勾連性(articulation)，兩者之間的界線也就隨之被取代。這就對勝利者與犧牲者的互不相關的純粹身分提出了挑戰。後民族的倫理學產生了這樣的一種認識：壓迫者本身也是他自己的壓迫模式的犧牲者，殖民行為的結果是使殖民者自己變得不文明。(陶東風2000：174-175)

然而值得注意的是，強調殖民「勝利者」受害的一面，並不是要否定殖民主義的罪惡。相反的，其目的是在於：「闡明一個複雜的跨身分認同系統(a complex system of crossidentification)或族裔雜交系統，正是這個系統把原先在政治上對抗的雙方聯繫在一起」(陶東風2000：175)。易言之，宰制者與被宰制者都是殖民邏輯的犧牲者，因此，其身分是雜交的，也是不固定的：

> 一個暴力的與壓迫性的社會生產出自己的一部分特殊的犧

牲者，並確保了在勝利者與被征服者之間、手段與目的之間的連續性。結果是這些人中沒有一個能夠保持純粹。㊿

文本意涵既然如此繁複，作品結構可否提供一條捷徑，讓讀者一窺作者的匠心？雖然作品結構不是本論文討論的重點，不過，有鑑於陳映真曾自謂其文學風格頗受芥川龍之介影響，而〈第一件差事〉的結構又類似於芥川的〈竹林〉，兩作品中或有關聯之處，是故稍作探討，以期開發不同層次的啓示。

〈竹林〉命案透過樵夫、老者、衙吏、女人之母、強盜多襄丸及女人真砂六人說明案情。然而，因眾說紛紜而無法釐清真相，使整個案情益陷於撲朔迷離之境。即使後來通過靈媒使丈夫的鬼魂道出原委，亦因無真憑實證，無法作出確當判決。所以丈夫到底怎麼死的，就變成了一樁羅生門懸案。無獨有偶的，〈第一件差事〉也藉由辦案紀錄敘述一樁自殺命案，而且同樣地即使透過旅社老闆、體育教員、情婦等人之口，主人翁的真實死因還是付之闕如。所以，如何結案同樣造成辦案者及旁觀者的困惑。

尤其可怪的是，當中最重要的關係人胡心保之妻，在文本中未見其筆錄。是作者有意使她消音嗎？如果是作者有意爲之，陳映真是想藉這個台灣女人旺盛的生命力來批判什麼呢？此則使得架構作品的內蘊性比案情本身更耐人尋味。然而，因爲不能判斷是陳映真有意疏略，抑或其他，我們只能提出以存疑，無法遽下斷言。

結　語

時勢運轉如風雲詭譎多變，十九世紀末葉淪日之前的台灣，其住民尚存漳泉客家社群意識，因而時有械鬥；割台後共同面對日本殖民母國時，在以日人爲對比(other)的情況下，竟超越了原有的社群意識，「這種台灣內部身分認同的整合，原本可以只停留在一種地方或區域意識的層面，不必與中國身分有所牴觸」(廖咸浩1995：117-118)，然而二二八事件摧毀了台民自作多情的孺慕心靈，於是：

> 一種對「中國」具有疏離感的「台灣人」就在這個「創傷」(trauma)中悄悄誕生；「台灣意識」也像拉崗筆下的嬰兒一樣，從此以這個事件為「誤識」(misrecognition)自我的鏡子，逐漸成長。(廖咸浩1995：118)

陳芳明亦指出二二八事件深深影響台灣文化的深層結構：

> 台灣人民對政治的畏懼，對現實的疏離，對歷史的逃避，都可以在1947年的流血經驗中找到原因。同樣的，台灣人民對國家的認同、主權的探索、文化的重建，也都是以二二八事件做為主要的分水嶺。[51]

此後攸關鄉土文學論戰、台灣意識論爭等等文化及認同議題，便由此標出歧途。身分與意識型態不易分說，台灣人遊走於台灣命運和中國情結的邊緣，稍有不慎則不是走偏鋒就是陷入錯亂。而國府統一思想的教育改造，以及五十年代清鄉、掃紅的白色恐怖，更深刻地令上一代台灣人的心靈隨時隱隱作痛，也令這一代台灣人在認知上惶惶不知所措。

尤其國民黨政府所引入的儒家思想，其所賦含的意識型態已不復傳統，而且泰半是爲政治服務，於是開始有人倡言全盤西化。然而，如前所述，一切西潮進入特殊政治氛圍的台灣，無可避免的都遭改貌。生成在台灣社會的文化根苗，遂突變畸形。

1960年代初期，陳映真以〈哦！蘇珊娜〉、〈最後的夏日〉、〈唐倩的喜劇〉和〈淒慘的無言的嘴〉來鋪述其中被制約了的一群學子。這一節，我借用陳映真〈知識人的偏執〉爲文題，在其文中，陳映真認爲：對於事物認識所生偏執，大約有兩種：第一種是由於無知；另一種卻正好是由於知識，此即所謂知識分子的偏執：

> 知識分子雖然往往是消除某種因襲的、約定的偏執最為得力的人，但是他自己又很難於沒有另外一種所謂知識分子的偏見。而且，或者簡直可以說：知識分子也者，就是有其特定的知識上的偏執的那種人罷。(陳映真1988h：16)

以此爲節目梗概，是試圖探索無法自脫於既定的二元辯證之中的教條主義者。當然，陳映真和我恐怕也難辭其籠罩。

借若自縛繭中者掙脫不出，其自我建構即行將碎裂，因而在第二節中，「分裂的主體建構」是研究的重心。本節所探討的有：〈某一個日午〉、〈我的弟弟康雄〉、〈家〉、〈故鄉〉及〈兀自照耀著的太陽〉五篇小說，其時程跨越1960年代初期以迄1970初期，此為戰後新生代既已茁壯的呈現。然而，同樣受限於政治氣候和國際氛圍，人們在自我的拉鋸戰中敗退，一個個悲劇英雄於是產生，但這悲劇絲毫無法令人景仰，徒留惆悵。

為整理當時背景，「迷離的含混地帶」一節即企圖進行初淺的國族認同問題之探討。1960年代初期至其晚期，陳映真以〈那麼衰老的眼淚〉、〈一綠色之候鳥〉與〈第一件差事〉等文，將戰後十幾二十年來攸關省籍情結的糾葛攤開，接受初步檢驗。對於族群融合問題，雖然言人人殊，吾人仍樂觀看待。

因為統整以上諸文中呈現的大陸男人與台灣女人的關係，我們發現：〈某一個日午〉的房先生鄙視台灣女人，但房恭行視其為躍然的新生；雖然〈那麼衰老的眼淚〉裡的康先生無可無不可，一切取決於兒子；但〈一綠色之候鳥〉的季叔城不畏流言，寧可與兒子決裂，不肯違背良知。三者的不同，或可由時代及其心境的轉變尋求解答：〈某一個日午〉雖遲至1973年8月才發表，但比起分別發表於1961年5月和1964年10月的前述二文，將近十年的時間或許已經使台灣社會內部自行概括承受了許多族群矛盾。

然而關於新生代的出路如何，我們更有必要了解：在〈那麼衰老的眼淚〉文中，因為青兒反對，康先生不惜逼迫阿金墮胎；在〈一綠色之候鳥〉裡，季叔城將幼子送往季妻南部娘家[52]，一為讓季妻養病，再為讓孩子免受歧視；而在〈某一個日午〉裡，彩蓮決定獨力撫養，不受制於人。孩子父母的舉措將決定他們的際遇，引而申之，在台灣社會能夠決定省籍情結存在與否的，似乎也掌握在那些「大人」手上。但所幸若長大後的孩子具有獨立思考的能力，一切或將改觀。

當舊時代與新時代遞嬗之際，陳映真在可能產生衝突的場域中間，試圖找到一條和解的走廊。身為一個知識分子與作家，他著實努力用心，然而效果有多大呢？能維持多久呢？多年來不斷地有人發出聲音來質疑。夏志清曾借用批評家屈林(Lionel Trilling)「真誠」(Sincerity)與「真實」(Authenticity)的說法，來分判陳映真作品的價值與意義：

> 張系國、陳映真和王拓都是真誠的作家，我們佩服他們的勇氣、社會良知以及使命感。五四時期的作家也都是真誠的，可是，隨著時光流逝，他們大多數都已顯得不大對勁，因為對於今日讀者，他們並不「真實」。[53]

夏志清認為暫時激起讀者的良心是件易事，但是，「一般而言，最佳的文學作品較多關注永恆的人類問題，較少關注短暫的時事問題」(夏志清1987：241)。

然而是這樣嗎？如果一沙可以是一世界，眾生性命不更是大千世界嗎？生命煥發的光彩，固然有時而滅，但即使剎那之間閃動的人性，也不能算是永恆的人類問題嗎？時代必須透過「真實」來呈現其樣貌，「真誠」的心，卻只能是居間陪襯的「他者」嗎？難道沒有人能夠提供一個顛撲不破的答案嗎？

註　釋

① 見Sheldon Appleton著、施國勳譯：〈沉寂的學生與台灣前途〉，收錄於丁庭宇、馬康莊主編：《台灣社會變遷的經驗——一個新興的工業社會》，頁193。

② 見：〈最後的夏日〉，《作品集2》，頁68。

③ 見呂正惠：〈現代主義在台灣〉，《戰後台灣文學經驗》(台北：新地，1992年12月)，頁

22。

④ 徐復觀語。轉引自陳昭瑛：《台灣文學與本土化運動》(台北：正中，1998年4月)，頁128。

⑤ 全盤西化論在民初的新文化運動中以陳序經、胡適為代表，對中國文化展開強烈抨擊，當時應戰者有梁漱溟、張君勱、馬一浮、熊十力等。五十年代末、六十年代初在台灣發動的中西文化論戰者，則由反西化的學者徐復觀和胡秋原對抗《自由中國》的殷海光和《文星》的李敖。詳見前揭書，頁265-274。

⑥ 徐復觀語。轉引自陳昭瑛：《台灣文學與本土化運動》，頁130。

⑦ 見陳芳明：〈戰後台灣文學史的一個解釋〉，收於周英雄編：《書寫台灣》(台北：麥田，2000b年8月)，頁49。

⑧ 與〈唐倩的喜劇〉同年發表的，有〈現代主義底再開發〉(1967年3月)、〈期待一個豐收的季節〉(1967年11月)兩篇隨筆式論文。陳映真自此展開他特殊政治理念之追求，及七年牢獄之災(1967年5月至1975年)。

⑨ 見：〈唐倩的喜劇〉，《作品集2》，頁94。

⑩ 以上詳見張小虹：〈交易女人〉，《性帝國主義》(台北：聯合文學，1998年11月)，頁50-51。

⑪ 見楊渡：《強控制解體》(台北：遠流，1988年)，頁108-109。

⑫ 見：〈淒慘的無言的嘴〉，《作品集1》，頁158。案：原文作「軋鑠」，疑字之誤植，今改正為「軋轢」。

⑬ 見施淑：〈台灣的憂鬱──論陳映真早期小說及其藝術〉，《新地文學》一卷一期，1990年4月，頁199。

⑭ 在施淑有關敘述中，出現了一些錯誤。如：過著波希米亞式生活的不是房恭行，而是〈故鄉〉裡的「我」；在〈哦！蘇珊娜〉裡用夢支持生活的不是彼埃洛，而是「李」；其他如〈一綠色之候鳥〉及〈蘋果樹〉，其文本雖吐訴著無聲的抗議，但施淑之敘述不完全在筆者認同之內，是以僅舉篇名作為例證。詳見施淑：〈台灣的憂鬱──論陳映真早期小說及其藝術〉，《新地文學》一卷一期，1990年4月，頁205。

⑮ 見蔡詩萍：《騷動島嶼的論述反抗》(台北：聯合文學，1995年10月)，頁40。

⑯ 劉大任：《杜鵑啼血》(台北：遠景，1984年10月)。

⑰ 見邱貴芬：〈發現台灣──建構台灣後殖民論述〉，收於張京媛編：《後殖民理論與文化認同》，頁174。相關詳情亦見前揭文。

⑱ 見：〈某一個日午〉，《作品集3》，頁38。

⑲ 見：《台灣警察沿革志》中卷「台灣議會請願運動的真相」。轉引自：游勝冠：《台灣文學本土論的興起與發展》，頁35。

⑳ 見：〈我的弟弟康雄〉，《作品集1》，頁13。

㉑ 見吳宏一：〈兩的弟弟〉，《幼獅文藝》27卷5期，1967年5月。(案：『少年的虛無者』這句話應是康雄父親說的。關於此，吳文有誤。)

㉒ 見：〈家〉，《作品集1》，頁24。

㉓ 見馮偉才：〈陳映真早期小說的象徵意義〉，《作品集14》〉，頁203。

㉔ 見：〈故鄉〉，《作品集1》，頁37。

㉕ 見張大春：〈八〇年代的都市文學〉，《文學不安》(台北：聯合文學，1995年10月)，頁111。

㉖ 見：〈兀自照耀著的太陽〉，《作品集2》，頁48。

㉗ 見王德威：〈國家論述與鄉土修辭〉，《如何現代，怎樣文學？》(台北：麥田，1998年10月)，頁162。

㉘ 詳見宋冬陽：〈縫合這一道傷口──論陳映真小說中的分離與結合〉，《作品集14》，頁123。案：宋冬陽即陳芳明，以下出現時，率以「陳芳明」表之。

㉙ 見：〈那麼衰老的眼淚〉，《作品集1》，頁75。

㉚ 王潤華對白先勇《臺北人》所作後殖民文學結構解析及歸納以為如此，但陳映真的文本應不同於這種分析結果。詳見王潤華：〈白先勇《臺北人》中後殖民文學結構〉，宣讀於「戰後五十年台灣文學國際學術研討會」。(1999年11月12-14日假台大舉行。)

㉛ 見劉紹銘：〈愛情的故事〉，《作品集14》，頁19。

㉜ John Brent Casterline著、朱柔若譯：〈台灣婦女遲婚因素的分析──1905-1976〉，收於

丁庭宇、馬康莊主編：《台灣社會變遷的經驗——一個新興的工業社會》，頁333。

㉝ 見：〈一綠色之候鳥〉，《作品集2》，頁19。

㉞ 例如關於「台灣新文學史」的議題，陳映真與陳芳明即數度交鋒。詳見：《聯合文學》178、189、190、191、192等期。

㉟ 見廖咸浩：《愛與解構》(台北：聯合文學，1995年10月)，頁25。

㊱ 同上注，頁26-27。案：前述「異類」為廖說法，此即後殖民論述中所謂「他者(other)」。

㊲ 見陳映真：〈後街——陳映真的創作歷程〉，《從四〇年代到九〇年代——兩岸三邊華文小說研討會論文集》(台北：時報，1994年11月)，頁155。

㊳ 以上為高天生引述顏元叔說法。詳見高天生：〈在破滅中瞭望新生的陳映真〉，《作品集14》，頁162。

㊴ 見廖咸浩：《愛與解構》，頁180。所引述為李昂說法。

㊵ 詳見黎相萍：《台灣的憂鬱》。證據見陳映真：〈第一件差事〉，《作品集2》，頁137。

㊶ 胡心保的情婦林碧珍表示，胡心保說過類似的話：「他說我們的情況是一種欺罔的關係。」

㊷ 見：〈第一件差事〉，《作品集2》，頁135。

㊸ 見陳芳明：《左翼台灣—殖民地文學運動史論》(台北：麥田，1998年10月)，頁248。

㊹ 詳見陳光興：〈帝國之眼：「次」帝國與國族——國家的文化想像〉，《台灣社會研究季刊》二十二期，1996年4月。

㊺ 詳見黃昭堂：〈台灣人的反殖民及Nationalism的發展〉，收錄於：《百年來的台灣》(台北：前衛，1995年)，頁299。

㊻ 詳見趙剛：〈族群政治與人的解放：從老兵的抗議談起〉，《小心國家族》(台北：唐山，1994年)，頁113。

㊼ 見徐復觀：〈海峽東西第一人〉，《作品集14》，頁114-115。有關徐復觀稱陳映真為「第一人」的界義，有批評者似因未察徐之界說而或有異議。詳見黃凡、廖仁義、康來新、林燿德、苦苓對談錄：〈筆在原地，意念先行——評陳映真的「趙南棟」〉，《自

立晚報》，1988年12月4日。

㊽ 詳見葉肅科：《芝加哥學派》(台北：遠流，1993年)。轉引自張大春：《文學不安》，頁113。

㊾ 同上注，頁113。其中張大春分別以王禎和的〈小林來台北〉解釋「咒罵」，以〈獎金兩千元〉解釋「辭職」，以黃春明的〈溺死一隻老貓〉解釋「自殺」，最後以陳映真的〈第一件差事〉解釋「瘋狂」。

㊿ 引文為南迪(Nandy)所言。見陶東風：《後殖民主義》，頁176。

51 陳芳明：〈為了不讓歷史重演〉，《二二八學術論文集》序，頁13。

52 在文本中，娘家誤作「婆家」，今逕改正。詳見：〈一綠色之候鳥〉，《作品集2》，頁13。

53 見夏志清：〈時代與真實──雜談臺灣小說〉，《夏志清文學評論集》(台北：聯合文學，1987年8月)，頁241。

第五章

後殖民迷霧世界

法農從內心的認同危機出發，道破「黑皮膚白面具」的弔詭性；沙特從黑人表現的憤怒和仇恨，歸結白人所犯下的罪。在台灣，我們則要從遷台大陸人的悲涼生態中，才得以一窺時代的詭譎；同樣的，我們更要從台灣人身上所呈顯的反抗霸權之控訴和要求本土化的聲浪，始能獲悉人們曾經遭受的苦痛。

第一節　哀憫大地之子

如第二章所述，二次大戰結束後的台灣，因爲特殊的政治氛圍及社會體制，使得有關台灣與大陸關係之議題的討論，被劃歸在某種敏感的禁區。特立獨行的陳映真卻敢於憑藉小說形式關注省籍問題。然而，他以階級意識爲出發點所作的結合無望的描述，竟弔詭地被視爲省籍情結確實存在的例證。

雖則如此，我仍想重讀文本，並對此重作檢視。本節將討論的有：〈貓牠們的祖母〉、〈永恆的大地〉和〈將軍族〉三篇小說，希望藉此有助於還原陳映真的基本理念；或者竟因此使陳映真作品弔詭處益發顯像，也未可知。〈貓牠們的祖母〉與〈永恆的大地〉兩篇，是以赴台大陸人的愁緒來爬梳無奈的人世與紛亂的時局；〈將軍族〉一文則描寫了背景不同、省籍互異的兩人之愛戀與坎坷。這三篇小說都試圖清理與思考省籍和階級的灰色地帶。

首先對於在紛擾的時代裡，從硝煙瀰漫的大陸彼地湧來的移民潮，我們採取「族裔散居」(diaspora)來界義它。這個概念指的是：

> 某個種族出於外力或自我選擇而分散居住在世界各地的一種情況。散居的族裔是跨國界、在時空上延伸於社會文化形構的一群人，他們在想像裡創造出某種社群(communities)，這些社群的疆界模糊浮動，與原始的「祖國」維繫著實質及(或)象徵性的關聯。《公眾文化》(Public Culture)的編輯群這麼說：「散居族裔總是對其他時空殘存著集體記憶的痕跡，並創造出慾望與隸屬的新地圖。」這是(失落或理想化的)原鄉神話，也是集體記憶與慾望、隸屬的對象。這個神話是「族裔散居」的組成要素，並且框定、抑制散居者主體的「游牧生活」(nomadism)。①

說到「跨國界」，或許與陳映真認知相同的人不以此爲然，但是其中的敘述對於當時具有類似處境的大陸人士而言，卻也十分恰當。是故權且以此作爲論敘的開端，以便藉後殖民論述的觀點進入陳映真的作品之中。

從〈永恆的大地〉一文看，陷入彌留之境的瘋狂的父親，一再以言語咒罵兒子傾蕩家產，並時時詢問天氣狀況，一心等著起南風就要返回故里、重振家聲去。兒子根本不記得有這麼一份家業，更遑論把家業給浪蕩盡。可是失去理性的父親硬賴是他敗了家，他只好認了。他對腳下踩踏的土地缺乏認真的心，這塊土地也不是父親口中、心上的家鄉土地，因此鄉關何處，對他來說似乎並不重要。重要的是：「他沒有故鄉，卻同時又是個沒有懷鄉病的遊子」②。封祖盛說，這是一篇用象徵手法所寫的寓言性作品：

> 聯繫到台灣的歷史和現狀，主要是台灣同胞曾經被日本人長期奴役、踐踏，……裡面曾當過妓女的妻子，是永恆的大地的象徵，實際上也就是曾是日本的殖民地的台灣島的象徵，她的命運即隱喻著台灣島的命運。③

把女人喻做曾被殖民的台灣，完全符合後殖民論述的精神。不過，封祖盛顯然有意避重就輕。他迴避了女人曾忿怒地說：「紅毛水手，也是你去做皮條客拉了來的」(陳映真1988c：28)的意涵。易言之，這女人曾經做過妓女的遭遇定然令人同情，但女人爲何做妓女呢？如果女人不得不做妓女，是因爲這男人的利慾私心，在討論文本內蘊時，則必得強調女人的位置是被迫處在以這男人爲中心的邊緣地帶。

進一步來說，女人即是後殖民論述所謂的「他者」。亦即女人之於男人，她是個「他者」；更推而闡之，如果壓迫女人的男人本身就是個受宰制的人，同時因爲這男人的束手無策，將女人推出送給另一個男人，則應該說這女人是「他者」中的「她者」。換言之，如此則女人所象徵的悲慘的台灣命運，豈能只譴責日本，而不歸咎中國屈服強權將台灣推入火坑？

尤有甚者，女人有意從良，但這男人仍未善待女人。男人若被喻爲中國，中國受盡列強侵凌天可憐見，但對於自他手中割讓出去的、命運更爲慘烈的殖民地——台灣，竟不思以加倍的愛來補償，反而爲慰藉自己猶如去勢的過去，不惜施展霸權加倍肆虐台灣。這種惱羞成怒的變態，使台灣或者這個女人的心徹底被傷透。

弔詭的是，女人尙且愛戀這男人，並試圖挽回男人想跟著父親回鄉的心。而男人仍不愛她，只不過震懾於她強韌而壯碩的生命，復有感於自己「宿命的終限」，所以他在需要重新灌注朝氣與生命力的前提下，要求女人好好地跟著他過日子。然而就在一切彷彿底定，兒子決定不再理會父親的夢囈的同時，這個永恆的大地似的女人，卻猶豫著該不該透露腹中消息，因爲她肚裡所孕育的新生命，不是這男人的。

女人真的愛戀這男人嗎？或者說這男人值得愛嗎？遍觀整個文本，我們發現：即使在萎頓之際，這男人始終未曾稍懈對女人的征服強勢。所以，男人「戴綠帽」是活該的；而此刻女人以滿懷母性的悲憫，取代往時對這男人的恐懼和恨意，則似乎詭譎地模糊了強勢與弱勢的分別。然而這段文本所呈現的，竟有兩者交相賊之嫌。因此使人無法確知：陳映真真正想憑藉這一篇作品傳達些什麼？

如果像封祖盛所言：「她的命運即隱喻著台灣島。作品通過寫她雖醜卻有旺盛的生命力，對自己的兒子充滿希望，表示台灣島雖有種種弊端，卻生機勃發，前程燦爛，從中抒發作者對於自己鄉土的熱愛，以及對於國民黨當局的不滿」④。則陳映真是在透露台灣本身與國府當局所帶來的大陸人的結合關係必然呈現失衡狀態嗎？

然而不知封祖盛未細讀文本是無心之過，抑或有意忽略文本所述，如前所述，女人肚中孩子並非這男人的；這孩子能否爲她帶來希望，也並不可知。或恐女人之所以對這男人又恨又怕，是因爲賣身與委身之間的矛盾，使她經受制約無法自由逃離。因此雖則心裡想著故鄉的鳥語花香，腹中胎兒來路不明，可是，她只能一天拖過一天，等到紙包不住火，再試圖尋求另一個男人吧？如此，則她的「生機勃發」暗藏著背叛，她的「前程燦爛」也充滿了欺騙。

黎湘萍說：「陳映真很清醒他的人物的烏托邦源於貧困的現實。這個現實只不過是父輩的罪惡史的延伸罷了」(1994：128)。他認爲諸如：〈蘋果樹〉、〈文書〉、〈某一個日午〉和〈永恆的大地〉，其中有關於「『父／子』對立產生的壓抑感都在『男／女』互補那裡找到某種程度的解脫，性話語再次與意識型態隱喻聯繫起來」(1994：128)。但黎湘萍化約了文本內蘊性，他輕易地以女性爲「借來的空間」。依他的說法，似乎這女人的職責只在提供解除武裝之後的休憩所，所以可以說繼文本主角之後，他再次踐踏了女性。

究其實，上述文本雖然都有父子對立；某種程度而言，也都有女性以她的「女性特質」拯救主人翁。但〈永恆的大地〉和〈某一個日午〉文本，其女性的位置並不全然是被動的、無意識的。事實上，若從父子對立的角度看，應該要先著手歸納父與子的心境。亦即是說，父親要回鄉里的心情，是設身處地而可以體會的；但兒子並無懷鄉病，卻也不愛這塊新土地。只因爲不能自由和不願漂泊的矛盾糾結在心頭，理都理不清，才願意留在此地過活。

然而這裡出現的問題，則讓我們不免要質問：如果是這樣，陳映真怎能保證他是以社會人而非「畛域人」的立場，來看待這一批「避秦」南渡的異鄉人呢？以這種心態留居台灣的大陸人，又將如何安身立命？又果真如此，則他們的鄉愁始終存在，新土地永遠是另一塊在鄉愁之外的「永恆的大地」。

再者，這女人可否毫無疑問地被喻爲台灣？第二，日後轉以悲憫取代恨意和恐懼的女人，是否即可象徵她已然掙脫這男人(或中國)的操控？第三，使她暗結珠胎的另一個男人可以還給她真正的自由嗎？教人擔憂的恐怕仍在於男女權力架構問題的癥結上。而這問題的答案不可一概以「男女互補」爲階，企圖輕易銷歇其中衝突。而且在這前提尚未釐清之前，女人會不會真的像殖民地一樣，僅僅是一個被男人爭奪著的空間，甚或淪爲兩個(或多個)男人爭奪權力，或者權力更迭之時的籌碼？這問題同樣只怕任誰也無法提供確切的解答。然而，女人畢竟不是台灣，台灣也絕不應該成爲僅供權力競逐的區域。

陳映真基於血緣和文化傳統的親近性，用關懷的心熱切促合兩地人民，他希望彼岸的人到達此岸之後，能與此岸人民融洽共生，但是他卻往往因爲所取之材明白呈現了現實狀況，致令他在敘述中經常無心地暴露出其自身藤葛糾纏的心理。以至於他的小說所蘊蓄的內在文本性與日後的政論，有時竟圓鑿方枘不能相合。因此，時而遭人論量的「意念先行」寫作技術，竟諷刺地反唇相稽他的初衷。然而，導致這種種矛盾情結的是什麼原因呢？

邱貴芬曾以1992年在台灣政治文化圈所興起的一個熱門話題——發現台灣——爲題，申論引發這個議題的重點：既是「發現」，可見它的過去只是不被看見，或是處於被遺忘的狀態。換言之，起自明鄭，歷經天津條約開港通商以至日據時代，一直到國民政府遷台初期，台灣持續地扮演著被殖民的角色。她(1995：172-173)認爲：

> 此處，「被殖民」經驗已不限於兩國相爭所產生的政治效應。在後現代用法裡，被殖民者乃是被迫居於依賴、邊緣地位的群體，被處於優勢的政治團體統治，並被視為較統治者略遜一籌的次等人種。

以陳映真的認同角度來看，他長期痛詆國民黨，又深自爲受苦難的中國人抱憾，對於學者所謂「被殖民者乃是被迫居於依賴、邊緣地位的群體」之說法，應該不致反對。設若如此，當邱貴芬又以爲：「如果台灣歷史是一部被殖民史，台灣文化自古以來便呈『跨文化』的雜燴特性，在不同文化對立、妥協、再生的歷史過程中演進」(邱貴芬1995：169)，是以台灣的跨文化性已超過所謂祖國所賦予的天性本然。此時，則陳映真恐怕也無法否認台灣確然與中國漸行漸遠。

何況遷台大陸人所採態度，基本上的確是蔑視台灣歷史與台灣人民的。而且其播遷初期的基本國策，尙且明定是以台灣爲反攻跳板的。因此實際上，他們原本就不打算久居非純粹上國衣冠的此地。而以台灣爲反共堡壘的意義正突顯出：執政當局只不過是著眼於台灣的經濟資源及地理位置，與其他殖民者之策略並無差異。所以大抵而言，儘管他們之中或有階級差異，然而其心態類似。而且其間所生齟齬，不僅只因爲他們存有反攻大陸回家鄉的客居心態而已，更重要的還得追溯整個歷史軌跡。

事實上，這也就是長期以來台灣人心中恆常激盪著的深層的苦痛，專治公共行政的施正鋒(1998：188)因此有以下看法：

本省人與外省人的最大不同在於共同記憶，前者有被母國遺棄的慘痛命運，後者則有太平洋戰爭的經驗；相對的，後者有八年抗戰的仇恨。而1947年爆發的二二八事件又為二個族群劃下一道難以縫合的鴻溝。過去40多年來，台灣的族群關係在表面上一直顯得和諧。然而在實質裡，由於外省族群透過國家機器，將其對於本省族群間的支配從屬關係加以制度化，兩個族群無形中進行垂直的分工，……儼然成為一國有兩個社會。

施正鋒認爲因黨、政、軍、特，以及文化媒體，皆被外省人掌控，並由於以外省人爲主的國民黨政府實行少數統治，爲鞏固其流亡來台的外省族群，「一方面進行居住上的隔離(眷區)與職業上的隔離(軍公教)，同時又製造外省人的危機感，並以文化霸權來宰制本地人，甚至是百般羞辱，以利其控制」(施正鋒1998：188)。因此，台灣人基於還其公道(ethnic justice)的要求，四、五十年來不斷尋求解決之道，特別是日後獨立之聲迭起，亦是肇端於此。

事實如此，則我們不免要思考：台灣之割讓予日本，就好比是生家中國把她分了出去。台灣成了別人的養子，雖心繫父母，然年久日遠，生家兄弟長大成家了，卻並不見得願意平等接納分養出去的所謂「兄弟」。更何況生、養兩家在環境、教育及價值觀明顯差異的實況下，益加暴露出生家未必好、養家未必差的弔詭。尤有甚者，現實生活條件及其意識型態的影響，亦不容小覷。而歷來習慣以仰慕祖國爲模式追索中國的情緒，也顯示出以父母之於兒女的關係，視作中國之於台灣的關係，其立足點基本上就不平等。因此，後來在這種上下垂直式的不平等對待上，就引起了爭論。

而陳映真之所以引起爭議，原因亦即在此。他作意忽視現實，卻對中國一往情深。他深以為割台是中國近代歷程中最大的悲痛，而據此痛斥日本殖民主義的荼毒。然而值得注意的是：陳映真將歷史大痛歸咎於帝國野心所致，其理念並無差忒，卻不夠周延，因此仍然無法替他所謂的「祖國」開脫罪名。況且，真正使陳映真在倡導統一的道路上受挫的，應該是來自於國府惡政所種下的惡果。而這結果並不能因為他痛惡代表白色中國的國府，及其在台灣所遂行的威權體制，便將「祖國」置換為社會主義的紅色中國。

國府種下的果，自然要由國府自己嘗受；分斷之後一切的錯，當然也必得算在美日帝國頭上。然而後者固然是共犯結構之一，但歷史的條件與分隔的現實，卻不容漠視。何況半世紀以來，中共以共產體制及未臻理想之境的社會主義思想統治大陸，其結果有目共睹。而且當文化大革命、六四天安門事件、改革開放，及開放探親幾件大事相繼發生後的現況種種，難道真的不能使他認識到半世紀之後兩岸的迥異。更重要的是，他所魂牽夢繫的中國，直到現在仍倨傲地峙立在他生身故土的對立面，無時無刻不在尋隙打壓，並未改變其垂直式的對待。

這令人想起鍾理和與他的原鄉。關於原鄉，他說：「原鄉人的血，必須流返回鄉，才會停止沸騰！」⑤弔詭的是，這句話或可引起不同的詮解。殷殷顒望祖國者認為：這顯示鍾理和孺慕中國之情永遠不變；但持反論者則以為：就因為回到原鄉所見令人喪志，所以血液停止沸騰；而這正道出所謂祖國原鄉的嚴若冰霜與舊情不再。或許是哀莫大於心死吧！鍾理和委婉地借用其父的感觸，迴避了正面作答的尷尬。他喟嘆曰：「父親敘述中國時，那口吻就和一個人在敘述從前顯赫而今沒落的舅舅家，帶了二分嘲笑、三分尊敬、五分嘆息。因而這裡就有不滿、有驕傲、有傷感」⑥。然而，這段話或者仍可能發展出其他見地兩極的詮釋吧？也許這就是因爲時間無情的考驗與歷史殘酷的磨難所造的業吧？

黃俊傑指出，目下有關於統獨的爭議，其實是異中有同：「那就是他們都墮入一種『非歷史的或反歷史的謬誤』(the fallacy of ahistoricity／anti-historicity)而不自知」(1995：219)。因爲他們把統或獨當作是抽離於具體歷史情境的意識型態來思考，於是，統或獨即成爲不具「時間性」(temporality)與「空間性」(spatiality)的抽象概念(1995：220)。是故，或許各自言之成理，但並軌而行的結果，則將終老無交集。

本節所要探討的第二篇小說是〈貓牠們的祖母〉。陳映真以芥川〈竹林〉體式寫作的小說，除前述的〈第一件差事〉之外，在〈貓牠們的祖母〉一文中，亦藉著祖母、孫女娟子及孫婿張毅三人，以及咪嗚而不能言的一群貓，各自以有聲或無聲的觀點托出情節梗概。文本所述：祖母死亡之時，正是娟子和張毅耽於慾情之時，而貓眼覷盡一切。陳映真似乎是讓貓去見證一樁兩代及兩岸之間的情欲與恩怨糾葛。至於真相或是非，對〈貓牠們的祖母〉或前述的〈第一件差事〉而言，反而是其次的。

〈貓牠們的祖母〉文中，外省少尉張毅挾怨報復娟子祖母那一段，是值得專注的重點。自從祖母丈夫涉案發監、後來病死荒島獄中起，家裡便迭遭不幸。先是家產被叔伯奪去，繼而女兒失蹤、兒子瘋狂。廟方說：兒子的瘋病起因於他少時殺生，祖母當時發願：即使自己餓飯，也要盡力供養牲界。所以，家裡便陸陸續續養了許多貓。貓的咪嗚聲常常雜在娟子和張毅的浪笑聲中，隱約地傳到祖母耳際。想到這事，祖母就難堪而痛苦起來：貓的寡情正如娟子的不知羞，即使在祖母病重期間，娟子與張毅仍貪歡縱情。

祖母回想起娟子的母親，不禁悲從中來。這斷訊二十多年的女兒，因爲生下私生兒不能立身以致漂泊他去。祖母「要娟子成婚，大半也是因著不願娟子重又步入她母親的命運那樣」⑦。所以，就讓娟子嫁給同她戀愛的外省少尉。這事，佛堂裡的德興先生也同意，他覺得：「外省人也無妨，家裡有個男人，也才成其爲家。何況娟子乖巧孝順」(陳映真1988a：66)。

然而，外面惡評不斷，大家以「一個外省人，當兵的」來嗤笑他們。或許娟子和她的丈夫即因此更加縱恣而益形放浪。她寧願只求愛慾滿足，不再顧及輿論。雖然娟子並不是沒有罪咎感，不過相形之下，眼前的歡愉勝似一切。祖母則想：「現今真是引狼入室了」(陳映真1988a：66)。但如果是劫數，債總是該償還的。可是，能有什麼債呢？只不過嫁了個外省人罷了。

只有張毅明白，放縱形骸爲的是報復前怨，這怨恨不是直接導因於娟子祖母，而是他自己家鄉的祖母。可是，「出奇的是伊們竟會長得那麼相像。他的祖母是個後娘，他的父親死後，便百般的苦待他。他一氣出走了，便投到軍旅去。就這樣地他開始了半生的戎馬的生涯了」(陳映真1988a：70)。亦即因此，他將怨恨以道德不容的方式，報復在娟子祖母的聽覺感受上，並將歷來在軍旅當中有關情慾的欠缺，悉數在娟子身上索求。

但娟子祖母一生虔心供佛，勤勞儉約。一則爲兒子消災解厄，所以餵養貓群；另則替女兒克盡母職，所以扶養孤女，卻都得不到福報。甚且她永遠也不會知曉，原來天道循環不如現實捉弄，一切表象背後，佇立著一個男性慾望所化身的外來侵奪者，以至於她不再是娟子祖母，只是貓牠們的祖母。然而祖母也沒有因爲是貓的祖母而得到善終：

> 伊無力地張開了眼睛，看見伊的偪促的房間裡，滿滿地是一幢幢雪白的母子貓們的影子：有的在嬾嬾地走動著；有的在洗著臉和竊肢；有的舒展地睡在伊的被舖上。(陳映真 1988a：65)

在誠心等待歸天時刻到來之前，她看著這些貓事不關己、漠然無情的樣子，她悲歎：畢竟還是畜生。

連貓都無視這個生命已經走到盡頭的供養者，病篤的祖母只得自己將一身法衣穿戴好。恩怨果報的不確定性，益顯天道不爽的弔詭地帶，而且不同於〈我的弟弟康雄〉裡向上帝告狀的姊姊，祖母不怨媽祖，只疑惑因何不得「好尾」。而張毅似乎在這場道德與情慾的拉鋸戰中勝出，這更添加了其中無奈。不過，鄉人惡評如魔手，恐怕終將緊緊箍住他們吧。

然而，每件故事都必須加以言詮嗎？故事的發生難道不能漫無意義的「只是發生」嗎？曾有人將陳映真與白先勇並比，尉天驄不以爲然。他認爲雖然同是寫來台大陸人，可是對於白先勇筆下的人物來說，「大陸時代的生活像是繁華一夢那樣，時時勾起他們的情懷」⑧。或許那些人物現在淪落了，或是在人事上有了變遷，可是，他們仍是大家羨慕的一群，特別是被台灣人所羨慕。然而，他們還看不見這些羨慕的眼神；他們只能活在自己的小天地裡，感傷、流涕而終老。但是，陳映真不同。尉天驄以爲：

> 陳映真筆下的人物，很多都跟白先勇筆下的人物相似，但是，或許因為他出身於一個家庭吧，那家庭是信仰宗教的，一種原罪的意識總使他對人們和自己的一切行為，沉痛地作著宗教家一般的反省，這種反省使他不再把那些人物、那些事件，孤立著去看，於是，那些上流社會所呈現在讀者眼前的便是另一個面貌了。(尉天驄1976：54)

由此看來，或許對於陳映真的小說而言，每個故事都將有一個意義是因爲他正在進行一種「宗教家一般的反省」吧？劉紹銘不就曾以「相濡以沫」之說來詮釋陳映真這類的小說嗎？⑨

不過，尉天驄仍以爲不妥。他覺得：「相濡以沫，……還不如在自在的環境裡，拋卻彼此的關係而『相忘於江湖』」(1976：56)。尉天驄並認爲陳映真不是不知道需要付出多少無私的愛，才有相濡以沫的可能，更遑論要相忘於江湖。可是，陳映真便是基於宗教家的反省思維而願意付出無盡的愛，努力敉平階級的差等。然則有愛，愛便能使一切變爲可能嗎？若果如此，那樣的愛情故事該是何種容顏？

1967年，陳映真因「民主台灣同盟」案被捕入獄；他在《筆匯》及《現代文學》時期發表的作品，是故延遲至1975年始結集出版。這小說集即是陳映真在1975年七月因特赦減刑提早出獄後⑩，遠景出版社旋即在十一月份所爲他出版的《將軍族》和《第一件差事》兩本小說集。

但甫出版，《將軍族》一書即遭到台灣警備總司令部依新法第三條「混淆視聽，足以影響民心士氣或危害社會治安者」加以查禁(林慶彰1993：207)。或以爲：「這兩本書同時出版，卻有不同的命運，可見有關當局並非因人禁書，而是因《將軍族》本身灰色的風格所引起」(林慶彰1993：207)。不過，遭禁的固然是《將軍族》整本小說集，但眾所皆知其關鍵在於〈將軍族〉一文。

有說法指出，因爲文中出現：「伊正專心地注視著在天空中畫著橢圓的鴿子們。一隻紅旗在向他們招搖」等字句，恐怕在意象上犯禁忌，認爲這才是真正禁書之因。然亦未可知。如果是這個原因，文本另外所述：「鴿子們停在相對峙的三個屋頂上，恁那個養鴿的怎麼樣搖撼著紅旗，都不起飛了」⑪數句，則應該使因意象所暗示的危機解除才是。因爲揮動紅旗卻連鴿子都不爲所動，想必對於人心也起不了什麼顛覆的作用。

不過，當時任何一本書遭禁實在都不足爲奇。始料未及的恐怕是因此所造成的更大一股陳映真旋風，使當局格外震驚與難堪吧！同時這亦突顯出威權體制下，強控制體與所謂人道主義作家在政治悶局裡的這場拉鋸戰中，自有其福禍相倚而不易分說的弔詭性。因而事實上，應該說起自陳映真入獄之際，這股挑戰權威的陳映真旋風，即對當局造成相當程度的對壘叫陣的意味了。因此，結下致使《將軍族》小說集命運多舛之果。

尤有甚者，早在陳映真減刑出獄之前，就有些寄寓推崇之意的文評相繼面世。如前所述：劉紹銘即以爲：〈將軍族〉一文「除了『老掉大牙的人道主義』思想外，陳映真這個故事，還夾帶著非常濃厚的社會意識。……這兩個人……出身雖然不同，處境卻相同：他們都是枯肆之魚，理應相濡以沫」⑫。我想，或許是因爲相類的評論，才使陳映真成爲當局爲文飾太平而亟欲除之後快的鵠的吧？以下將試圖探討〈將軍族〉文本，以期貼近陳映真其人與其思想理念。

從文本中得知，小瘦丫頭兒告訴三角臉，她曾像猴子一般被賣過。雖然後來她逃走了，但是因爲她的逃走，家裡被迫賣田賠償，並可能殃及幼妹。三角臉因爲有類似的遭遇而陷入了前塵不堪回首的愁思中。他因此提議：如果有人借錢給她還債行嗎？她說：「行呀！你借給我，我就做你老婆。……我知道你在壁板上挖了個小洞，看我睡覺。」(陳映真1988a：146-147)三角臉沒有分辯，只在深夜裡潛入小瘦丫頭兒的房間，留下存摺而後悄然遠離。五年之後，各自分屬兩支送葬隊伍的三角臉和小瘦丫頭兒在一個喪家門口重逢了。小瘦丫頭兒說：

> 我拿了你的錢回家，不料並不能息事。他們又帶我到花蓮。他們帶我去見一個大胖子。大胖子用很尖細的嗓子問我的話。我一聽他的口音同你一樣，就很高興。我對他說：「我賣笑，不賣身。」大胖子吃吃地笑了。不久他們弄瞎了我的左眼。……我說過我要做你老婆，……可惜我的身子已經不乾淨，不行了。(陳映真1988a：150-151)

小瘦丫頭兒身子已遭玷汙，三角臉亦在道德檢驗自己一番之後，得出自己也不潔淨的結論，於是兩人爲期許來生能像嬰兒一般乾淨而選擇相攜共赴黃泉。

在這個文本裡，陳映真再一次以死滅換取重生。然而，死又是一次必要的祭禮嗎？這次的死亡，引起更多批評。陳芳明即指摘：「陳映真在撰寫這篇小說時，恐怕還未擺脫傳統士大夫的『潔癖』」⑬。高天生也表示：

> 陳映真的再三以死亡或瘋狂來作為小說的收束，也不能不說是一種取巧或方便的處理方式，因為基本上人生是不能化約成這般簡單的形式處理，而死亡或瘋狂也只是問題的懸擱，而不是問題的解決。同時，由此我們也可以看出陳映真思想層次上，對「人」本身的信仰已有某種程度的失落。⑭

是故，高天生把死之必然要發生，歸責到陳映真的思想層次。他並認爲：是陳映真「現實冷酷地導引人物走向幻滅的末路」。高天生和陳芳明的看法類同。陳映真於是除了成爲威權當局的標靶，也成爲衛道者的眾矢之的。

不過在冷肅的時世裡，終其半生在別人婚喪喜慶節目中，擔任著微不足道地位的配角，不應該特別有表達悽楚感受的權利嗎？在這樣的工作性質中，他們只能爲人作嫁，只得代人哭喪。他們身不由己，悲喜卻全不到自己身上。或許一旦能夠選擇屬於自己的喜或悲，則死亡容或是一種悲中帶喜的浴火重生之途吧！或者說，在汙濁的社會底層打滾過的人，當她或他巧遇有情人，才會格外地計較起自己的潔淨。因爲唯獨這一層是作爲人的最後一道界線。

因此，陳映真固然再一次選擇讓筆下人物死亡，卻不能以此證明作者是基於假潔癖；同時也不能據此詆非作者失落了對人本身的信仰。事實上，如前所述，整個大時局的悶滯，連帶的使知識分子和市井小民都深感難以喘息。死亡如果可以解脫俗世負累，未嘗不是生命抉擇的另類思考。不是有人說：「哲學家所面臨的最大課題，就是如何解決死的問題」嗎？

況且陳映真作品之所以震撼人心，大半即是在他敢於獨排眾議呈現死寂真貌，並在業經粉飾昇平的模範省台灣土地上，投下一個不定時炸彈。如果他因此炸開了傷爛的痛處，不應是他一人的錯，是整個冷戰的大非。

再者，從整個文本結構上而言，我認為大胖子弄瞎小瘦丫頭兒左眼這一段並非必要。尤其殘廢的妓女，其身價必因此而貶，龜公所為似乎不智。因此，作者之所以安排讓小瘦丫頭兒被弄瞎左眼，我認為這是陳映真秉諸深意而為之的。在接受楊渡的訪談之中，陳映真對「左眼」有一番詮釋：

> 戰後台灣思想的一個特點是缺少了一個眼睛——一個左眼。左眼沒什麼了不起，可是人失了左眼，他的平衡就會發生問題。……左派的觀點也不是什麼太了不起，可是它是一個很重要的視角。……世界上沒有一個地方，像台灣那樣長期缺乏一隻眼睛，它一直缺乏左眼。⑮

作為一個社會主義思想的文化人，同時身為一個人道主義的作家，陳映真所心心念念的深衷正潛藏於此呢！

或許我們也可以拿林鎮山在詮解〈淒慘的無言的嘴〉時的論點，來說明〈將軍族〉。他說：這一類文本所「展示」(to show not to tell)的，正是一種現實的「殘酷」(1999：11)。林鎮山並認為：「陳映真似乎有意訴諸這個『淒慘的無言的嘴』的『展示』模式，客觀地模擬五、六十年代，蒼白、困頓的歷史台灣——再現當時是怎樣荒謬、殘酷的一個景況」

(1999：11)。因而小瘦丫頭兒被弄瞎了的左眼，其實可說是另一個「淒慘的無言的嘴」，因爲它替被宰制者說了話。

人窮則呼天，呼天喚地不靈，其奈市井小民若何？因此，陳映真只不過再度藉死亡來提撕關愛弱勢、抗衡霸權的精神。或許這應被視爲一種重點的病徵呈現，但其意旨不在宣揚灰色思想。而且，相信三角臉和失了左眼的小瘦丫頭兒能死得其所——至少他們已經互許了一個乾淨的下輩子。死的樣貌對他們而言，並不使人感到太悽楚，他們穿著樂隊的制服，雙手交握胸口，指揮棒和小喇叭整齊放置在腳前，還閃閃發著光，使「他們看來安詳、滑稽，卻另有一種滑稽中的威嚴」(陳映真1988a：152)。他們規規矩矩地躺得直挺挺，就像兩位大將軍。死亡在此處實已幻化爲一種契機，使他們免去人間一切的不平不公。

在〈將軍族〉裡，陳映真以三角臉和小瘦丫頭兒的結局預告了族群融合的可能。雖然他們選擇了死爲最後歸趨，但這樣的死並不是現世的逃避。他們未曾造下與死同等份量的罪孽；他們之所以死，是「爲了承擔昔日之罪……可視爲一種向命運反抗的姿勢」(李豐楙1996：270)。李豐楙(1996：270)據此表示：

> 這是陳映真觀察來台大陸人的眾生相後，所能體驗的脫離昔日之悲之罪的淒絕手段，他們在難以互愛及結合的情況下以死明志，這是外省人與本省人關係的隱喻，在省籍作家中是較少如是試圖寫出逃難者的深沉悲痛之情的。

的確，他們相約以來世的清白贖救此生無奈的卑汙，彷如經過陣痛才得以新生。若論者執意要說陳映真拘執於知識分子的潔癖也好，這不正是陳映真之所以爲陳映真的重要註腳嗎？亦即是說，寄託於此的幽微深意，是無法用現時現世的角度衡量的。

再者，小瘦丫頭兒被賣到花蓮的現實面，也是我們必須深入探討的。在當時台灣社會裡，有些私娼館的老闆竟而就是退伍軍人，一如文中操外省口音的大胖子。這裡所提供的「戲劇性的反諷」(dramatic irony)，即突顯出位居社會底層者實不分省籍差異，果真皆如枯肆之魚；當他們遭受困挫，或被其他宰制者壓迫之時，只得同病相憐惺惺相惜。而即使他們同爲外省身分，作者也不會刻意妝點其中剝削者的面目。

其實社會現實本是如此，是善或是惡端在個人本身，與省籍背景從來不是相關的。而且這一批大陸人不論其階級、職業若何，歷史的弔詭迫使他們必須居住台灣，這已是一個難以改易的現實。既然如此，如實呈現今與昔、果與因，則是必要的。關於這部分的討論，我們將在下一節與〈纍纍〉一文並觀，以期作出更爲周詳的思考。

不過平心而言，儘管陳映真是基於原生血緣論而時刻回應著中國的召喚；儘管他是爲了陷身社會底層的卑微者，及其所受結構失衡的待遇，而以人道主義爲出發點做出抗議。然而值得注意的是：或許他真的無法再漠視五十年來這些不同省籍人們所共同擁有的歷史經驗和記憶了。亦即是說，陳映真若全意期盼中國復歸統一，當中實際呈現的傷疤，仍是不可一概抹除的。

文學作品可反映出寫作當時的文化及政治權力關係，更爲重要的是作者藉其作品所隱含的規範性的暗示，所表現的正是他對理想的生活或理想的政治角力之期許。因此，作品本身的訴求，即是一種煥發自作者生命力的展現。正因爲如此，認同的問題是集體意識的，同時也是個人有權選擇的。自願被通俗論述所涵蓋者，固然有其自由；但求自脫於意識型態之藩籬而不從眾隨俗者，亦應有被尊重的權利與空間。

第二節　流寓征夫之途

上一節已探討過有關大陸人在台灣的生活遭遇。〈貓牠們的祖母〉裡的年輕少尉張毅因爲青春俊美，所以輕易地征服並掌握了娟子，這是身在行伍的大陸人中的一類；另一類則呈現「軍隊裡下層外省老士官的傳奇和悲憫的命運」(陳映真 1994：155)，陳映真以〈將軍族〉和〈纍纍〉兩篇投入關注。

單獨從文本上來看，這三篇作品的主人翁因爲年齡、階級、收入及相貌，而分別影響他們的生活型態。依此，似乎可分出三者高下；但整體觀之，歸結這三篇小說的主人翁，他們都是遷台大陸人，都是基層軍士官，他們在台灣的婚姻或性關係，也都出現程度不等但一樣失衡的徵狀。

初步分析當時軍人與社會的互動關係得知：現役者因爲軍中待遇及升遷前景問題，很可能左右他們面對生活時的態度；退伍者則因爲自謀生活或接受退輔安排等制度上的差異，而更可能影響他們的社會化腳步。是故本節將針對大陸來台的中下階級軍士官的身分、生活適應能力，及婚姻狀況等關係進行討論。

據研究，外省人當中，除了佔據黨國高位的軍官與紳士，其餘大抵可區分爲公教人員和中下層軍人兩類。後者這兩類，公教人員的社會地位又高於中下階層軍人。中下階層軍人率多居住眷村，解嚴之後則多半淪爲社會邊緣人。因此，學者認爲：他們的處境其實與被殖民者相似(趙剛1994：113)。這情形突顯出國民黨政府治台的方式，與西方殖民帝國不同。

單說居留在台灣的，他們先是瓦解了祖籍意識；再者因爲中高階軍官集體居住眷村，直接受到隔離照顧；低下階級士兵則或者支領一筆退伍金各自營生去，或者接受安排開發農場或投入基礎建設行列，或者便留在軍隊裡繼續其升遷希望渺茫的軍旅生涯，因此他們繼而間接地被區隔出層級之別。

五十年代前後，陸續隨國民政府遷台的「外省人」，總共約有一百二十餘萬人。其中約六十萬爲軍人。據退輔會資料得知：截至1987年11月，約有五十七萬三千人左右已退伍。這些人不論官、兵都是退輔會資料中的「榮民」⑯。「榮民」的名稱一無二致，但是否因此成爲「榮族」榮耀一生則未必。

如前所述，〈文書〉裡的安某和〈將軍族〉裡的三角臉，就是支領一次退伍除役金「自謀生活」的「榮民」。安某因爲曾經家世烜赫、讀書有成，又有鄉誼援引而順利任職紗廠；就客觀條件言，他是「混得比較好」的榮民。三角臉年歲上比安某大，從文本上看，他的學識、能力也比安某差，因而離開軍隊「自謀生活」後，便顯得「混得較差」。安某後來發生的悲劇，固然是時政之咎，但個人偏差性格所佔因素不可謂不大；關乎此者，前文已多所敘說，此處不再贅述。

〈將軍族〉的三角臉較早退役；〈纍纍〉裡的魯排長等基層軍官，截至1987年底退輔會作出統計之前，大約也都已年屆退伍；〈貓牠們的祖母〉的張毅較爲年輕，他可能繼續留在軍伍中等待升遷機會，或許還因爲生性驚悍、城府深沉而容易在競爭激烈的台灣社會裡生存。除此，總的來說，〈將軍族〉和〈纍纍〉兩文中的人物顯得較弱勢。〈纍纍〉一文篇幅不及六千字，所述內容多在感嘆青春逝去，其中還有涉及當年招兵事宜的敘述。合併上一節在〈將軍族〉裡尚未探討的一些老兵問題，我們將在本節進行探討。

在台灣，遷台的大陸籍中下階層官士兵，他們多半各自有一部血淚交織的生命史。這些基層官士兵，昔日可能因爲儲蓄不豐或結婚規定和反攻大任的限制而延緩幸福的獲得。更悲慘的可能一時蹉跎，轉眼間半生過去，變成了今日的垂垂萎弱孑然惸獨的老兵。以官方說法言，不分階級，他們都是所謂的「榮民」；但通俗來說，較低下階層的外省老兵，則被稱爲「老芋仔」。

這些不管被稱爲「榮民」或「老芋仔」的外省人，有的早自北伐時期就入了行伍，有的是在國共內戰激烈展開時加入。早年入伍者有些是自願的，但大多數是被迫的。如經由「抽壯丁」或強被「拉伕」。國共之爭戰況底定後，他們則被迫撤遷來台。在台灣，他們因爲缺乏血緣和地緣關係，只能仰仗其他力量來獲取生存資源。其中之一，正如〈纍纍〉文本所述的一群中低階軍人，他們捧著薪餉準備仰賴嫖妓這個方式，來獲取滋潤生命的資源。透過這文本歸結社會問題產生之因，大抵是因爲有許多人無法壓抑性需求，只好以金錢換取性方面的滿足。據了解，還有些榮民年紀大了，需求量較低，花錢找妓女只是喝茶、聊天，或因爲有些肌膚接觸而得到慰藉(胡台麗1993：309)，所以更可見其生活樂趣的缺乏。爲因應以上需求，民國四、五十年左右，有一些私娼館就是專作部隊生意的。而且有些娼館的老闆就是退伍軍人。因此，「軍營和單身榮民聚居處與娼館等色情買賣行業產生共生關係」(胡台麗1993：309)。從上海跟著部隊抵台十多年的魯排長及其同僚，都因升遷無望、成家不易，只能靠著男性能力的存否，來證明他們的生命力。雖然明知道「性交易性質的族群接觸大多在交易結束時就斷了」(胡台麗1993：309)，不過，這或許還能使人在無奈中擁有一種「覺著自己實在地活著的那樣的不可思議的歡悅」⑰吧？

除此，魯排長只能黯然。想起當年的募兵招貼：「結訓後一律中尉任用」，如果所言不虛，從中尉做起，十多年了也該「掮上星星」了。然而同僚幾個都像他一樣前途茫茫，頂多一個通訊官、一個准尉，再或者辛苦運作奔走升個少校。階級或有參差，但統言之，他們蒼老而低賤，並同感遺憾的是兵荒馬亂但青春力盛時期，沒能從大陸帶出心愛的女人，如今找女人得奉上餉金。

魯排長、錢通訊官、李准尉或者胖子連長其實都一樣，他們活著，卻「漂浮得好像在過一個節日，一種生命的波動使他們飄浮著」(陳映真1988c：53)。可見要在土地資源十分有限的新移居地生存發展實屬不易。如非透過政軍權力核心的支援庇護，他們很難在資源有限、競爭激烈的台灣安心生存。因此平心而言，比較起中下階層的台灣人，他們已經很受優待了。例如：退輔會和國防部便以特別申請及開發土地，或經由強佔公地等方式，讓這些軍屬及榮民居住其中。這種現象既經造成，也等於是政府「特別照顧」他們。當然，權力核心也很善於利用組織力量恩威並施，而且另闢眷村和榮民社區，以便使之與外界區隔，一方面避免他們與本省人發生衝突，另一方面

「照顧」他們，並令其心理及經濟都依賴政軍權力核心。

是故，他們雖然居住在台灣，實際上與整個社會脈動脫節。所以魯排長要努力地在他的內裡找到「生命的呼吸；一種使人覺得自己實在地活著的那樣的不可思議的歡悅：原始而又含蓄的歡悅」(陳映真1988c：53)。究其實，戰爭的因素使他們被迫來到異地，政治的干擾使他們有家歸不得，「打回大陸去」的夢想始終縈繞心懷，這種種因素教多數的外省兵員不能也不敢在此落戶生根。可奈青春日短，又且沒錢沒地位，無法順利結婚生子，也無法零存整付買一個女人，便只能分期付款證明自己還是個人，特別還是個男人。

對他們而言，適婚的「女人」是稀有資源。如前所述，早期結婚規定以及反攻復國的口號，造成官士兵晚婚或未婚，亦間接迫使許多人斷送獲得幸福的機會。據了解，因爲種種限制，使他們的婚姻與性關係並不正常。他們大多只能與台灣社會邊緣中的婦女接觸。這些與之接觸的台灣女人，包括貧苦、殘疾、離婚、喪夫、養女及娼妓，她們或被娶爲妻，或只建立起性買賣的關係。長期以來，他們不得已而建立的不健全婚姻關係或買賣模式的性關係，即使得日後老兵問題叢生。

1987年，在解嚴氛圍中，敢於挑戰當道的街頭請願、陳情及抗議活動蜂起，這些都被視爲是台灣社會結構即將獲得重組的徵兆。但走上街頭者當中卻出現了令政府當局錯愕的一群，他們即是一向安分忠黨的外省籍老兵。這些老兵平均六十歲，是蔣介石的「子弟兵」。他們的請願、抗議，不僅使大眾迷惑，更使國民黨政府震驚及難堪。究其實，這些異於其他大陸權貴的中低階官士兵，有的因爲生活困苦、晚景淒涼；有的因爲終生奔走、心有不甘，遂使他們爲生活起而請願自救。而這波動員行動除了令當局驚愕，更在社會上激起一片譁然。

如前所述，爲重新檢驗多年來主流論述所認爲的二元族群理論，本節所要討論的重點，即因此鎖定在諸如此類的老兵問題上。據學者分析：原來五十七萬三千名榮民中，也包括台灣籍退伍軍人。不過通俗而言，這些台籍退伍軍人在官方界義下是榮民，但在外省籍榮民及本省籍民間印象中則不包括。因此扣掉這些成員，時至1987年，約還有四十八萬三千多名大陸籍的退除役官士兵，是在本節討論範圍中。他們之中將近二十四萬人是領終身俸的退伍除役給與者。其他則是領一次退伍除役金者。支領一次退伍除役金的，即被稱爲「自謀生活」者：

> 這些「自謀生活」者有數萬人轉為公教人員或從事工商業有不錯的收入；可是也有相當數目的人退伍後謀生困難，成為社會大眾意象中典型的「老兵」。⑱

一般而言，退輔會是按照官士兵在退伍資料上所選填的自願安置他們。亦即是說，若退役官士兵選擇「自謀生活」，他們則在支領一次退伍除役金後各自謀生去；若選擇接受「輔導就業」，退輔會則會爲他們介紹、安排工作。但值得注意的是，因爲「當時輔導會能介紹的較理想的工作有限，不少人便填上『自謀生活』」(胡台麗1988：168)。

據了解，退輔會比較喜歡輔導支領終身俸及生活補助費者就業，因爲「被輔導就業者自就業之日起停發退休俸，俟脫離就業後再依志願申請恢復退休俸或改支退伍金」(胡台麗1988：169)。退輔會常因此自豪他們創造了就業機會，並且爲國家節省下一大筆給予終身俸及生補費的錢。但在另一方面，自謀生活者除了要自行謀職，離開軍隊之際，「還簽寫以後不再找輔導會的切結書」(胡台麗1988：168)。據說，因此早期自謀生活者若因事業失敗，回頭要求退輔會輔導就業時，多半會被承辦人員以「於法不合」拒於門外。

但事實上，蔣經國在《思源集》書中曾明白表示：在權責及法理上，固然可以不再管這些人；但在道義上，他們可能因爲不諳社會狀況而難以安頓生活，因此，他認爲國家仍應擔負起這個責任(胡台麗1988：168-169)。不過儘管如此，官方還是照章行事，規定：「已支領退伍金、贍養金者，不再向輔導會申請輔導就業」。這樣的做法，讓一些走投無路者體會到世態炎涼而深感痛心。尤有甚者，遭拒的自謀生活者聽說有些人透過人事關係或紅包攻勢而得到工作，他們更是憤懣。

平心論之，那些謀生困難而落入社會底層的老兵，有的在逃難時丟了學歷證明，有的因此丟了兵籍證明，有的連身家證明都沒了。更多的是年紀輕輕的農村子弟，根本還來不及有機會上學讀書，就被迫奔赴戰場。再者，如果他們不是正統軍旅出身，既非系出黃埔，也不是政工儲備人才；他們不同於當年響應十萬青年十萬軍口號而來的愛國學生，而只是一介鄉下農民，則終其一生也不必妄想攀升軍系層峰。

如此視之，其處境果真堪憐。當然，其中也不乏原本即是不學無術的人，這種人僅爲逃難而混入軍隊，相較而言，不值一顧。因此，老兵自救運動的開展，固然得到許多社會大眾的同情，但也不免被譴責爲：「『沒出息』的自謀生活者無理取鬧」(胡台麗1988：164)。

據研究，「所有自謀生活老兵中以民國五十年六月三十日以前退伍的低階士官兵所得的報酬最少，入社會後的謀生能力最差，在抗議活動中也最引人同情」(胡台麗1988：164-165)。當然，如前所述，與同屬社會底層的一些台灣籍人民相較，曾經受到政軍權力核心關照的他們，按理，其生活條件應該是比較優渥的。但是上述種種因素仍然迫使他們翻不了身。寅時吃盡卯時糧，晚景必定蕭條。

從社會的現實面來看，早早斷了回鄉念頭的人，因為他們積極企求融入新天地，所以其中有不少人獲得較為美滿的結局。但從〈將軍族〉和〈纍纍〉文本上看，我們卻發現：更多的是不如意者。三角臉藉著編扯謊言建立自信心，其他人竟只能利用妓女的身體，來證明他的心確然還跳動著。正因為這其中多數的人是不快樂的、是悲慘的，也是生氣萎頓的，所以，重新檢視中低軍階退伍老兵的社會階層及其屬性，事屬必要。

以退輔會所提供的1987年11月底的統計資料看，全部五十七萬餘「榮民」中，以較低階官士兵軍階退伍者，有三十二萬餘人，佔總數56%　。不過，胡台麗的研究則顯示：其中因退伍階級及輔導制度不同而產生的差異，往往影響退役榮民的生活適應問題。詳言之，民國50年6月30日以後退伍的二十七萬四千餘名低階官士兵中，有十三萬四千餘人享有新頒服役條例規定的「終身俸」待遇⑲，這些人退役後每月可領大約八成薪。一般而言，他們生活無虞，比較不會產生社會問題。

可是，另外尚有十四萬左右的退役者未享有終身俸。廣義而言，這些人即「自謀生活」者⑳。他們沒有退休俸，一次領取的退伍除役金無法長期供給日常所需。所以，他們經濟拮据、生活清苦。但這些依新條例規定退伍的自謀生活者，事實上是比6月30日以前退伍者更幸運一些；他們可以較合理地按官階和年資計算，一次領取退役金。

不過，學者研究亦顯示：即使是在6月30日以後退伍者，理應享有較優厚的退伍條件，但因爲：「有些單位例如東部開發隊限定吃終身俸者名額，使得一些人爲了退伍不得不『自願』只按官階和年資計算，領取一次退役金」(胡台麗1988：166)。因此，他們日後在與晚退者相較之下，「難免有生不逢時的感嘆，而希望國家給他們這批飽受炮火及流離之苦的老兵一些補償」㉑。這也就是導致老兵自救運動爆發的冰山的一角。

導致較多不滿及衝突的，恐怕即如上述要溯及民國50年6月30日以前退伍者。這些人也就是在較合理的「陸海空軍官及士官服役條例」頒布前退伍的十二萬二千餘名榮民。這其中中低階士官兵佔67.3% ，約有八萬人左右，是相當高的比例。這些中低階退役者是在精簡部隊的裁軍計劃下退伍的「老弱殘疾」士官兵。在這計劃規範下，不論其實際服役年資，不管他是從北伐打到國共內戰，也不問他在戰場上受過多少苦，一律以階級爲標準，發給三個月薪俸及主副食代金約四、五百元，另外蚊帳一頂、蓆子一條、衣服二件(胡台麗1993：286-287)。

在當時還是農業社會的台灣，這些人就業不易，除非有技術、有學識，否則以勞力維生者「積蓄能力有限又敵不過物價的快速上漲，成家立業不但辛苦，對許多人來說是奢望。他們構成社會一般人觀念中在下階層掙扎的退伍老兵之主體」(胡台麗1988：165)。1982年土地銀行搶案被判死刑的李師科，即是四十八年退伍的單身老士兵。李師科案及其後接連發生的諸如王迎先等類似案件，正突顯其中問題癥結。再者，還有情狀更特殊的：

> 自謀生活退除役官兵中還有一類是「無給退除」的，包括部分「無職軍官」(來台後未任軍職之軍官於四十八年十月前辦理退伍者可領到資助金)，受撤職、羈押、刑事或免職停役滿三年改辦因停退伍官兵，視同退伍官兵，以及服役年資未逾三年之官兵。「無給退除」者約兩萬餘人，其中有些對撤職之處分不滿，感覺含冤未申。未領到資助金的「無職軍官」更是認為黨國對他們有所虧欠。(胡台麗 1988：166)

因此，當當局威權稍懈，人民勇於走上街頭，所有問題即一次爆發。

據此衍生出的問題是：縱使退輔會體系能提供更為妥適的就養、就業協助，但此體系按理來說，也只能滿足老兵們的部分需求。胡台麗的田野調查顯示：「他們必須與台灣社會其他族群接觸才能為生命添加意義。最明顯的是多數低階士官兵來台時孑然一身，無論從生理、心理、情感和文化傳承的意義方面考量，他們都會追求結婚成家的伴侶」(胡台麗1993：302)。

但事實上如前所述，在反攻大陸政策宣導的約束下，結婚限制嚴格。早期未婚來台的官士兵在部隊裡是不准結婚的；民國45年以前，只有年滿二十八歲的軍官可結婚；直到45年起，始允許滿二十八歲有技術 (如通訊技術人員)的士官結婚；48年起所有士官屆齡可以結婚；而士兵則要等到50年以後，屆齡者才可結婚。

這樣的結婚規定，不論是在48年或50年鬆綁，大多數官士兵都三、四十歲以上，已經超出正常適婚年齡許多。再者，因爲軍中待遇極低㉒、積蓄有限，有些人甚至因爲「等反攻大陸」而不想結婚，另外也有因爲人地生疏，又無財力成家立業，找尋對象便極其困難。因此，事實上未婚老兵的比例相當高。或者如前所述，有些雖建立了家庭，但因爲他們的婚姻或性關係出現危機，同樣導致日後老兵問題叢生㉓。

當然滋生老兵問題者，有些是肇因於他們個人的性格。有些人甚至以一種假性幻想建構在大陸擁有尊寵的幻夢，他們兀自吹擂那些自早至晚縱馬不能跑完的家業面積，最後使自己陷入無法分辨虛實的絕望中。尤其當他們在台灣的生活受挫，他們則將身分認同置放在遠地的「祖國」。雖然間或會有短暫的歸屬感，然而，當他們對想像中的祖國過度寄情的同時，往往因此對比出他們在居留地無意識地自我邊緣化的一種狀態。

爲求擺脫窠臼，也有不少單身老兵認清了現實，他們努力適應台灣社會的生活。據研究，以一個台灣新移民者的角度來看單身老兵，「他們由初期的『寄居者』逐漸轉變爲『定居者』，顯示『芋仔』有可能某種程度地轉化爲『蕃薯』」(胡台麗1993：319)。胡台麗在各榮民社區及原住民部落收集的榮民個人生命史發現：「這些當年一心想反攻大陸者百分之九十已發展了在台灣定居的意識」(胡台麗1993：319)。老兵的回答多半是：「如果能回大陸，我只是去看看，還是會回台灣」；或者說：「回去都不認識了，不回去還好一點」，……㉔。

返鄉探親之後，多半老兵真的深感失望。原來熟悉的家鄉已經改貌了，房舍悉如前朝遺留，故人已矣，親情也不復單純。早期返鄉所攜三大件五小件姑不再論，殷勤來鴻要求修墳建屋的金錢需索，即使是小康之家的老兵也不堪負荷，遑論自身難保者。

評量以上敘述，我們不免要對前此已述的、陳映真的另一篇描述老兵的小說〈歸鄉〉提出質問。同樣關懷老兵問題，在台灣的老兵，固然有的晚景淒慘，但平心論之，於法於理，他們都在優於台灣省籍人士的條件下，受到政府較多的照顧；而參加戰爭遠赴大陸的台籍老兵，因為國民黨的「剿匪」政策而留置大陸，其遭遇容或可憐可哀，但居留大陸的台籍老兵所受苦難的這筆帳，到底應該全數算在國民黨政府的頭上呢？或者中共也難辭其咎？畢竟他們在中共統治的大陸生活了半世紀。

如前所述，宇文正在訪問陳映真時，曾就其作品人物的特色提問：在陳映真的作品裡，無論是高貴的或扭曲的人性，一向沒有省籍的分別，但「〈歸鄉〉裡，省籍甚至成為一種弔詭的反諷」㉕，如此，陳映真「是否有意藉創作打破存在於台灣社會中省籍的迷思」㉖？的確，陳映真有意扭正這種二元族群理論的區分。而且照例地他把批判指向工業化及資本主義社會。他認為：「並不是所有民族、國家遲早一定都能過這一關」㉗，並以此譴責破壞人與人之間紐帶的正是資本主義化歷程的結果。特別是八〇年代中期到九〇年代以後，財團經由炒作土地，使原本純樸的農村產生許多暴發戶，因而不論倫理道德觀或是社會價值觀都相繼淪喪。

不過，類似這種問題的解答實在不易尋求。事實上，譬如陳映真企圖以居留大陸的台籍老兵返台後所受到「凶狠」對待的情形，來譴責台灣的資本主義化，似乎並不客觀，也不應當。或許正因為離開台灣五十年後，〈歸鄉〉裡的楊彬實質上已經是個「大陸人」了。所以，他因為不諳故地新事，只得無奈地接受命運的安排。易地設想，在台灣的大陸人實質上不也已經是個「台灣人」了？胡台麗指出：

> 榮民在台灣建立地緣、血緣關係與他們定居台灣意識之產生並沒有很大的關係。台灣與中國大陸長期政治上的斷絕導致他們與家鄉日益疏離，再加上兩地生活與意識型態上的差距，使他們不得不選擇定居台灣，顯現出由「芋仔」逐漸轉化為「蕃薯」的跡象。(胡台麗1993：321)

雖然他們大半並不承認已由「大陸人」轉變爲「台灣人」，不過，他們願意承認自己是「大陸人」，也是「台灣人」。

的確，將近半世紀的分隔，血緣與地緣的建立事屬主觀，無人能輕易改換。但生活的現實，已經使他們在客觀的外在表現上呈顯其中殊異。因此，地不分兩岸，人不分彼此，只要是爲了求生圖存的人，都將如此被制約在實際生活的格局裡。如若不然，陳映真又如何替居留台灣的這一群老兵發出悲憫之聲呢？

亦即是說，當陳映真致力分說台灣的省籍迷思，希望不論大陸人或台灣人都應該被一視同仁，而且基於民族的和諧更應該誠心尋求融合，如此居留大陸的台灣籍老兵不也應該無芥蒂地融合於大陸彼土彼地嗎？況且既然各自融合在其生存的土地上，若再度強使他們易地而處，自然有其不適應之處。

當然，從陳映真的角度出發，他所強調的，除了基於民族的和諧，更要著眼於民族的團結與統一。所以，他因爲社會階級的不平衡所發出的關心之聲，其實多半還是導因於國族認同的問題。可是正因爲這問題現時無由分說，只能任憑各人自說自話；也正因爲有時理想歸理想而現實歸現實，所以半世紀前來自大陸的老兵，其身分將可能仍受制於是否「政治正確」。

進一步說，或許實際而言他已經離不開台灣這塊土地；但是他本身的國族認同是出自個人意志，抑或是來自國家機器所建構的，這答案恐怕仍是自由心證。換言之，如果在「政治正確」的時間點上，這個外省人可以變成「生命共同體」的一員，或者可稱爲「新住民」、「新台灣人」；但若在「政治不正確」的時候，則他仍可能只是一個「外省人」。

基於此，回到〈纍纍〉文本上來看，日漸老朽的魯排長既不能免於單身，也無法擺脫低級軍階的命運，而社會上的通俗論述還把他歸爲優勢少數中的一個，但諸如魯排長這類的人，命運卻飄蕩不知所之，因此，當他看到澡間赤裸的本省籍年輕士兵時，便因爲欣羨那士兵有「很可觀的男具」而多看他一眼：

> 那樣的纍纍然，已經超過了穢下的滑稽。……他從來沒有注意到這種毫無顧忌的裸露的意義。……而對於這些人，活著的確據，莫大於他們那纍纍然的男性的象徵、感覺和存在。(陳映真1988c：54)

這正是突顯出他嚮往新移居地的旺盛的生命力。

不過，無法以憒立的男性證明自己年輕的魯排長及其同僚，雖則蒼蒼老矣，卻仍可透過童妓來灌溉苟延殘喘的生命。外省老兵與本省人的關係，依然不正常也不平衡。

第三節　疏離軌道之外

1978年，出獄不久的陳映真發表了〈夜行貨車〉，使他停筆七年的作家身分立刻重新受到矚目。同年，〈夜行貨車〉獲頒吳濁流文學獎，並被選入葉石濤、彭瑞金編選的《一九七八臺灣小說選》及李昂所編《六十七年短篇小說選》。

日後爲了題材的性質及系列寫作的計劃，陳映真將〈夜行貨車〉略加修改，成爲「華盛頓大樓」的第一個故事，收錄在《華盛頓大樓第一部：雲》小說集中。這本小說集共有四篇作品：〈夜行貨車〉、〈上班族的一日〉、〈雲〉和〈萬商帝君〉。其內容有對勞資衝突與利益糾葛的情節干議，有對冷戰時政與人心異化的場景鋪排。這一系列作品，開創了在當時而言相當特出的寫作題材。以書名來看，這一系列作品很有繼續發展的可能。不過，或因陳映真後來批判的針對性擴大了，遂使這分成四棟、樓高十二層的華盛頓大樓定定然孤立。

〈夜行貨車〉一文，是藉由台灣馬拉穆電子公司的企業營運及人際關係，交織穿插出跨國企業下的人的生態。文分四部分，分別是：長尾雉的標本、溫柔的乳房、沙漠博物館、景泰藍的戒指。寄託在「長尾雉的標本」這一主題裡的意象內涵，有數種說法：

一、蔣勳以爲：它象徵的是徒有漂亮羽毛但已經死了的一個鳥的標本，藉此諷刺在洋機關做事的一群中上階層社會的男女生活㉘。

二、許達然說：「影射林榮平消極靜態的生命在社會上除了任人擺佈外沒什麼價值了」㉙。

三、李堯則認為：「整整第一節都集中寫他如何奴顏媚膝地出賣自己的靈魂，來博取金錢和地位」㉚。因為鳥的羽毛象徵林榮平的奴性，鳥不能久飛象徵他的軟弱，鳥只能在平地上走象徵他的生命的相對靜止，羽毛的鮮麗奪目象徵林榮平空具外表的溫文華麗，因此正恰當地點出林榮平的本質。

不過，重點應該在於：長尾雉是曾經美麗燦爛的生命體。牠之所以變成標本，是人類存心扼殺牠的性命，強使牠僵斃不能動。因此為使企業體系中人的異化過程昭然若揭，陳映真勢必要在這個前提下，提供一個自願或者被迫異化的實例。而林榮平即是一個活生生的例子。因為基本上，出身農家的林榮平㉛，實在並未若諸批評家所言的不堪。雖然他善於利用職權沖銷帳目，他還遊走於婚姻邊緣，但當情婦劉小玲成了摩根索調戲的對象，礙於地位和婚姻的林榮平，卻無法給予劉小玲承諾，也無法在摩根索面前表現應有的擔當。在這狀況中，林榮平不誠實、不勇敢是可以理解的。

事實上，這兩件事都困擾他，也都有損他的男性自尊——而這正突顯他被壓抑於企業體系式的改造。其腐化是必然的，固然無須憐憫他，但作者藉標本比喻他，恰好提供了讀者一個知所警惕的淪落現實。可是因為如此，所以反而使人不忍心苛責他。

林榮平如果很壞，那是相對而言的，並非絕對的、天生本然的壞。文本第二部分，即巧妙的讓劉小玲以「溫柔的乳房」的女性形象去贖救林榮平。但顯然劉小玲無法贖救正在沉淪的林榮平；或者嚴格而言，她亦無法贖救她自己。她原本為逃避現實打算移民美國，因此在爆發衝突的惜別宴上，當她說：「我並不以爲美國是個天堂」時，這既暴露出她隨波逐流的個性，也足以證明她不具備堅韌能力來迎戰未來。況且事實上，她去美國或不去美國這兩項決定，分別可作爲牽制林榮平和詹奕宏的籌碼。這讓人聯想起〈唐倩的喜劇〉裡「鞋子不合腳就丟」的唐倩。換言之，劉小玲和詹奕宏的感情真實而穩定嗎？在沒有另一個男人出現之前，很難論斷。

所以，能自拔於企業體系這個機器怪獸的，只有詹奕宏。不過，他卻用了極其意氣的方式來表現——或者說是陳映真讓他用了這樣一個不無瑕疵的方式。然而，這也只能說明是在與其他人相較的範疇之內，詹奕宏才顯得特出的。因爲究其實，文中並沒有述及他因參與決策而看到企業與腐敗的必然關係。再者，直接目擊外國上司輕薄本國女性的，多半是林榮平；強烈感受到以多金權高的凌人盛氣進駐台灣的企業體的，大抵也是林榮平。

換言之，導致詹奕宏與摩根索發生衝突的引爆點，絕大部分是取決於劉小玲與林榮平的過往。是這段歷程使他的憤怒無可抑遏。同時因爲劉小玲就要遠赴美國了，他欲留還止，其情難堪。適巧摩根索講了一句帶髒字的「美國天堂」和帶髒字的「中國」，並且還強調：「我們多國公司就是不會讓台灣從地圖上抹除」㉜，遂使他因遷怒而瞋目以對。所以，詹奕宏並不偉大。真正說起來，他爲的是自己。他想要挽回劉小玲，並藉機譏刺對手林榮平。

因此，詹奕宏與跨國公司本身的衝突並不嚴重。細究文本底蘊，作者在這部分的表現稍嫌疏略。倒是詹奕宏以本省人身分旁觀外省人身分劉小玲的敘述部分，比較讓人感覺興味。例如：偕劉小玲回南部故鄉探親一段，以及眼看著電視劇裡所搬演的台灣人百態那一段。尤其當詹奕宏指著電視罵，他的憤怒的確打亂了許多台灣人表面平靜的心湖：

> 你看這些臺灣人，……你看這些臺灣人，一個個，不是癲，就是憨。……如果，一個外省人，……，從小到大，從這種電視劇中去認識臺灣人，那麼，在他的一生中，在他的心目中，臺灣人，是什麼樣的人？……我當然知道，……編寫這種劇本的，也正是臺灣人。(陳映真1988c：122)

偏巧因爲編寫這種作踐台灣人的劇本的作者就是台灣人，所以讓景況更其難堪，並如此而震怒著詹奕宏及許多人。

薩依德在《東方主義》中明確指出：「所有的表述，正因爲是表述，首先就得嵌陷於表述者的語言之中，然後又嵌陷在表述者所處的文化、制度與政治環境之中」㉝。在〈夜行貨車〉文本裡，這種編劇者正是爲了迎合壓制者所建構的殖民論述，以期在該壓制者所宰制的傳媒體系內謀一立腳處，而不惜醜化自己。如此則不由得令人也想起思碧維克的話：「假如你以某種方式參與，你便是東方主義者；那並不關乎你是白人還是黑人。今天你無需有適當的膚色才能成爲東方主義者。」㉞

詹奕宏所發抒的這段憤怒，一則針對劉小玲的外省身分，二來也直斥劉小玲對愛情的忠誠。所以接著當他狂喊：「你的褲帶，就不能束緊一點！……你，這樣欺騙我」(陳映真1988c：123)之際，其實他是呼喊出半世紀以來台灣人的心聲。他既爲歷史長河裡海島台灣的地位叫屈，還要奮力撇清自己不是電視劇中憨癲癡傻的形象。並且，除了不是憨癲癡傻之外，台灣人在掌握權力的壓迫者面前，也不要「龜龜瑣瑣」蒙羞度日。於是，另一個矛頭就指向了林榮平。

同樣以思碧維克的話說明，林榮平面對外國人時的卑躬屈膝狀，就是個助紂為虐的東方主義者。他無需白膚金髮，便已經與經濟壓迫者具有同樣面貌了。因為儘管來自鄉下的林榮平是為了爭取向上流動的機會，是為了改變他原本邊緣的身分而奮鬥進取；也儘管他無意「數典忘祖」，可是他人始終是與壓迫者同在。尤有甚者，當摩根索向林榮平打探有關劉小玲的口風，林榮平偽裝成渾不知「性騷擾」情節之貌，或許更讓摩根索以為：已經得到劉小玲情夫的首肯，既可以為所欲為，並且不致傷害彼此相互為用的關係。

因此，若文本中詹奕宏所代表的是理想型的民族尊嚴復興者，相較之下，林榮平的位次則低劣不堪。而且在這意義涵蓋下，深受期許的詹奕宏面對跨國企業及其幫手時所發之言詞，事實上則是深刻地代表了陳映真本尊。

在最後兩部分中，或以為：具中國風的景泰藍戒指和雨荷鶺鴒圖案的禮服配合歸鄉的夜行貨車，很能道出兩人後來想回歸鄉土的強烈意向。我則認為從「沙漠博物館」著手探討似乎更能突顯文本旁喻性。因為對於「沙漠」的敘述，在文本中所佔篇幅並不算短。作者先是讓劉小玲敘述十幾年來不斷出現她夢中的、空無一物的白沙世界的景象，後來又藉即將返國的達斯曼，來介紹有關亞理桑那州索諾拉沙漠的沙漠博物館。作者在介紹達斯曼的時候，用了數個正面形象的形容詞，還強調他除了擔任財務稽查長，同時是個「業餘的生態學研究者」。這似乎是有意使他在製造異化的企業機制中比較不顯其咎。而劉小玲對於沙漠的特殊感受，則格外突顯這一部分的承接與轉折的作用。

亦即是說，這夢魘一般的沙漠，原本使劉小玲懼於面對；經過一段時日調適，才讓她「逐漸能夠在夢裡凝視那一片廣袤的沙子」(陳映真1988c：134)。因此文本中這段調適的歷程，應該是有所寄託的。不過，沙漠的義蘊爲何？因爲作者未明說，遂使文評家們對「沙漠」所提供的思索空間，得以各自表述。

一、蔣勳指出它的「象徵意義是：這洋機關本身就是一個沙漠，就是沒有生活內容，沒有生活理想的一個環境。可是，在特殊的，好像裝潢得很豪華的物質條件裡面，這些人都似乎很出色的。而事實上，它有一種譏刺」(齊益壽、蔣勳對談1978：173)。

二、齊益壽認爲：「沙漠似乎在象徵：……如果，台灣過去被譏笑爲『文化沙漠』，那麼有一點是因爲沒有自己的聲音，一切非全盤西化不可。但今天，七十年代以後，已多少喊出了一點自己的聲音，對西方文化已開始有批評，有選擇，這樣，沙漠看似一片空茫，其實是隱藏許多生趣的地方。……也許我們可以說，雖然是『沙漠』，你只要有心去處理它，還是可以變成一片綠洲的」(齊益壽、蔣勳對談1978：181)。

三、李堯(1978：41)則說：「達斯曼其實在暗示：生命其實是可以用科學來處理安排的；先進的科技，凌駕於人的尊嚴、人的價值之上。以『沙漠博物館』爲題的第三節，描寫了在這種機械式的人生觀指導下，產生了有多麼無視他人尊嚴，無視他民族尊嚴的行動，從而揭露了在引人入勝的物質文明背後，是多麼醜陋的骯髒」。

四、許達然(1988：17)以爲：「未來的去處美國說不定也是沙漠，她說並不以爲美國是天堂，最壞的可能是沙漠，沙漠上有個博物館在炫耀，還可看看，但能看多少，她就不知道了」。

五、武治純(1988：85)更指出：「象徵著美國先進科學技術的物質文明卻建立在資本主義精神文明的沙漠中」。

六、劉登瀚(1993：219)則表示：「走進『沙漠博物館』，如同置身於建立在沙灘上面空泛、渺茫的西方文明世界」。

由此可知，沙漠的意涵的確豐富。不過，害怕沙漠的劉小玲和研究沙漠的達斯曼，在這部分的文本配置上，應該更具有突出作者匠心所在的作用。事實上從文本佈建上看，達斯曼的地位並不重要；在情節推展上，他也不是導致衝突的主要觸媒。在宴會上，因得知同爲餞別宴主客的劉小玲對沙漠有興趣，他才禮貌性的以一家沙漠博物館爲例，說：「沙漠是一個充滿生命和生機的地方，……只是人們太不了解它罷了」(陳映真1988c：132)。這裡，正是我認爲的作者獨運匠心之處。換言之，作者是有意藉一個並不顯其關鍵地位者之口，來提點一個寓言。也就是說，當達斯曼以他外國人身分說話時，因爲他不致直接關涉兩岸糾結，容或能夠因發言中立，而指出劉小玲的盲點。

在這意義約束下，達斯曼則有別於狂倨的摩根索，亦異於以某程度疾視外省人的詹奕宏，並且也有別於與詹奕宏同爲本省籍但後來異化了的林榮平。簡言之，達斯曼是以客觀而且旁觀的身分發言。再者，如果劉小玲面對沙漠所生疑懼是陳映真別具用心的安排，劉小玲後來由害怕轉而坦然面對，似乎即暗示她開始敢於面對人生。並藉以說明：劉小玲之所以不再怯懦，詹奕宏是一個重要的助力來源。

換言之，外省劉小玲在得到本省詹奕宏的愛情之後，原本茫然的前途似乎出現了光明。而這彷彿是在說明：省籍迷思就像人們所不了解的沙漠。乍看之下，危機重重，實則其間自有生機存在；假以灌溉，旱地也有變爲良田的可能。因此，異省籍的雙方若有愛情滋潤，事實上是可以相呴以濕、融合共生的。

又或許從這個角度看，夜行貨車所前往的鄉下，才可能以它本身所蘊含的生命力，護養曾經傷損的人性。否則恐將落林燿德口實：

> 在一個虛構的烏托邦中，「回歸」是一種抵抗；在不可搖撼的現實生活中，「回歸」卻等於一種浪漫的逃避。然而陳映真就如同近百年的傳統一般，以文本的抵抗來造就文化的「回歸」。然而這種「回歸」卻是犬儒式的，無法提供真正的力量和行動的指標。㉟

基於此，爲突顯陳映真事實上已跳脫這窠臼，如前所述，我著眼於文本的旁喻意涵。只有在發掘文本內蘊的同時，一向「意念先行」的陳映真的深衷，才得以完整呈現。其實這既是讀者在閱讀陳映真小說時，所能發揮的空間；也是讀者從別處文本得不到的一種「趣味」。如此可知，若僅僅如文本所述，就要強以南部鄉下作爲一切罪惡救贖的根據地，那是一廂情願的；其所化約的意義，也不足以承載這部分篇幅的底蘊。

況且在未遇見詹奕宏以前，劉小玲似乎想一走了之逃避難題。若以此詮釋如她一般的外省第二代「內部流亡」的心態，其實也未嘗不可。事實上，藉劉小玲身分，我們還可以更進一步推想其他外省人的心理層面。

劉小玲的父親在三十年代是一個活躍於華北的政客。來台之後，他卻以消沉的態度來面對社會及其妻小。這種表現形式，其實適當地暴露出某些被迫遷台的大陸人的真貌。他們因爲曾經富有而驕傲；他們不屑折節委屈於新移居地的既有結構體中；他們也不以爲有適應新環境的必要。他們自認爲只是不小心暫時落難草野；更何況新體制將由他們之中的掌權的同鄉來決定及完成，因爲：

第一、他們是以超過兩百萬的絕對數所形成的相當完整的移居者集團。第二、他們儘管對中共軍抗爭失敗，仍然擁有號稱六十萬的大軍。擁有海、空、裝甲兵的所謂現代裝備的三軍，仍然幾乎毫無折損地移到台灣。第三，以中央政權的行政機關為中心，把包括國會在內的現代國家大致的框架全數遷到台灣。有趣的是，由以蔣介石為中心的國民黨右派解釋的三民主義，也不曾被遺忘，當作意識型態帶入。(戴國煇1989：32)

新的移民集團比台灣在地住民更佔優勢。然而，時間置換之後，勝取大陸不成，衣錦返鄉無望，偏偏他們又失去在新生地重新紮根的熱情，便一任自己變成了「『戴綠帽子』的去勢『外省』男人」㊱。所以，劉小玲看不到周媽口中青壯時代的父親的剽悍形象，只能看到一個懦弱而任憑妻子嘲罵和背叛的邋遢老人。這景況毋寧是令人傷感的，如同邱貴芬(1993：26-27)所說：

雖然他們曾是殖民勢力的一部份，然而在四十多年後我們回顧台灣的被殖民歲月，努力爭取以台灣為主的位置觀，以求建立居住在台灣的人「生命共同體」的共識時，我們必須承認，這些在台灣落籍生根的「外省」人也是台灣人，可以是台灣人。他們是台灣歷史、台灣經驗的一部份，也是台灣文學裡的重要人物。造成他們「去勢無能」的原因，正是因為他們的生命過程和台灣的被殖民歷史息息相關。

將近半世紀後，時局的弔詭轉換了他們的位置。然而攸關百年來的兩岸恩怨，更使這課題治絲而益棼，始終難以理出頭緒。

不過，在〈夜行貨車〉一文中，我們仍再度看到了陳映真對上下兩代省籍融合議題的關注。劉小玲異省籍的父母的悲劇，毋寧是作者爲要肯定其第二代如劉小玲與詹奕宏之結合前景而刻意營劃的。有了不和諧的上一代作參照，才更能襯托出下一代愛情有成、融合有望。只是，正如陳芳明(1988：124)所說：「評論陳映真的小說，並不單純只是文學的問題而已」。的確，陳映真時而在作品中透顯出的危疑不定的分離或結合，其實仍然教人擔心和懷疑。即使結局容或是樂觀的，但如果連以愛情爲出發點的融合過程都如此驚險，我們不免要問：光是憑藉血緣能夠促成統一嗎？

再者，鄉下是否能提供救贖和新生活，這是一個問題；另一個問題是：留在企業裡頭的人怎麼辦？固然以「奴才胚子」來批評類似林榮平這樣的人，是教人痛快的；不過，謾罵無裨於事。人不由自主地被大制度所制約的營運機器吸納了進去，這本然是可歎的。然而人力有限哪！

本節將討論的第二篇小說：〈上班族的一日〉，便描繪了屈身屋簷下不得不低頭的一群受薪階級者的無奈。黃靜雄任職的莫理遜軍火公司在台灣的成立，是法律上所謂中美合作資本的結合模式。對於企業裡所有的明爭暗鬥和虛與委蛇，陳映真照樣呈現其墮落而無奈的一面。只是，這一次沒有詹奕宏，以及他爲尊嚴迸發的氣怒場面。

因爲兩度與會計部副經理一職擦身錯過，黃靜雄氣惱上司楊伯良，他憤以辭職作爲抗議。他並且憬悟了這其中的詭譎：

> 這一整個世界，似乎早已綿密地組織到一個他無從理解的巨大、強力的機械裡，從而隨著它分秒不停地、不假辭色地轉動。㊲

黃靜雄因此驚覺受騙了。但在他揚長離開辦公室之後，卻直到半夜都輾轉反側愁不成眠。次日，楊伯良兩度打電話來安撫他：「千萬不要衝動」，「你的事我自有安排」(1988c：140)，竟反使手上握有楊伯良歷來場外交易內幕把柄的黃靜雄無措起來。他雖羞惱到嘴的鴨子飛了，卻仍怯於揭露真相。黃靜雄不由得震驚：

> 曾幾何時，他成為副經理室閉了又開、開了又閉的那扇貼著柚木皮、窄小的、欺罔的門的下賤的奴隸。他成了由充滿了貪慾的楊伯良所導演的醜陋而腐敗的戲曲中的，小小的角色。(1988c：164)

不過，黃靜雄固然識穿了欺罔的本質，然而對於變節了的自己，那也只是聊表牢騷罷了。當楊伯良晚上打來第三通電話，說榮老董的侄兒爲了綠卡不回台履新了，他便立刻釋懷。

會計部副經理的位子又虛座以待了。黃靜雄就像鬆脫了的一顆螺絲釘，重新被鎖進大機器裡，而且這次更牢了。可歎的是，這似乎也是黃靜雄較爲妥當的處置方式。大半的上班族不就是如此的忙碌與盲目？而且往往忙碌一生卻只夠掙一碗飯吃。可是，人在這編制下能怎麼樣？逃也不是，不逃也不是。

虛座以待的會計部副經理的位子，就像童話裡的驢子與紅蘿蔔——爲了吃到懸在面前的紅蘿蔔，籠架著轉磨的驢子不得不賣命前進。在利益爲前提的指導原則下相互爲用，徒然使人萎頓。可是，雖然不恥自己已經從一個謹慎、謙卑、擠公車的黃靜雄，變成狡猾、世故而敢蓄情婦的黃靜雄。在大環境下，義形於色與清醒逃離之間，還有很大的距離。而且就算要反抗，他仍然勢單力薄。

或許我們該暫且拋去陳映真式的思考邏輯。想一想：力爭上游錯了嗎？陳映真一再呈現企業和人性的病理，他義正辭嚴地告訴我們膿瘡在哪裡，可是他似乎沒有看到正在奮鬥的另一群。

華盛頓大樓系列之三：〈雲〉一文，是以工會籌組過程來呈現理想之幻滅及企業良心之銷蝕，陳映真企圖藉以指出：即使是由資方設想出來的「雙贏」美夢，終究將因利益考量而犧牲勞工人權，並批評所謂「復興美國式的理想」是天真想法，而「跨國性的自由」更是虛假迷夢。換句話說，當自主性工會與商業利潤放在天秤的兩端，孰重孰輕判然分明。

如文本所述，美國麥迪遜儀器公司總經理艾森斯坦將在中壢工廠設立一個「真正屬於工人的工會」㊳。張維傑對艾森斯坦的理想充滿敬意，並將作爲艾森斯坦夢想實現過程裡頭的一個酵母、一個槓桿的支點。可是，「這個念頭或許帶著若干逞能和善意，卻注定要失敗」㊴。因爲真正以工人權益爲前提的工會，斷無由上而下推展的。因此，如果勞工利益在充滿理想意識的艾森斯坦的天秤上，仍有失重的危險，他的「善心」則無異是以民主、進步、自由及工人自主爲餌，企圖做另一種宰制；亦即是說，被籠罩在這項企圖改變勞工體質的計劃裡的工人們，只是艾森斯坦實驗室中的一個陪葬品。

後來，從這個跨國公司所建制的迷夢中驚醒的人們，各個心力交瘁。反觀現實，值得注意的是，在台灣歷有年所的工會組織，其實也正是由上而下組織起來的。不過，其動機與艾森斯坦的理想不同：

> 戰後，台灣國家資本主義的發展更形迅速，但是，由於政治安定的考慮，工會體制(工人的組織)非自發性地由上而下地組織起來，而各地的自發性工會也被納入此一體制中。因而工會體制並不是工人自發性運動的產物，而是維持社會安定與控制的必要性機構。(楊渡1988：127)

我們在文本中也看到了相似的情況。新工會成立的一個相當大的阻力，正是來自於台灣宋老闆及其保守的老工會。宋老闆與總公司董事長派特內的私人關係，還加上雙方所代表的保證優惠的中美合資的關係，不僅使他在台灣分公司擁有超乎想像的影響力，他對源自大陸工運的刻板印象，以及他本身所具有的恐共心理，都是侵撓工會運作的最大阻力。

新工會的成立，在守舊人士阻撓下必然要失敗。因爲來自政治和社會環境的壓力，根本不容許工運的產生，更遑論推展。當然，另一個重要原因即如前述，是由於以利益爲導向的跨國企業本身。不過，政治和歷史背景不易被西方人了解，西方人因此一律歸因於東方的神祕與不可言說：「東方像是個深情而又保守的寡婦。……只要你懂得討她的歡心，她會獻出她的一切。」(陳映真1988d：57)這種典型的西方人的詮釋，教人有受辱的感覺，卻又無由申辯。在台灣的工會運動於是受制於雙重誤解之中。

不過，新工會雖然流產了，對於某些工人初步的反抗動作，老工會倒也因而開始考慮：必須尋求積極的解決之道。雖然一開始他們用的是籠絡措施，而且對於女工的工資、工作權及退休金諸問題，都尚未作出圓滿解決的方案。不過，廠方後來因此所作的決定，如：酌量調薪、由公司提出相對基金建立互助機制，以及工會將籌備員工福利社等等措施，這些或許也該說是工會運動的初步成就，至少它發揮了最低限度的制衡力量。

然則這還不夠，因爲權利是爭取來的。而要使勞工懂得爭取應有的權利，亟需透過教育以及日漸開放的政治社會基礎。1970年代以後，第二代勞工開始產生。不同於第一代勞工的保守性格，第二代勞工正因爲農村衰微再無退路，爲了活口養家的薪水，必須與都市、工廠產生休戚與共的心理。所以薪資的必要性，便使得勞資關係緊張，而勞工意識亦因而逐漸抬頭。

在台灣尚未出現比較具有意義的勞工運動之前，一般研究大多著眼於產業結構、就業機會、工業化型態，以及所得分配的相對公平性之上。這些研究是從經濟結構的變化著手的。實際上除此而外，政治和企業兩層面所建立的「雙重性勞動支配體制」影響力更大㊵。

細究之，勞工的政治力有三條件：一是勞工意識，二是勞工組織，三是勞工運動。有了勞工意識，才知道要爭取勞動條件的改善；然而這意識還必須是集體意識，透過集體談判才具有爭議的條件。特別是在前此的國民黨所建立的一套干預和控制系統籠罩之下，其「出發點是爲了全盤掌握勞工這一社會群體，以達到政治穩定和政權持續的目的」(徐正光1989：107)。

不過，後來漸次透過勞動者數量的累積、質的提昇與轉化，以及健全的行動組織，其追求社會正義的理想已逐步建立起來。再加上政治活動空間的日益擴大、知識的啓蒙與大眾傳媒角色的增強，並且結合了其他民間社會運動的力量，勞工的政治力則更可能轉爲一種透過政治力來影響國家決策，或取得決策權的民間力量。

再者，在台灣的勞工政治分析中，我們發現經過性別區分之後的政治力仍有所差異。據了解：1985年女性就業人口佔總就業人口的36.5% ，其中十五到三十四歲者，又佔女性總就業人口的62.5% 。這也就是說，女性在婚前及婚後初始的一段期間，是投入勞動市場的主要力量。「然而這由於是以婚姻爲階段的工作衡量而不是終身勞工的定位，女性在資方的種種不公平待遇下，抗爭的案例並不多見。因而，女性的勞工意識並不強烈，組織意願並不高」(楊渡，1988：135)。事實上，這裡突顯了一個長久以來產業結構上的問題，此即是：「雇主僱用年輕女性……可以將其視爲一種兼業性的勞工(part-time proletarian)，而不必擔負一個長久僱用的正式工人的制度性成本」(徐正光1989：105)。這也就是導致日後勞資糾紛的部分原因。

值得觀察的是，因爲文本所呈現的是前此的歷史階段，所以可以說，陳映真已經基於上述因素刻意謀篇寫作，他使其筆下的女性以超乎尋常的覺醒力去爭取自身利益。雖然未竟全功，但在舊工會幹部企圖阻擾投票活動那一段，有關女工魷魚用身體去抵抗的描述，似乎讓我們看到除了兩性平權議題以外的另一種控訴。亦即是：它似乎預測了將來在勞資抗爭的場面上，女性即將走到前頭來；並且要和男性勞工一樣，從無言的妥協，發展到激烈的對峙。

華盛頓大樓系列的情節佈局，明顯的是有意挖掘經濟發展之罪。張啓疆以爲：「就『都市現象』的角度而言，小說家陳映真揭櫫了(過渡型)資本主義社會最重要的『顯題』之一：勞資議題，更正確的說，以勞資對抗爲外衣的民粹意識」㊶。履彊則認爲，文本所呈現的城鄉差距和勞資對立問題，以及資本主義與跨國企業剝削台灣的意識，「以小說家的敏銳程度，可能仍無法代表大多數人的遭遇，如陳映真的作品寫得很清楚，但是並不能含括當時所謂的都市現象」㊷。

不過，固然由上可知論者對陳映真所突顯的問題有非難與質疑。但因爲民粹意識所內涵的意義，或許更多指的是自發性的、訴求明確的、性格清晰的對立狀況。但是在陳映真寫作這一系列作品的八十年代，似乎尚未形成如此鮮明的態勢，而且恐怕要等到九十年代才真正開始吧。因此正由於這種質疑與非難，再一次證明了陳映真又先一步獨具隻眼洞燭機先。

或者，也並不能說是陳映真動燭機先，套句葛蘭西的話：「任何一個社會在其各種關係內部所具有的一切生活形式沒有得到充分發展前，是不會死亡的，也不會被其他社會所替代」㊸。其實，在資本主義發展過程中所呈現的病態，或許就是因爲它還在發展階段，所以，這些病徵毋寧都是正常而必然的。

或許爲了給其他相似的問題一個答案，陳映真日後以〈萬商帝君〉一文描述跨國企業體系下兩種不同階層的人，藉他們各自的心事來回覆諸多盤詰。這兩種不同階層的企業人的故事，分別是高階經理人所經歷的教育過程，以及基層業務員的感觸，及其轉變始末。

在台灣莫飛穆國際公司裡力可頡頏的高階經理，分別是陳家齊與劉福金。陳家齊是留美化工碩士出身的業務部經理。以資歷言，他是最有可能升任企劃部主管的。然而劉福金卻以土產企管碩士和管理學教授的優勢，佔領日漸倚重行銷專業的企業體，橫刀奪走陳家齊的寶座。

上海籍的陳家齊結束三年留學生涯後，奉父命回來「報效國家」。雖然喝過號稱自由國度的洋墨水，無論如何，對台灣籍的劉福金「用父母音讀自己的名字」的說法及「台灣人不是中國人」的論調種種頗感不悅。因此，他們一開始即在國族認同上產生了歧見；再者，工作上的競爭，亦使得勢均力敵的彼此爾虞我詐。

劉福金挾其行銷知能優勢，又善於運用種種企管學所精心佈局的招數，企圖以一種精緻的陰謀設計創造商機，他機巧地挑動了人們的七情六慾，因而在多國籍公司中愈發受到倚重。

然而，對劉福金在廣告片中所呈現的「田園時代的台灣和台灣人」，陳家齊認爲：「在現實上，是不存在的」㊹。他繼而指出：「這一切的劇烈改變，來自一個新制度在台灣的成立」

(陳映真1988d：123-124)。雖然陳家齊意只在挫減劉福金的銳氣，所以他試圖撇清政治因素。但是當他再次描述台灣農村的變化及其現況，卻仍透顯了其中的問題意識。

這是說，力求明哲保身的陳家齊，無意中刺點出的正是：因爲夤緣於政治制度大開方便之門，同質化的國際性格與國際忠誠，才得以數十年之內就使台灣農村改了貌，從而使得以本土爲尙的劉福金都不再熟悉。爲此，被籠絡其中的劉福金即平白蒙受了陳家齊的明批暗鬥：

> 為了達到這個目的……H.K.把他所最珍貴的東西：例如「鄉土文學」；例如他的台灣情感，也拿出來交換。……一個優秀的Marketing Man，應該學會不惜以任何東西，包括他自己的宗教，去換取消費者對產品的認識、意識、興趣、需要。(陳映真1988d：121-122)

在利益第一、公司爲先的前提下，獲取利潤與創造商機變成首件要務。因此如文本所示，有關高階經理的教育訓練，便是使企業人晉升世界經濟體系層峰的一塊進身階。亦即因此，在行銷通路的商戰策略指導下，商業利益取代了國家民族情感。

然而，在人們覺醒之前，莫飛穆公司總經理布契曼即時地爲商戰現實緩了頰。他以The World Shopping Center爲題，說明像莫飛穆國際公司這樣一個多國籍企業是人類有史以來頭一次藉著組織、科技、資金和理念把全球整體化，並加以管理經營的機構。他說，透過全球性現代傳播科技的發展，多國籍公司能夠將老產品賣給未開發或開發中國家的新顧客；也能將新產品賣給已開發國家中的老顧客。因此，「我們賣的不只是各種產品。……我們賣的是一種……進步的、合理的、舒適的、享受人生的理念和文化！」(陳映真1988d：100)

布契曼的一番說法，立刻成爲千金不換的企管學箴言。於是，配合一連串教育訓練的舉辦，跨國性全球化的經營管理學在諸多世界管理者(Global Manager)候選人的心上腦裡，遂深刻而成功地完成這項改造使命。亦從而使得企業理念及國族認同迥異的兩位經理人在接受訓練之後，逐漸同步而且以此自許。

文本另一部分挑出了下層業務員這條線索，它讓讀者看到了積極努力、渴待賞識的海關辦事員林德旺的窘狀。正當台灣莫飛穆大大小小的經理們全都瀰漫在嘉年華會似的熱烈氣氛中時，他對自己的懷才不遇頗感蹭蹬。他懷疑是那次自願周日到公司加班時惹的禍。他竟撞見了財務部金先生正和布契曼的大祕書Lolitta衣衫不整地在會客室。他時常夢魘似地想起，真害怕因此被逼離開：

> 如果要他離開台灣莫飛穆，他寧可一頭從七樓栽下這宮殿一般巍峨的華盛頓大樓。(陳映真1988d：105)

三專畢業的林德旺極度想出人頭地。對他而言，管理技術最令人陶醉的，在於它像是新時代宮殿中的禮儀，而華盛頓大樓則是新時代的新宮殿的象徵。當然，陳映真原是想藉〈萬商帝君〉一文來針砭資本主義及其跨國性權力集團。但林德旺敬拜其體系所呈顯的衷心嚮慕之貌，卻形成一種對陳映真的反挫與反諷。

然而林德旺期盼被收編的過程並不順利。Manager——經理，就像一個神奇的圖騰，不斷摧磨著林德旺。一系列管理教育課程緊鑼密鼓地舉行著，而他卻始終被摒除其外。這馴至使他無奈、困惑而絕望，最後終於瘋狂。當他蓬首垢面、奇裝異服地闖進會議廳裡，用台語尖聲叫喊：「我是萬商帝君爺……世界萬邦，凡商界、企業，攏是我管轄哦！……我是萬商帝君爺，是來教你們大賺錢……你們四海通商，不得壞人風俗，誑人財貨喂……」(陳映真1988d：177)。然而，他只被當作是一個瘋子，慘遭驅逐。

華盛頓大樓兀自矗立，並發出冷冷的光。整棟大樓像是一個後殖民進程的明證。陳映真不僅在文本內容上寓其義，並也在建築物的名目上詆其非。林燿德對於辦公大樓的意象解讀，也別有其高明處：

> 權力隱藏在都市的每一個空間。對於建築本身的敬畏只是一種簡陋而原始的「拜物教心態」，特別是在那些將「都市文明」套板化為「罪惡淵藪」的民粹派寫作思維裡頭，它們對於大廈的厭惡其實來自嫉妒的情緒，或者因為嫉妒而產生的傲慢。這種傲慢，使得它們的觸角無法伸展進辦公大廈內部的精神核心。所以，要想了解權力如何流動在辦公大廈之中，先得成為一個訪客。(林燿德1996：98-99)

論者所言不差。化約式的象徵作用對所欲譴責的對象而言，的確只能使其皮痛，不能使其心痛。所以，陳映真在以辦公大樓爲批判意象的焦點上，因而深受林燿德嬉笑。

但是細讀文本，我們可發現：林德旺不僅只是一個辦公大樓的拜訪者。事實上，他既異於作者甚之尤甚的資本主義體系本身，又不全然站在陳映真戰線上。他是以一種身歷其境的真實感受，加上極力爭取融入其中之機會的身分，提出與作者不同向度的理念。可是，他畢竟只是個海關辦事員，就算全心希望被收編，卻苦無機會和資格。林德旺可能無緣完整目擊「權力如何流動在辦公大廈之中」，但他絕對已經受到權力的傲慢的鞭笞了。

文本另一個值得注意的是：1979年的台灣命運。值時，中美斷交，台灣遭棄於美國。風雨飄搖的國際情勢和興衰難料的時政困局，使整個台灣陷入一片悽惶。蒿目時艱，前途未卜的問題，卻在跨國公司爲擴展亞洲市場的計劃下，產生了一個「宗教性」的關鍵。莫飛穆公司遠東區總部行銷部長在斷交隔天接獲命令後宣佈：「總公司將以實際行動──增加新年度台灣莫飛穆的營運預算百分之四十──來實際表示『美國民間對中華民國的支持』」(陳映真1988d：186)。

歷史的弔詭性在此處再度完全展現。職是之故，曾在留美期間參與過「愛國運動」的陳家齊，面對斷交之後的學生遊行、救國募款等種種「愛國」行動時，便因爲他已經臣服於全球性經濟體系之中，所以使他反以批評、蔑視口吻稱彼等爲：「盲目的民族主義」。正値其時，他原本牢固地被建立起來的忠黨愛國思想結構，實已應聲而訇然瓦解，並明顯地被「資本主義的皮帶」(belt of capitalism)緊緊箍住。

於是他和劉福金從此自奉爲一個多國籍公司的重要管理者。他們必須發展適當的國際忠誠(international loyality)，並在不與國際忠誠相拮抗的條件下，各自酌情表態對民族國家(nation state)的忠誠情操。自茲起，他們同心協力，高聲呼喊管理學大師彼德・杜拉卡的名言：「We need to defang the nationalist monster——吾人應該將民族主義這個惡魔的毒牙拔除淨盡。」(陳映真1988d：189-190)

在〈萬商帝君〉一文中，陳映真以陳家齊和劉福金雙雙稱臣於跨國資本體系爲例，鋪衍一段人性與族國意識同時被消弱的過程。然而，歷觀往來今昔，熟諳英語以及具備跨國企業網絡的經濟力，的確能提供一個以全球性共同利益爲目標的方向。在台灣，更爲重要的因素並且還包括：一旦政局變動，多國籍行銷體制自有它的因應之道。而況詭譎的歷史難題最後往往也得由跨國企業提供解決方案呢！正如文中所述：

> 使中共和蘇聯不破壞我們「世界購物中心」，不威脅我們自由、富足生活的最好的方法，是把它們也拉到這個「世界購物中心」裡頭來。用「資本主義的皮帶」(“belt of capitalism”)把它們緊緊地綁起來。……多國籍公司的萬能的管理者的巧思，將逐步將中共資本主義化。……台灣有一句話：「反攻大陸」。……不是用戰士的生命和昂貴的鎗砲，而是用我們多國籍企業高度的行銷技巧、多樣、迷人的商品！(陳映真1988d：188)

然而，文本裡除了呈現失衡的國際經濟體系，以及擺盪中的國際政治地位，諷刺的是，因爲曾經動盪飄搖的台灣命運，竟使得陳映真預示了日後大陸的經濟體質。但不知陳映真對於斷交事件的促成者——中共——是否加以譴責，而對在中共威逼之中的國民黨主政的台灣是否寄予同情？

中國大陸果然不能脫逃資本主義的誘惑，逐漸步入了陳映真惎之尤甚的跨國體系市場機制中。文化界對於華盛頓大樓系列作品，因此時有批評，如林燿德(1996：139-140)即認爲：

> 與其說陳映真……以左翼視野完成的《華盛頓大樓》系列是「企業·經濟小說」，倒不如說他只是借取這些企業的醜惡內幕來申張(中國的)民族主義和(青年馬克思的)人性的異化批判，而意不在於記錄企業人的日常和描寫變遷社會中的企業商戰型態。「華盛頓大樓」作為一個地理上的隱喻，陳映真的野心正在於重新召喚一種民族自尊，……不僅是為了批判台灣在冷戰後期繼續附庸美國而形成的島嶼經濟型態與殖民地性格的社會情境，更以「被符號化」為經濟帝國主義爪牙的「華盛頓大樓」這個意象，來激盪台灣人在現代化過程中被磨蝕的國族思想。

林燿德據此批判陳映真空有理念，但完全無法提供行動和力量的指標。他認爲八、九〇年代在台灣靠保險業起家者，那些「將資金挹注於金融投資和炒做地皮的『民族資本家』」(林燿德1996：146)，對於經濟、社會和政治面的影響，已「遠遠超過了陳映真一度念茲在茲的外資跨國企業」(林燿德1996：147)。不過，這評論自有侷促處，林燿德恐怕失之以「後見之明」誹詆「先見之明」吧。或許如前所述，這只能說明包括一切的西方思潮，甚至金融、經濟等等層面，都因爲「受到當時台灣特殊的政治經濟情勢的影響，尤其是政治力的滲透與支配」(黃俊傑1995：45)。因此，當屬於西方的一切新式理念，在進入台灣之後立即受到扭曲與整編。

受到利潤制約，跨國公司所秉持的行銷手段，諸如因爲「人生而好爭、自私。……因此，人應善用此本質，以物質利益爲誘因，創造更豐富的生活」(陳映真1988d：187)等等「陰謀設計者」的想頭，持續地在耗損人性。而一堂堂密集的教育改造訓練，正深刻地塑造台灣經濟的後殖民體質。至於林德旺不得其門而入以至於瘋狂，如同是以他「淒慘的無言的嘴」搬演了一齣出人意表、令人低迴的戲外戲。

最後，我們要提出的是，「華盛頓大樓」系列所暴露出的一連串有關社會結構性的問題。此即是在城鄉發展進程中所產生的偏頗現象。如〈雲〉一文中，小文所發現的漂浮在圳溝裡的魚屍，揭露了公害問題；如〈萬商帝君〉一文，姊姊固守著德旺眼中「愚昧、混亂、骯髒、落後」的鄉下，只怕花草若離了土就要枯黃，這也點出了變貌中台灣農村的窮途末路；又如〈上班族的一日〉，那個輾轉來自朴子鄉下的風塵女Rose，即間接質問離開鄉間之後的出路問題；至於〈夜行貨車〉一文中的鄉下，雖然是陳映真與詹奕宏理想的回歸之所，然而因爲鄉下的顏色已改，能否提供救贖，遂另外成爲眾人詰難的議題。

結　語

戰後以迄今日的台灣政治氣候，不斷受到文化菁英們的重新詮釋，並因爲持續地注入新的歷史文化經驗，於是台灣政治社會變遷與大眾生活經驗，便一直處在磨合狀態中，馴至形塑了變貌中的國族認同模式。但不管是基於血緣論的有形條件，或基於共同經驗的無形條件，大體而言，都要經過認知的歷程，才可進一步構成所謂「認同」。

後殖民論述研究核心之一，在於被殖民者採取「反殖民」

行動的文化邏輯。而此行動大率以從殖民主那裡，學得的國族主義爲標的。因此，國族主義之勃興，便成爲研究後殖民現象的匯歸點(盧建榮1999：15)。同樣的，爲詮解半世紀被殖民的傷痕及其後的影響，台灣亦無法輕捨國族論述或民族認同等議題，尤其是台灣本身的特殊遭遇，即具備了足資論述的空間。

造成台灣這種特殊的論述空間，特別是緣於生活在本地的各種族群，及其相互接觸時所產生的衝擊。據1990年戶口普查結果得知，在台灣的外省族群人口約270萬左右㊺，台閩籍人口約1800萬左右。兩者數量差距不小，但由於戰後初始所產生的齟齬，長期以來，省籍關係與國家認同一直處於拉鋸狀態中。在台灣，除了以本省人與外省人作爲族群區隔，另外，視不同情境也會有原住民與漢人，以及鶴佬人㊻與客家人兩種面向的族群區隔標準。在這三條軸線當中，以本省人與外省人互動的政治激化爲最。

有鑑於此，在本章第一節「哀憫大地之子」中，筆者藉：〈永恆的大地〉、〈貓牠們的祖母〉和〈將軍族〉三篇小說，試圖清理與思考省籍和階級的灰色地帶。正如學者所謂：

> 其實，無論是歷史、經驗或是記憶，它們往往是人們選擇性認知的結果，甚或是想像或創造出來的。也就是說，在共同歷史經驗或記憶轉化為主觀的認同之前，必須先經過人們的認知來加以篩選。(施正鋒1998：151)

因而憑靠多元並存、彼此對話，乃至互相矛盾的論述空間，我們力求從輪番遭受蹂躪的人性之變動與消長過程中，詮解糾纏其中的恩怨與衝擊。

如前所述，「西方殖民帝國在宰制亞非第三世界時，她的子民哪怕在母國地位何其卑微，等到了殖民地，搖身一變，變成騎在被殖民者頭上的主人」(盧建榮1999：89)。然而跟隨國民黨來台的這批大陸人，在國民黨爲遂行戒嚴體制的前提下，他們經過重新統一編制及嚴格審查。有的人如前所述接受到居住及職業上的隔離，與台灣本地的社會脈動搭不上線；有的人所編隊部長期駐守外島，打從撤守大陸起，甚且一、二十年未曾到過台灣本島；尚且有流落異國邊境的人，竟連追隨政府播遷的機會都沒有。關乎此，便在「流寓征夫之途」一節中，藉〈將軍族〉和〈纍纍〉兩文來探討遷台大陸軍人一生的悲喜。

大體來說，中低階層的老兵們，其學識不豐、生活應變能力不足，所以難以在競爭激烈的台灣社會中出頭，這是不爭的事實。如前所述，「自謀生活」的老兵因爲不同階級退伍及輔導制度的差異，影響他們日後的發展及生活品質。亦即是說，他們的退伍時間、官階、年齡及個人背景，皆可能影響他們的社會適應。

但一般以殖民型態的二元族群理論來區分省籍關係。因此，1945年以後隨國民黨政權遷台的「外省人」族群，即被視爲是凌駕於多數人口的「本省人」之上的。易言之，他們都是佔優勢的少數統治族群(dominant minority)。在這個定義下，外省人及其所屬的國民黨，便類似於日本殖民政權：他們在接收台灣之後，直接承繼日本的殖民官僚體系，並在政軍高階的人事安排上，以「外省人」替代日本人，因而使外省人取得與其人口數不成比例的領導優勢。

不過，如前所述，已有學者對此提出質疑。其研究特別指出：外省人中有許多退役軍人因為語言隔閡、缺少親屬網絡，並且年老體衰，而居於社會低階層級㊼。但這類研究未深入探討有關他們的實際社會、政治、經濟、文化及心理狀況。而且相關的其他文獻也不多。因此還無法歸納出嚴謹的理論，來反駁這個通俗論述。然而根據胡台麗研究，「榮民」的社會適應力，的確明顯地受到不同階級退伍及輔導制度的影響。

尤有甚者，所謂「外省人」在台灣紮根不易的因素，除了所面臨的是新環境，更重要的是：由於他們不「深耕」，因而難以「生根」。〈永恆的大地〉和〈纍纍〉正傳達一個令人驚異的現實。尤其〈纍纍〉一文描述的：在暮春美麗陽光下，所飄來裸屍的腐臭味，其屍身上的男性憤立，但生命終止。

反觀永恆的大地，它始終兀自存在，它始終默默承受，它也始終在靜謐中再生自療。然而，不管活在大地上的人一生有幾番起落，百年之後都將骨肉化灰、因風飄逝，「人事有代謝，往來成古今」，足堪哀憐的倒是這些大地之子，即使他們之中有精於算計者，也難逃天地算計之列，因為他們終將消亡。

第三節所探討的是：跨國企業對台灣經濟的影響。以「疏離軌道之外」為題，意指：陳映真之脫於常軌特立獨行，因此首先他是脫離所謂「正常」軌道之外的人；其次，陳映真以社會主義思想的標準，檢驗流連在資本主義門口的人們，則那些人們之於陳映真而言，正也是疏離於他的「正常」軌道之外的人。是故，在各自以「二元辯證」法檢驗對方的立場上，不論是在資本主義覆蓋下「異化」而與自身「疏離」的企業人，或是面對資本主義和國家機器時，自行驅離於外的陳映真，都無異是疏離於軌道之人。

本節以「華盛頓大樓」系列四篇小說爲經，以美援及其一系列措施使台灣長期被包縛在美國卵翼之下爲緯，企圖探究其中「後殖民」的意義。

持平而言，在風雨飄搖的五、六十年代，美援著實提供了社會經濟重建的契機。然而，我方經辦美援業務者不是財政部，而是由「美援運用聯合委員會」負責，它獨立於政府財政預算之外，而使美方可藉此規定經援運用對象，並可抑制美援資源被國府私自挪作國防軍事實力之擴充。因此，美援對台灣的意義：在經濟重建工程上，它具有實質助益；在政治國防上，美國卻以援助爲名屢屢橫加掣肘。

迪特馬・羅特蒙特(2000：224)以專章討論「發展援助還是新殖民主義」，似乎正道出日後台灣與美國關係的弔詭性：「幾乎沒有一個擺脫殖民統治、獲取獨立的國家不制定五年計劃或提出類似的東西。舊有殖民國家圈外的發展援助提供者在給有關國家提供資金時，也要求它們出示這些計畫」。

不過，另有學者如Thomas Baron Gold(1986：28)對於美商跨國企業在台灣的貢獻與影響有不同的看法。他認爲美商不僅藉著台灣的質高價廉的勞力，爲台灣爭取到國際經濟的比較利益，同時還或多或少地幫助台灣尋求技術和產業結構的升級。只是，若要論其負面影響，則正因上述因素而加深台灣對美國經濟情勢的依賴。

除此，陳映真更藉「華盛頓大樓」系列作品針砭資本主義的作用力無遠弗屆，它使環繞其中的人很難例外地都喪失了各自的單一民族文化，馴至接受業經文化帝國主義洗禮的全球性涵蓋。陳映真甚而藉陳家齊和劉福金暗喻：忠黨愛國的時代日漸式微，主張就地本土化的新趨勢漸興盛；但他不忘再以後現代的意象及行銷管理學的魅力來編派二者。這或許就是陳映真後來求通於第三世界文學論和大眾消費社會論之主因吧？資本主義既已收編統獨兩派，站在信奉社會主義的立場，陳映真必須穩守解放第三世界弱小民族之大纛，以昭告世人：資本主義其心可議。

但資本主義網絡已覆蓋全球，再多的陳映真恐怕也無法推擋。這種強勢令人氣弱，而更令人迷惑的是：台灣歷來經過日本帝國主義殖民，又深受「沒有殖民地」的帝國——美國的經濟體制之牽制；在後冷戰時期更遍嚐「沒有母國的殖民帝國」——國民黨政府統治之苦。百年來的台灣飽經憂患，像被糾纏在難以掙脫的連環套裡。歷觀行將老去的世紀風貌，曾經主宰著戰或和的歷史人物，如今竟詭譎地雲端上看廝殺。

或許樂觀地想：台灣之所以還能存在，就是在這樣的百煉鋼中，找到了一個得以喘息的縫隙吧？不過，誰能知道？被這兩條新舊時代的鎖鏈團團纏繞著的台灣，這樣的變化究竟是幸還是不幸？

註釋

① 見Ien Ang：〈不會說中國話——論散居族裔之身分認同與後現代之種族性〉，《中外文學》二十一卷七期，1992年12月，頁53。

② 見：〈永恆的大地〉，《作品集3》，頁26。

③ 見封祖盛：〈陳映真論〉，《作品集15》，頁65。

④ 見：《作品集15》，頁65。然而封文以為孩子是女人與這個作為兒子的男人所有，是錯誤的。詳見陳映真：〈永恆的大地〉，《作品集3》，頁34。

⑤ 見張良澤編：《鍾理和全集(2)：原鄉人》(台北：遠行，1980年)，頁22。

⑥ 同上注，頁29。

⑦ 見：〈貓牠們的祖母〉，《作品集1》，頁66-67。

⑧ 見尉天驄：〈並不是所有的人都活在黑夜裡——談陳映真的小說〉，《中外文學》四卷八期，1976年1月，頁52。

⑨ 見劉紹銘：〈愛情的故事〉，《作品集14》，頁14-31。劉在此文所論析的是：〈將軍族〉、〈一綠色之候鳥〉、〈六月裡的玫瑰花〉。

⑩ 林慶彰以為陳映真在「民國六十二年七月出獄」，恐怕是筆誤了。詳見林慶彰：〈當代文學禁書研究〉，《五十年來台灣文學研討會論文集——「台灣文學出版」研討會》(行政院文化建設委員會，1996年6月)，頁207。

⑪ 見：〈將軍族〉，《作品集1》，頁147。

⑫ 見劉紹銘：〈愛情的故事〉，《作品集14》，頁17。案：劉文發表於1972年9月《中外文學》一卷四期。陳映真於1975年因特赦減刑出獄及出版小說集，都在劉文發表之後。設想在陳未出獄之前已然再度造成推崇陳映真的風氣，一來豈不是為難了當局？二來若不及時挫陳銳氣，恐怕後果堪憂。

⑬ 見宋冬陽：〈縫合這一道傷口——論陳映真小說中的分離與結合〉，《作品集14》，頁142。案：本文發表於1981年7月的《美麗島》雜誌48、49期。

⑭ 見高天生：〈野火在暮色中燒——論陳映真的作品及其「轉變」〉，《民眾日報》，1979年4月27-29日。

⑮ 詳見大愛頻道：「大愛新聞雜誌」節目，楊渡所作訪談，2000年1月23日及30日。訪談紀錄亦轉載於《中國時報》。

⑯ 對於「榮民」身分的認定，官方的範圍很廣，甚至包括服役五年以上退伍的台灣省籍軍人。但根據胡台麗研究，「對於退役的外省籍軍人而言，……他們通常提到『榮民』時不習慣將台灣籍退伍軍人包括在內。……當我要求台灣社會『非榮民』，特別是台灣省籍民眾描述他們觀念中的『榮民』時，所得的答覆十之八九是低階退伍的外省籍士官兵，在民間從事不固定、低技術性的工作，單身或晚婚，住在『榮民之家』或散居四處」。即民間慣稱的「老芋仔」。詳見胡台麗：〈芋仔與蕃薯——台灣「榮民」

的族群關係與認同〉，收錄於《族群關係與國家認同》，頁281。

⑰ 見：〈纍纍〉，《作品集3》，頁53。

⑱ 見胡台麗：〈從沙場到街頭：老兵自救運動概述〉，收錄於徐正光、宋文里編：《台灣新興社會運動》(台北：巨流，1988年)，頁164。

⑲ 符合請領終身俸待遇者，其條件是：凡服現役實質年資十五年以上，年齡滿六十歲者，或年資二十年以上者，依規定有資格享受終身俸。案：細究胡台麗的論文，其中「士官兵」一詞所代表的包括了軍官、士官及士兵，這似有不妥。因為「士官兵」指的應只有：士官、士兵。因此，本論文逕以一般軍方慣用的名詞：「官士兵」，來進行探討及敘述。

⑳ 這個較寬廣的定義，是依照社會上的一般認定來說。若依官方較狹義的說法：「自謀生活」的榮民指的是支領一次退除役給領，且未曾接受輔導會就養、就業等安置者。胡台麗特別以民間一般的定義來與政軍方面的定義作出區別，以便統合地分析這些包括接受退輔，但沒有退休俸，而生活較清苦的中下階層老兵。詳見胡台麗：〈芋仔與蕃薯——台灣「榮民」的族群關係與認同〉，收錄於《族群關係與國家認同》，頁286。

㉑ 尤其因民國62年軍中待遇大幅調整，其調幅約五倍之譜。這以後退伍者只要合乎條件皆可領終身俸；即使支領一次退伍金者，亦因是自由意志選擇，大半無怨言。見胡台麗：〈從沙場到街頭：老兵自救運動概述〉，收錄於徐正光、宋文里編：《台灣新興社會運動》，頁166。

㉒ 如前所述，直至62年，軍中待遇才大幅調整。

㉓ 陳映真在六〇至七〇年代即寫作這類關懷老兵問題的作品。而1982年繼李師科犯下重案之後，還有王迎先等人前仆後繼。後來李祐寧和虞戡平更以影像紀錄這一類悲劇，如孫越主演的：「老莫的第二個春天」、「搭錯車」；以及其他人的其他類似作品。

㉔ 其他詳見胡台麗：〈從沙場到街頭：老兵自救運動概述〉，收錄於徐正光、宋文里編：《台灣新興社會運動》，頁319-320。

㉕ 見宇文正：〈訪陳映真談新作〈歸鄉〉〉，《聯合報》1999年9月22－24日。

㉖ 同上注。

㉗ 同上注。

㉘ 見齊益壽、蔣勳對談：〈個人的尊嚴，民族的尊嚴——談陳映真的「夜行貨車」〉，《台灣文藝》(1978年6月)，頁172。

㉙ 見許達然：〈從辦公室到工廠——談陳映真的「夜行貨車」與「雲」〉，《作品集14》，頁117。

㉚ 見李堯：〈「夜行貨車」的意象和人物描寫〉，《台灣文藝》(1978年12月)，頁37。

㉛ 見上注，頁37。除上注引述外，李堯在該文評的其他部分，囟誤以為林榮平是出身望族，並因以這個理由作為評論林榮平的依據，顯然出現侷限處：因未細讀文本而扭曲文意。

㉜ 見：〈夜行貨車〉，《作品集3》，頁135。

㉝ 引文轉引自張頤武：〈全球性後殖民語境中的張藝謀〉，選自張京媛編：《後殖民理論與文化認同》，頁415。

㉞ 引文轉引自朱耀偉：《後東方主義——中西文化批評論述策略》，頁210。

㉟ 見林燿德：《敏感地帶——探索小說的意識真象》(台北：駱駝，1996年9月)，頁140。

㊱ 見邱貴芬：〈性別／權力／殖民論述：鄉土文學中的去勢男人〉，鄭明娳主編《當代台灣女性文學論》(台北：時報，1993年5月)，頁26。

㊲ 見：〈上班族的一日〉，《作品集3》，頁148-149。

㊳ 見：〈雲〉，《作品集4》，頁7。

㊴ 見詹宏志：〈尊嚴與資本機器的抗爭〉，《作品集14》，頁94。

㊵ 見徐正光：〈從異化到自主：台灣勞工運動的基本性格和趨勢〉，《台灣新興社會運動》(台北：巨流，1989年8月)，頁105-106。

㊶ 見張啟疆：〈當代台灣小說裡的都市現象〉，《五十年來台灣文學研討會論文集——「台灣文學發展現象」研討會》(行政院文建會，1996年6月)，頁207。

㊷ 見履彊：特約討論張啟疆的〈當代台灣小說裡的都市現象〉，《五十年來台灣文學研討會論文集——「台灣文學發展現象」研討會》(行政院文建會，1996年6月)，頁228。

㊸ 轉引自楊渡：《強控制解體》，頁129。

㊹ 見：〈萬商帝君〉，《作品集4》，頁123。

㊺ 此數據資料來源是：《自由時報》1992年11月28日報導內政部戶政司資料。原來資料所顯示的有人口籍貫分佈表和外省籍人口按省籍分兩種，但若是外省與本省結婚所生第二代，究竟是屬本省或外省籍，則並無細述。

㊻ 據施正鋒表述：「Holo族群習慣自稱『台灣人』；客家菁英往往認為太具擴張性，而一般客家人稱之為『福佬人』；在過去，官方稱之為『閩南人』或『河洛人』，帶有源自中國的言外之音」（見：《族群與民族主義》，頁171）。在這裡，「鶴佬」是採洪惟仁：《台灣語言危機》(台北：前衛，1992年)建議，僅借其音而不計較其義。

㊼ 以上為胡台麗引述Gates研究結果。詳見胡台麗：〈芋仔與蕃薯──台灣「榮民」的族群關係與認同〉，收錄於《族群關係與國家認同》，頁285。

結論：翻轉大敘述的記憶

社會學家涂爾幹以爲：當社會制度劇烈變遷，以致無法規範人們日常生活行爲之時，人們在無所適從的情況下，可能產生「迷亂」(anomie)現象，甚且將造成「迷亂性的自殺」。廣義而言，「死」的面目多樣，或身亡，或心死，如果不能制止死亡的發生，握筆的人自奉身負言責，則必須爲翻轉大敘述而新撰記憶。

但在受支配的體制下，作家其實跟其他人一樣，不可能接觸過去的歷史，即使是在獄中直接面對五十年代政治犯的陳映真，亦不能免。簡言之，他所得到的「記憶」來源，實已經過濾篩。「歷史失憶症」於是成爲所有歷經過殖民狀況社會一個普遍存在的文化現象。因此，依學者歸納，我們視陳映真爲：從受迫者的歷史情境出發，經由「歷史化的同情」，投注他所有關懷的作家。簡言之，他是把所有「受迫階級都整合在『反宰制』的前提之下」(廖咸浩1995：175)。

綜觀之，其小說作品所涵蓋的重點有：

一、關懷後期資本主義發展的「大眾消費社會」與「行銷」手段，及其所造成的異化文化與生活方式。

二、批判現代性的時代產物，諸如沉浸於內心追索和耽溺於文化遊戲等現象，並主張關懷社會現實，對治人性黑暗面。

三、站在「依賴理論」立場上，批判台灣社會之缺乏自主性經濟的體質。

四、用小說創作佐以人道關懷，揭開被遺忘良久的社會底層面貌，促使人們重新思考生存的意義。

五、以全中國人民之苦難為訴求點，立根於中國國族主義，以批判其他主張。

陳映真以這五項重點批判帝國主義，其立場迄未改變。尤其後期的「華盛頓大樓」系列及所謂的「政治小說」，它們被排擠在八十年代「鄉土寫實」主流文風之外，但卻比主流的創作潮流表現得更為搶眼。其特色是它們「清楚地要以『寫實』來傳達強烈的批判意念，在改革社會的意圖上繼續上追七〇年代『鄉土文學』的作品」①；並且因為受到鄉土文學論戰的發展之影響，這些作品都是「以『寫實』原則探向過去，試圖重構歷史的小說」(楊照1998：192)。

雖然陳映真「意念先行」的目的很顯明，但無損於他所刻意營造的「左派高貴情操」。因此楊照(1998：194)認為：尤其政治小說部分，縱使並無實際交代任何具體的歷史事件，但是其作用昭然若揭：

> 它們的成就毋寧是在以歷史的架構引介了一種台灣社會甚為陌生的政治情操以及為理想而犧牲者非但不是罪人，反而具有高貴道德位階的信念，逆轉了官方主流的歷史是非善惡評定。

在這一層次上，當然還有不少人同時努力著。所以，戰後至解嚴這四十年，台灣在國民黨政府嚴密掌控下，竟然能發展屬於民間的主體性。職是之故，當國民黨這個強控制體官僚系統自我腐化的同時，其賴以立足的「小農經濟」已不復存在，於是台灣資本主義化的發展便產生新貌，並使其強控制體系統再無維持平衡之力了，因而所謂黨機器漸漸走上「解體」之路。

但如前所述，五十年來吃台灣米、喝台灣水的外省籍人士與本省籍人士的融合，始終引發爭議。按理，他們身在台灣應該尋求同化(asaimilation)，積極努力融合的。然而，早先「優勢少數」的外省人不作如此想，因而伏下日後諸多衝突的導火線。在省籍糾葛中景況最爲窘迫的，是那些「非優勢少數」身處社會低下階層的大陸人，他們由於身分特殊，有時竟像法農所謂「肉體的詛咒」(corporeal malediction)，使他們難以和台灣人融洽共生，有關族群的議題討論亦因此而無時或止。

歷來對於被殖民的歷史，陳映真深詆其非，他不僅刻意翻轉大敘述，更力圖彰顯資本主義的罪惡，突出當道者的威勢，並試圖替那些亟於找尋出路而不可得的人提出控訴，他是以人道精神之關懷和社會公義之要求，作爲其作品的基本調性。爲求展呈此一體系作品，陳映真拈出惡果的導因：二次大戰之後，資本主義國家的經濟體開始全球化，多國企業與跨國分工的市場經濟，將國際之間眾多經濟體併納在一個巨大網絡之中。此即學者所謂「新式殖民主義」：

> 在工業國，這隻看不見的手使同質化和網絡化的程度越來越高。……。在世界市場的邊緣地區，「看不見的手」大多沒有起到經濟同質化的作用，而是使經濟異質。(迪特馬．羅特蒙特2000：243)

置身後殖民狀況中的台灣社會，亦難逃這隻「看不見的手」的收服。究其實，經濟之所以產生異質現象，是因爲此市場經濟所造成的發展並非全面性。它往往只涉及某些地區和產品，也只能使少數國家因生產的改變而擺脫殖民經濟的舊模式。但是這樣的「新殖民主義」卻較諸以往來得更駭人，因爲它更像不斷蔓延的惡疾。是故，在這樣一個資本主義經濟中，貧窮是必然的結果。陳映真於是戮力以小說文本進行反帝國主義、反資本主義，以及反對依附於美日帝國資本主義卵翼之下的國民黨政府的工程。

在國民黨政府執政時期的台灣社會，歷經數度變遷。自五十年代起，土地改革政策爲社會發展提供了客觀、有利的條件，形成所謂的台灣經濟起飛期。不過，在逐漸成長於世界經濟體系的同時，民間團體亦間接從社會經濟現實中，學習到履行義務之外，所應享有政治「民主化」和「自由化」的權利。

六十年代發生石油危機後，當歷時十年之久的全球經濟大蕭條波及台灣的同時，原來依附於美日經濟體系的性格一旦凸顯，國民黨威權即受到嚴厲挑戰；再加上釣魚台主權事件，以及被迫退出聯合國的窘狀，國民黨政府代表中國身分的合法性，也嚴重遭遇質疑，這便使得知識分子重又回頭乞援於民族主義。

相應於撻伐帝國主義及其發展出的現代主義之國際化傾向，七十年代台灣文壇曾經喊出「回歸鄉土」的口號，其題材明顯表現出民族內涵和鄉土本色。在當時，其寫作範疇尚未劃分大陸或台灣之區域性，一致地炮口向外。其中對鄉土人物的描寫，深深蘊含悲憫之情，因爲城鄉差距所導致的小人物悲劇，比比皆是，是故，台灣經濟的殖民地性格判然呈現。順此情勢發展，其後果是：人民開始自覺，並思索國民黨政府所帶給台灣的影響。

不過，一連串受挫於國際政治舞台的國民黨，卻因此高度突出中共的得意與活躍，而使原來的民族主義內涵，產生重大歧義：一部份的民族主義者立基於愛「中華民國」，當大陸中共壯大一分，對台灣的威脅相形之下加重一分時，他們的中華民國，就變成了安身立命的這塊土地——台灣。另一部分的民族主義者愛中國民族，他們大抵是超越國、共兩黨政權之上的；只是在必要選擇時，有部分人則投向兼具民族主義和社會主義的中共；特別是在洞悉台灣經濟的依附性格，看穿美日對台灣剝削的實質，並且同情在發展過程中受到忽視的中下階層時，則這些民族主義者便格外地乞靈於社會主義。

當然，其中部分知識分子是不具左翼社會主義色彩的，他們單純地感於長期受國民黨政權壓迫，又且目擊在農村或城市邊緣辛勤勞動的父母輩，其一生汲汲營營仍不免於被剝削、被漠視，因此，他們用筆吶喊其心聲；他們是立基於反國民黨的台灣民族主義者。民族主義在台灣之具歧義性，馴至使民族主義者的道路自茲呈分背狀態。

一直到「黨外」活動蓬勃，本土政治勢力高漲，歷經數以千百計的抗爭，終於在1979年十二月十日世界人權日當天，武力鎮壓「美麗島」一事上，人們對敗走來台的國民黨政府的反感情緒達到高峰，於是進而形成更多難解的省籍情結。前此鄉土文學的原意隱而不顯，更隨勢將「鄉土文學」所指的鄉土歸納合流到「台灣文學」裡，它強調台灣的本土性，並企圖將台灣文學從中國文學的版圖中分割出來。

時局從此改觀，陳映真所奉行的理念主軸遭遇時勢考驗，但是他的聲音並未稍事減弱。然而他甘冒不韙，仍堅守中國國族主義的立場與身分，遂使他成爲敏感而頗受爭議的「政治性」作家。除卻政治性的敏感，陳映真所提供人們思索的課題，事實上是極具意義與價值的。諸如關注鄉土的發展、關注社會底層卑微人們的生存、關注知識分子的社會流動等等。不過也正因對這股潮流的力難挽瀾，於是他積極求通於「第三世界文學論」及「冷戰──依賴」論。究其實，對於民族感情和社會正義，陳映真不改初衷，因此，帝國主義對第三世界人們習焉不察時所造成的支配與影響，在台灣，陳映真仍是敢於直面挑戰，並提出強烈而嚴正的控訴與批判的第一人。

但資本主義果真罪大惡極嗎？從一個自由主義經濟學家的角度看，「台灣的躍昇機會主要來自美國對蘇聯的恐懼」(George T. Crane1986：49)。因此，像台灣這樣的半邊陲國家，其政治角色實更具問題性：

> 半邊陲國家的政治角色是什麼？答案是它的角色與核心國家和邊陲國家相同：試圖在敵對世界中生存，保衛自己免受外國侵略，而且改善經濟情況。……因此，……，一個邊陲或半邊陲國家的經濟進步，經常起因於核心國家的政治慾望。(George T. Crane1986：52)

換言之，所謂半邊陲國家，是當它擁有特殊的經濟角色才被賦予的，而被賦予的理由，泰半是政治性高於經濟性(George T. Crane1986：49-52)。因之，它往往是處於受宰制的被動地位。

尤其在政府意欲提昇台灣經濟力層次，而著眼於資本的累積及技術水準的提高，於是放寬對跨國企業的控制。由於處境特殊，政府與跨國企業的關係不僅僅是經濟的，更是政治的。吸納多國廠商設廠投資，首先能避免台灣經濟過度仰賴少數資本雄厚的大公司，有助於分散風險。其次，在各個不同國籍跨國公司的生產過程中，台灣理所當然地勝任了連結樞紐的角色，一旦台灣安全受到威脅，跨國企業能與台灣沆瀣一氣，形成彼此利益一致的立場。因而在這個意義上，跨國企業「已成爲台灣推展實質外交、突破孤立的重要管道」(Thomas Baron Gold 1986：29)。

的確，當台灣躑躅於國際政治舞台的同時，跨國企業顯然已經取代了各國大使館，是使台灣在國際地位上受到肯定的象徵。尤其近半世紀附麗其中的台灣能一反常態，它不傾於風詭雲譎的國際現實，即使1979年因中美斷交益添其險勢，卻在1984年的對外貿易上，交出全世界第十五名的成績單。因此就目的論而言，台灣能在依賴中自求活路，造成特殊的「台灣奇蹟」。如此，台灣算不算深諳「以夷制夷」之道呢？

至於近二十年來，攸關乎此的解釋權，形成了一場新的爭奪戰，雖然其中不乏有認爲台灣已經進入晚期資本主義的人，但台灣究竟已然進入後工業社會，或者仍置身於後殖民歷程，恐怕尙待時間的淘洗與沉澱。究其實，快速的工業化，固然使台灣躋身「新興工業國家」(NICS)之列，但是這個台灣奇蹟所造成的亦不乏負面惡果，如：人際之間的疏離感，使人之所以存在出現歧義性；人與自然之間的疏離關係，亦使大自然以反撲之姿回應人類的肆意破壞。

尤有甚者，伴隨著經濟進展，民主化的根芽同時在中產階級和智識階級的身上萌生茁壯。但因爲基本上其發展是依循歐美民主政治的軌跡，因此所謂的政治，已不復傳統。易言之，人們不再「將政治領域視之為諸般階級、社群或族群的利益之衝突以及協調的場所」。因此，黃俊傑(1995：187)認為：

> 政治不再是古代中國儒家所想像的「道德的社區」，政治人物也不再是人民道德福祉的創造者(儘管他們常常打著道德的旗幟，也呼喊著道德的語言)，而是自己利益的追求者與協調者。

故此，除了大自然的反撲，有關社會中下階層人民的苦悶，以及台灣社會貧窮的困境，因為深受政治經濟體制的限制，所以無法成為國家社會政策的重要目標。其肇因是：

> 台灣經濟發展導致的均等分配的迷思，威權體制的發展主義，以及一種普遍的「經濟發展崇拜」。(因此)在經濟發展和威權國家結構的背景下，貧窮階級是被忽略的一群。②

於是文化被重構了，傳統異質化了，而陳映真執意翻轉大敘述的記憶，亦不可輕信。陳映真所謂的改革理想遂走進「政治不正確」的死胡同裡去了。這條胡同往往能進不能出，因此當他們的理想無法克奏膚功，便充其量只能發出浩嘆與天問：「這樣朗澈地赴死的一代，會只是那冷淡、長壽的歷史裡的，一個微末的波瀾嗎？」(1988e：141)

不過，若陳映真力圖翻轉大敘述的記憶有罅隙，願意深思的人們又將何去何從？如果要深究小說作品是否忠於史實，試問：歷史論述必定忠於史實嗎？歷史的撰寫權落入何人之手，實無法與政權更迭脫除干係。歷史論述各有其觀點及目的，文學作品本身也有其內在邏輯。一部小說作品若欲借重千秋筆法評斷歷史，並且是有所為而為，則作家的文學秉性與其政治宣傳目的如何調和，則是一項相當重大而艱鉅的工夫。陳映真之所以時而受到抨擊，原因或即在此。但因為歷史的撰寫權旁落，陳映真以異端敘述挑戰當道，應該算是一種「脫中心」吧？或許這正符合在後殖民時代為重建主體性的目的所做的堅持。

本論文完稿之際，陳映真最新小說〈夜霧〉開始在報上連載，陳映真果然著力進行歷史的「清理與批判」之工程。陳映真採取「反言若正」的手法，深刻描述處境堪憐的主人翁，但是，壓迫者曾經盤據在被壓迫者肩上冷笑的事實，仍鑿刻出中心與他者之間難以泯滅的界線，及其尚且隱藏的危機。

因此，死的終程是必然的。是血腥的氣味使他們從此無心於風景，死亡或瘋狂對他們而言不啻是逃避，恐怕是權衡之後優先要選擇的一條解脫的「前途」。因為，捨此別無。也許無奈就死是一種墮落吧？最悲哀的或恐是缺乏勇氣仰藥或手刃的呢！

如果能夠擦拭歷史的錯誤，彼此還可以心照不宣地活下去。可惜無法使人們遺忘想要遺忘的，而且治療遺忘的方式，往往是殘酷而尖刻。強逼一個罪孽滿身的人面對罪惡，並不容易，除了令他齏骨粉身，無補於事。

但可怕的是：宰制的意識型態自有其強有力的繁衍力，當整個國家力量都選擇性地消弭不利於國家的雜音，雜音只會越來越小聲，而國家機器的轉速反而越來越暢順。或者依阿杜塞(Althusser)的說法，可說明所有國家機器都是靠著壓迫和意識型態來運作。但更可怕的該是傅柯(Foucault)所謂的「規訓與懲罰」，他說明：一旦加諸肉體的壓迫愈來愈細緻，人們就會忘記他的痛，反而感到一種欣慰③。或許這就是殘酷的歷史一再重複之因吧！

新作〈夜霧〉於是提供了一扇窗口，教曾經蒙昧的人們去思索攸關政治操弄與歷史真相的弔詭。問題是：由於陳映真特有的理路所引發的特有的議論空間，仍使其無法擺脫理想主義者的關懷。

不過平心而論，在早期，陳映真雖然也基於人道主義精神，力圖打破一切權力上的不平等，但他與他的作品之間，卻形成一種莫名的距離：作品的幽暗情調與筆觸的濃膩沉重，彰明了這個「市鎮小知識分子」的能力有限。知識分子能夠改革社會的力量被質疑，也就因而突顯了其虛僞性。但如今〈夜霧〉行文之俐落，深切鞭辟入裡，倒反過來逼使人們直面政治操盤手的虛僞本質。

或許陳映真作品之所以撼動人心，原本不只是其中所散發的理想氣質，設若我們能夠接納他關切民族和諧感情之切之深，又怎忍心因爲他「此刻」的「政治不正確」而怒則分背相蹄？但這問題現時無法釐清，或許以施正鋒對於台灣的族群政治所做分析，稍可綜理其中糾葛：

> 不管來台先後，台灣四大族群命定要安身立命於此：……。台灣人意識的凝聚，要主觀地建立在大家對於這塊土地的愛，並不要求所有的成員在客觀文化特徵上一定要虛浮的劃一。也就是說，一個均一的台灣民族，可以包容多采多姿的多元族群，因為認同是可以多重層級的

(hierachical)，亦即民族與族群具有上下位階的關係。④

然而這說法是否為陳映真接受，又還在未定之天。

可知的僅是：台灣的族群問題向來難解難分，它素來是以男性為中心的大敘述，然而在後殖民進程中，最不該或忘的應是邊緣之外的女性問題。基於此，如果說陳映真的正義感與對歷史的敏感度，能促使其宗教信仰不墮入逃避主義或買辦主義，並且在這些條件結合的基礎上，他找到了基督教與社會主義的共通點，因而「對於特定歷史狀況中的受迫階級給予『歷史化』的關懷」(廖咸浩1995：175)，那麼，陳映真對於女性的關懷層面太窄，則須如實受到批評。

在後殖民進程當中，陳映真透過筆下人物持續地以階級之爭抗辯普遍存在的族群性(ethnicity)，及其所導致的社會分歧(cleavage)。但不可諱言，理想的獨行者陳映真在國家正義的大敘述底下，往往被擠壓變形。因為形勢比人強，時運際會所構成的巨大影響力，令陳映真堅持的理念受到諸多詰難。加上近年來在台灣民主化的改革歷程中，陳映真式的知識分子襟懷也只能在極具嘲諷意味的檢驗標準下，呈露出這個理想獨行者負嵎頑抗的姿態。尤其1987年廢除戒嚴令，這個世紀末變局致使整個情勢重新洗牌。

其實又有幾人能逃脫這個夢魘的籠罩？百年來的殖民夢魘是怎樣的一個試煉呢？是天地不仁，以萬物為芻狗嗎？無聲的嘆息，酸楚恆倍於出聲的慟哭。在國家機器界義下的人們，無奈地，俯仰只能隨人。

因為無法重返歷史現場，毋寧相信這試煉的必要性。古諺曰：「為政猶沐也，雖有棄髮，必為之。愛棄髮之費，而忘長髮之利，不知權者也」。權衡爲政之道，或更應關注生靈百姓，此則黎庶祈願。

註釋

① 見楊照：〈從『鄉土寫實』到『超越寫實』〉，《夢與灰燼——戰後文學史散論二集》(台北：聯合文學，1998年4月)，頁191。

② 見蔡明璋：《台灣的貧窮——下層階級的結構分析》(台北：巨流，1996年8月)，頁12。

③ 詳見傅柯著、劉北成等譯：《規訓與懲罰》(台北：桂冠，1993年)。

④ 其原因是：「外省老兵返鄉後大多又死心塌地回到台灣；鶴佬人不可能去結合在中國福建、菲律賓、新加坡裡的福建人來建立『福建國』；客家人也難整合所有海內外客家人建立『泛客家國』；而原住民各族若想加入東南亞的大馬來運動、建立『泛馬來國』，更是比登天還難」。詳見施正鋒：《族群與民族主義》，頁197。

參考書目

一、書籍類

張果為：《台灣經濟發展》，台北：正中書局，1970 年。

葉榮鐘：《臺灣民族運動史》，台北：自立晚報，1971 年 9 月。

蔣君章：《臺灣歷史概要》，台北：中外圖書公司，1974 年。

張良澤編：《鍾理和全集(2)：原鄉人》，台北：遠行出版社，1976 年 11 月。

金耀基：《中國現代化與知識分子》，台北：時報文化出版企業有限公司，1977 年 4 月。

陳其南、陳秋坤編譯，Raman H. Myer(馬孟若)著：《臺灣農村社會經濟發展》，台北：牧童出版社，1979 年。

葉石濤：《台灣鄉土作家論》，台北：遠景出版事業公司，1979 年 3 月。

胡秋原：《文學藝術論集》，台北：學術出版社，1979 年 11 月。

郭廷以：《近代中國史綱》，香港：中文大學，1980 年。

胡秋原：《西方文化危機與二十世紀思潮》，台北：學術出版社，1981 年 7 月。

葉啓政：〈三十年來台灣地區中國文化發展的檢討〉，朱岑樓主編：《我國社會的變遷與發展》，台北：東大圖書公司，1981 年。

余英時：《史學與傳統》，台北：時報文化出版企業有限公司，1982 年 1 月 1 日。
李樹青：《蛻變中的中國社會》，台北：里仁書局，1982 年 3 月 15 日。
葉石濤：《文學回憶錄》，台北：遠景出版事業公司，1983 年 4 月。
何欣：《當代台灣作家論》，台北：東大圖書公司，1983 年 12 月。
羅青：《什麼是後現代主義》，台北：學生書局，1883 年。
佛斯特：《小說面面觀》，台北：志文出版社，1984 年 4 月。
林衡道：《臺灣歷史百講》，台北：青文出版社，1985 年。
吳濁流：《亞細亞的孤兒》，台北：遠景出版事業公司，1986 年 6 月，再版。
蔡源煌：《當代文學論集》，台北：書林出版有限公司，1986 年 8 月。
夏志清：《夏志清文學評論集》，台北：聯合文學出版社，1987 年 8 月。
高棣民：《從國家與社會的角度觀察——臺灣奇蹟》，台北：洞察出版社，1987 年。
楊渡：《強控制解體》，台北：遠流出版社，1988 年 3 月。
呂正惠：《小說與社會》，台北：聯經出版事業公司，1988 年 5 月。
王德威：《眾聲喧嘩——三〇與八〇年代的中國小說》，台北：遠流出版事業股份有限公司，1988 年 9 月。
程錫麟等譯：《女性的奧祕》，成都：四川人民出版社，1988 年。

孟樊：《後現代併發症》，台北：桂冠文化圖書有限公司，1989年。
陳永興：《拯救台灣人的心靈》，台北：前衛出版社，1989年2月。
戴國煇：《台灣總體相──住民・歷史・心性》，台北：遠流出版事業股份有限公司，1989年9月16日。
李雲漢：《中國近代史》，台北：三民書局，1990年3月。
孫隆基：《中國文化的深層結構》，台北：唐山出版社，1990年6月。
孟樊、林燿德編：《世紀末偏航──八〇年代台灣文學論》，台北：時報文化出版企業有限公司，1990年12月15日。
前衛編輯部：《二二八學術論文集》，台北：前衛出版社，1991年1月。
黃重添等：《台灣新文學概觀》，廈門：鷺江出版社，1991年6月。
葉石濤：《一個台灣老朽作家的五〇年代》，台北：前衛出版社，1991年6月。
鄭明娳、林燿德編著：《時代之風──當代文學入門》，台北：幼獅文化事業公司，1991年7月。
谷蒲孝雄編著：《國際加工基地的形成──台灣的工業化》，台北：人間出版社，1992年6月。
陳玉璽：《台灣的依附型發展》，台北：人間出版社，1992年7月。
《大溪檔案：台灣二二八事件》，收於中研院近史所「二二八資料選輯(二)」，台北：中研院近史所，1992年。
呂正惠：《戰後台灣文學經驗》，台北：新地文學出版社，1992

年 12 月。

西蒙・波娃著、楊翠屏譯：《第二性》第三卷：正當的主張與邁向解放，台北：志文出版社，1992 年。

張茂桂等：《族群關係與國家認同》，台北：業強出版社，1993 年 2 月。

鄭明娳主編：《當代台灣女性文學論》，台北：時報文化出版企業有限公司，1993 年 5 月 15 日。

王育德：《臺灣——苦悶的歷史》，台北：自立晚報文化部，1993 年。

殷允芃：《發現臺灣》，台北：天下文化出版部，1993 年。

涂兆彥：《日本帝國主義下的台灣》，台北：人間出版社，1993 年。

劉登瀚：《台灣新文學概觀》，大陸：海峽文藝出版社，1993 年。

孫大川：《久久酒一次》，台北：張老師雜誌社，1993 年。

傅柯著、劉北成等譯：《規訓與懲罰》，台北：桂冠圖書公司，1993 年。

湯林森：《文化帝國主義》，台北：時報文化出版企業有限公司，1994 年 5 月 30 日。

朱耀偉：《後東方主義——中西文化批評論述策略》，台北：駱駝出版社，1994 年 6 月。

廖炳惠：《回顧現代——後現代與後殖民論文集》，台北：麥田出版股份有限公司，1994 年 9 月 15 日。

黎湘萍：《台灣的憂鬱——論陳映真的寫作與台灣的文學精神》，北京：生活・讀書・新知三聯書店，1994 年 10 月。

高天生：《台灣小說與小說家》，台北：前衛出版社，1994 年 12

月。

呂正惠：《文學經典與文化認同》，台北：九歌出版社有限公司，1995年4月。

楊照：《文學的原像》，台北：聯合文學出版社，1995年5月。

張京媛編：《後殖民理論與文化認同》，台北：麥田出版股份有限公司，1995年7月20日。

黃俊傑：《戰後台灣的轉型及其展望》，台北：正中書局，1995年8月。

王浩威：《台灣文化的邊緣戰鬥》，台北：聯合文學出版社，1995年10月。

廖咸浩：《愛與解構——當代台灣文學評論與文化觀察》，台北：聯合文學出版社，1995年10月。

蔡詩萍：《騷動島嶼的論述反抗》，台北：聯合文學出版社，1995年10月。

楊照：《文學、社會與歷史想像——戰後文學史散論》，台北：聯合文學出版社，1995年10月。

張大春：《文學不安》，台北：聯合文學出版社，1995年10月。

李喬：《小說入門》，台北：大安出版社，1996年2月。

陳坤宏：《消費文化理論》，台北：揚智文化事業股份有限公司，1996年3月。

文建會主辦：《台灣文學中的社會——五十年來台灣文學研討會論文集》「面對台灣文學」專輯，台北：行政院文建會出版，1996年6月。

文建會主辦：《台灣文學中的社會——五十年來台灣文學研討會論文集》「台灣文學中的社會」專輯，台北：行政院文建會出版，1996年6月。

文建會主辦：《台灣文學中的社會——五十年來台灣文學研討會論文集》「台灣文學出版」專輯，台北：行政院文建會出版社，1996年6月。

文建會主辦：《台灣文學中的社會——五十年來台灣文學研討會論文集》「台灣文學發展現象」專輯，台北：行政院文建會出版，1996年6月。

丁庭宇、馬康莊主編：《台灣社會變遷的經驗——一個新興的工業社會》，台北：巨流圖書公司，1986年6月。

林瑞明：《台灣文學的歷史考察》，台北：允晨文化實業股份有限公司，1996年7月。

林瑞明：《台灣文學的本土觀察》，台北：允晨文化實業股份有限公司)，1996年7月。

游勝冠：《台灣文學本土論的興起與發展》，台北：前衛出版社，1996年7月。

蔡明璋：《台灣的貧窮——下層階級的結構分析》，台北：巨流圖書公司，1996年8月。

林燿德：《敏感地帶——探索小說的意識真象》，台北：駱駝出版社，1996年9月。

許介鱗：《戰後台灣史記》，台北：文英堂，1996年9月。

古繼堂：《臺灣小說發展史》，台北：文史哲出版社，1996年10月。

岡崎郁子：《台灣文學——異端的系譜》，台北：前衛出版社，1997年1月。

龔鵬程：《臺灣文學在臺灣》，台北：駱駝出版社，1997年3月。

王明珂：《華夏邊緣──歷史記憶與族群認同》，台北：允晨文化實業股份有限公司，1997 年 4 月。

王曉波：《臺灣抗日五十年》，台北：正中書局，1997 年 7 月。

李漢偉：《台灣小說的三種悲情》，台北：駱駝出版社，1997 年 10 月。

艾德華・薩依德：《知識分子論》，台北：麥田出版股份有限公司，1997 年 11 月 1 日。

羅曉南：《當代中國文化轉型與認同》，台北：生智文化事業有限公司，1997 年 11 月。

戴維・赫爾德：《民主的模式》，北京：中央編譯出版社，1998 年 2 月。

楊照：《夢與灰燼──戰後文學史散論二集》，台北：聯合文學出版社有限公司，1998 年 4 月。

陳昭瑛：《台灣文學與本土化運動》，台北：正中書局，1998 年 4 月。

馮翰士、廖炳惠主編：《文學・認同・主體性──第二十屆全國比較文學會議論文集》，台北：中外文學月刊社，1998 年 5 月。

比爾・阿希克洛夫特等：《逆寫帝國──後殖民文學的理論與實踐》，台北：駱駝出版社，1998 年 6 月。

施正鋒：《族群與民族主義──集體認同的政治分析》，台北：前衛出版社，1998 年 7 月。

王德威：《如何現代？怎樣文學？──十九、二十世紀中文小說新論》，台北：麥田出版股份有限公司，1998 年 10 月 1 日。

陳芳明：《左翼台灣──殖民地文學運動史論》，台北：麥田出版股份有限公司，1998 年 10 月 1 日。

陳芳明：《殖民地台灣——左翼政治運動史論》，台北：麥田出版股份有限公司，1998年10月1日。

張小虹：《性帝國主義》，台北：聯合文學出版社有限公司，1998年11月。

編委會：《清理與批判》，台北：人間出版社，1998年12月。

盧建榮：《分裂的國族認同1975-1997》，台北：麥田出版股份有限公司，1999年2月15日。

曾健民編：《噤啞的論爭》，台北：人間出版社，1999年9月。

迪特馬・羅特蒙特：《殖民統治的結束》，台北：麥田，2000年1月。

維金尼亞・吳爾芙著、張秀亞譯：《自己的房間》，台北：天培出版社，2000年1月10日。

陶東風：《後殖民主義》，台北：揚智出版公司，2000年。

江自得主編：《殖民地經驗與台灣文學》，台北：遠流出版公司，2000年2月。

周英雄編：《書寫台灣》，台北：麥田出版股份有限公司，2000年。

艾德華・薩依德著、王志弘等譯：《東方主義》，台北：立緒文化事業有限公司，2000年10月。

艾德華・薩依德著、蔡源林譯：《文化與帝國主義》，台北：立緒文化事業有限公司，2001年1月。

二、期刊論文類

吳宏一：〈兩個「弟弟」—陳映真的「我的弟弟康雄」和葉靈的「弟弟」之比較〉，《幼獅文藝》二十七卷五期，1967年5

月。
吳南村：〈堅持一塊玉的作家〉，《新潮》二十九期，1975 年 1 月。
尉天驄：〈不是所有的人都活在黑夜裡——談陳映真的小說〉，《中外文學》四卷八期，1976 年 1 月。
吳祥光：〈台灣現代小說中的道德負擔與流放意識〉，《新潮》三十二期，1976 年 9 月。
水晶：〈「才女」外一章〉，《中國時報》，1977 年 2 月 6 日。
周元：〈偏執和救贖——讀「知識人的偏執」〉，《夏潮》二卷三期，1977 年 3 月。
尉天驄：〈死亡與救贖——談陳映真筆下的人物〉，《婦女雜誌》一〇六期，1977 年 7 月。
迅清：〈陳映真的「夜行貨車」〉，《更生日報》，1978 年 5 月 10 日。
齊益壽、蔣勳對談：〈個人的尊嚴，民族的尊嚴——談陳映真的「夜行貨車」〉，《台灣文藝》六期，1978 年 6 月。
盛昭國：〈陳映真早期短篇小說主題的分析〉，《自立晚報》，1978 年 8 月 20 日。
周宜文：〈「夜行貨車」開向何方——陳映真筆觸下流露的情感〉，《自立晚報》，1978 年 9 月 3 日。
李堯：〈「夜行貨車」的意象和人物描寫〉，《台灣文藝》六十一期，1978 年 12 月。
亞菁：〈一則故事兩種寫法——以陳映真的「唐倩的喜劇」和七等生的「期待白馬而顯現唐倩」爲例〉，《中外文學》七卷九期，1979 年 2 月。
高天生：〈野火在暮色中燒——論陳映真的作品及其「轉

變」〉，《民眾日報》，1979 年 4 月 27 日。
歐宗智：〈現代人的自覺——評「夜行貨車」〉，《自立晚報》，1979 年 7 月 15 日。
花村：〈鄉愁與原罪感合譜的悼歌〉，《台灣文藝》六十五期，1979 年 12 月。
尾崎秀樹：〈戰時的台灣文學〉，錄自黃富三、曹永和主編：《台灣史論叢》第一輯，台北：眾文圖書公司，1980 年 4 月。
彭瑞金：〈奔向明天的夜車——陳映真「夜行貨車」〉，《泥土的香味》，台北：東大圖書公司，1980 年 4 月。
陳嘉宗：〈生命的哀愁——讀「夜行貨車」〉，《民眾日報》，1980 年 6 月 21 日。
歐宗智：〈無告的懺悔——談「兀自照耀著的太陽」〉，《自立晚報》，1981 年 1 月 25 日。
夏志清：〈時代與真實——雜談台灣小說〉，《聯合報》，1981 年 2 月 22 日至 23 日。
譚嘉：〈試論陳映真在「萬商帝君」中的寫作意識〉，《文季》一卷四期，1983 年 11 月。
王晉民：〈當前台灣文藝界的一場重要論爭述評〉，《台灣研究集刊》，1985 年 2 期。
王德威：〈峰迴路轉的「山路」〉，《聯合文學》一卷七期，1985 年 5 月。
李亦園：〈文化建設的若干討論〉，詳見中國論壇編委會主編：《台灣地區社會變遷與文化發展》，台北：聯經出版事業公司，1985 年。
George T. Crane 著、翁望回譯：〈台灣的躍昇：體系、國家，及在世界經濟中的移動〉，見丁庭宇、馬康莊主編：《台灣社會變遷的經驗——一個新興的工業社會》，台北：巨流圖書公司，1986年6月。

Alice H. Amsden 著、龐建國譯：〈政府與台灣的經濟發展〉，收入丁庭宇、馬康莊主編：《台灣社會變遷的經驗——一個新興的工業社會》，台北：巨流圖書公司，1986年6月。

Thomas Baron Gold 著、龐建國譯：〈多國公司在台灣〉，見丁庭宇、馬康莊主編：《台灣社會變遷的經驗——一個新興的工業社會》，台北：巨流圖書公司，1986年6月。

Sheldon Appleton 著、施國勳譯：〈沉寂的學生與台灣前途〉，收錄於丁庭宇、馬康莊主編：《台灣社會變遷的經驗——一個新興的工業社會》，台北：巨流圖書公司，1986年6月。

John Brent Casterline 著、朱柔若譯：〈台灣婦女遲婚因素的分析——1905-1976〉，收於丁庭宇、馬康莊主編：《台灣社會變遷的經驗——一個新興的工業社會》，台北：巨流圖書公司，1986年6月。

簡偉斯等：〈現代企業行為下的人——談陳映真的小說「華盛頓大樓‧第一部：雲」〉，《文藝月刊》206期，1986年8月。

廖炳惠：〈下一輩生命理想的迷失？——評陳映真的「趙南棟」〉，《聯合文學》三卷11期，1987年9月。

林中平：〈國家組織或大有為的政府？——從最近台灣的經濟學學術會議討論起〉，《台灣社會研究季刊》一卷一期，1988年春季號。

王振寰：〈國家角色、依賴發展與階級關係——從四本有關台灣發展的研究談起〉，《台灣社會研究季刊》一卷一期，1988年春季號。

吳聰敏：〈美援與台灣的經濟發展〉，《台灣社會研究季刊》一卷一期，1988 年春季號。

胡台麗：〈從沙場到街頭──老兵自救運動概述〉，徐正光、宋文里編：《台灣新興社會運動》，台北：巨流圖書公司，1988 年。

宋冬陽(陳芳明)：〈縫合這一道傷口──論陳映真小說中的分離與結合〉，《陳映真作品集 14》，台北：人間出版社，1988 年 5 月。

劉紹銘：〈愛情的故事〉，《陳映真作品集 14》，台北：人間出版社，1988 年 5 月。

米樂山(Lucien Miller)著、蕭錦綿譯：〈枷鎖上的斷痕〉，《陳映真作品集15》，台北：人間出版社，1988 年 5 月。

邱亞才：〈論陳映真作品中的情意結〉，《自立晚報》，1988 年 8 月 4 日至 6 日。

杭之：〈一個無力而蒼涼的手勢──試評陳映真的政治小說〉，《自立早報》，1988 年 8 月 4 日。

南方朔：〈救贖與救贖批判──論陳映真作品的內在世界〉，《自立早報》，1988 年 8 月 6 日。

葉石濤：〈解剖歷史的病灶──論陳映真的三個短篇〉，《中國時報》，1988 年 8 月 6 日。

何西來：〈陳映真、劉賓雁人道精神的比較〉，《中國時報》，1988 年 8 月 7 日。

張國禎：〈這是什麼樣的一條「山路」？──評陳映真小說「山路」〉，《自立晚報》，1988 年 10 月 10 日至 13 日。

馬嘯釗：〈四十年來的政治逮捕與肅清〉，《人間》37 期，1988 年 11 月。

李敏勇：〈落實本土是一件嚴肅的課題──對陳映真「習以為常

的荒謬」的意見〉，《自由時報》，1988年12月2日至3日。

黃凡等：〈筆在原地，意念先行——評陳映真的「趙南棟」〉，《自立晚報》，1988年12月4日。

陳芳明：〈死滅的，以及從未誕生的——評余光中、陳映真道路的崩壞〉，《新文化》二期，1989年3月。

胡民祥：〈「三度思維空間」的「山路」〉，《新文化》五期，1989年6月。

馬波：〈趙南棟〉，《中國時報》，1989年10月16日。

吳錦發：〈兀自汩汩流血的傷口——簡評葉石濤的「紅鞋子」〉，《一九八八年台灣小說選》，台北：前衛出版社，1989年。

徐正光：〈從異化到自主：台灣勞工運動的基本性格和趨勢〉，《台灣新興社會運動》，台北：巨流，1989年8月。

施淑：〈台灣的憂鬱——論陳映真早期小說及其藝術〉，《新地文學》一卷一期，1990年4月。

陸士清：〈陳映真〉，《台灣小說選講新稿》，上海：復旦大學出版社，1990年9月。

王淑秧：〈靈魂的懲罰與構思的巧妙——讀陳映真的「文書」〉，《海峽兩岸小說論評》，北京：中國人民大學出版社，1992年4月。

蔣年豐：〈戰後台灣經驗中的存在主義思潮〉，中正大學主辦：《第一屆台灣經驗研討會》宣讀論文，1992年4月27至28日。

熊自健：〈戰後台灣的自由主義與海耶克思想——以殷海光、夏道平、周德偉為例〉，中正大學主辦：《第一屆台灣經驗研討會》宣讀論文，1992年4月27至28日。

孫大川：〈原住民文化歷史與心靈世界的摹寫〉，《中外文學》二十一卷七期，1992年12月。

Ien Ang：〈不會說中國話──論散居族裔之身分認同與後現代之種族性〉，《中外文學》二十一卷七期，1992年12月。

朱雙一：〈八十年代以來台灣政治文學的發展〉，《台灣研究集刊》，1993年1期。

王岳川：〈後現代主義文化與價值反思〉，《文藝研究》，1993年1期。

胡台麗：〈芋仔與蕃薯──臺灣「榮民」的族群關係與認同〉，《族群關係與國家認同》，台北：業強出版社，1993年2月。

王甫昌：〈省籍融合的本質──一個理論與經驗的探討〉，《族群關係與國家認同》，台北：業強出版社，1993年2月。

康茜雯：〈擬構與真實──試論「萬商帝君」〉，《真實與虛幻──現代小說探論》，國立花蓮師院人文教育研究所，1993年5月。

康茜雯：〈由「山路」談起〉，《真實與虛幻──現代小說探論》，國立花蓮師院人文教育研究所，1993年5月。

吳志堅：〈幽邃深沉蘊悲情──淺談「山路」〉，《真實與虛幻──現代小說探論》，國立花蓮師院人文教育研究所，1993年5月。

邱貴芬：〈性別／權力／殖民論述：鄉土文學中的去勢男人〉，鄭明娳主編：《當代台灣女性文學論》，台北：時報出版公司，1993年5月15日。

黎湘萍：〈陳映真與三代台灣作家(下)──兼論台灣小說敘事模式之演變〉，《台灣研究集刊》，1993年1期。

王震亞：〈停筆十年再出發──陳映真與「雲」〉，《台灣小說二十家》，北京：北京出版社，1993 年 12 月。

廖咸浩：〈論陳映真〉，《中國時報》，1994 年 1 月 7 日。

朱雙一：〈「鄉土文學」述評〉，《台灣研究集刊》，1994 年 4 期。

歐宗智：〈陳映真小說人物的女性自覺〉，《明道文藝》二二三期，1994 年 10 月。

陳傳興：〈種族論述與階級書寫〉，《從四〇年代到九〇年代──兩岸三邊華文小說研討會論文集》，台北：時報文化出版事業公司，1994 年 11 月。

趙剛：〈族群政治與人的解放：從老兵的抗議談起〉，《小心國家族》，台北：唐山書店，1994 年。

若林正丈著、雷慧英譯：〈戰後台灣的經濟發展與社會變化〉，《台灣研究集刊》，1995 年 1 期。

焦慧蘭紀錄：〈倉惶的年代──陳映真「鈴璫花」的歷史處境〉，《幼獅文藝》八十一卷四期，1995 年 4 月。

黃昭堂：〈台灣人的反殖民及 Nationalism 的發展〉，收錄於：《百年來的台灣》，台北：前衛出版社，1995 年。

周昆：〈維納斯的回聲──試析陳映真小說中的無意識〉，《聯合文學》十一卷八期，1995 年 6 月。

葉維廉：〈殖民主義・文化工業與消費欲望〉，收於張京媛編：《後殖民理論與文化認同》，台北：麥田出版股份有限公司，1995 年 7 月 20 日。

邱貴芬：〈發現台灣──建構台灣後殖民論述〉，收於張京媛編：《後殖民理論與文化認同》，台北：麥田出版股份有限公司，1995 年 7 月 20 日。

廖朝陽：〈《無言的山丘》——土地經驗與民族空間〉，收於張京媛編：《後殖民理論與文化認同》，台北：麥田出版股份有限公司，1995年7月20日。

張頤武：〈全球性後殖民語境中的張藝謀〉，收於張京媛編：《後殖民理論與文化認同》，台北：麥田出版股份有限公司，1995年7月20日。

趙剛：〈新的民族主義，還是舊的？〉，《台灣社會研究季刊》二十一期，1996年1月。

陳光興：〈去殖民的文化研究〉，《台灣社會研究季刊》二十一期，1996年1月。

陳光興：〈帝國之眼：「次」帝國與國族——國家的文化想像〉，《台灣社會研究季刊》二十二期，1996年4月。

林燿德：〈當代台灣小說中的上班族／企業文化〉，《台灣文學中的社會——五十年來台灣文學研討會論文集》「台灣文學中的社會」專輯，台北：行政院文建會出版，1996年6月。

張啓疆：〈當代台灣小說裡的都市現象〉，《台灣文學中的社會——五十年來台灣文學研討會論文集》「台灣文學中的社會」專輯，台北：行政院文建會出版，1996年6月。

周慶華：〈同情與批判——八〇年代小說中的街頭運動〉，《台灣文學中的社會——五十年來台灣文學研討會論文集》「台灣文學中的社會」專輯，台北：行政院文建會出版，1996年6月。

李豐楙：〈命與罪——六〇年代台灣小說中的宗教意識〉，《台灣文學中的社會——五十年來台灣文學研討會論文集》「台灣文學中的社會」專輯，台北：行政院文建會出版，1996年6月。

康來新：〈感時憂國中的基督宗教──側讀陳映真、張系國的關心文學〉，《台灣文學中的社會──五十年來台灣文學研討會論文集》「台灣文學中的社會」專輯，台北：行政院文建會出版，1996 年 6 月。

陳芳明：〈台灣文學史分期的一個檢討〉，《台灣文學中的社會──五十年來台灣文學研討會論文集》「台灣文學發展現象」專輯，台北：行政院文建會出版，1996 年 6 月。

林慶彰：〈當代文學禁書研究〉，《五十年來台灣文學研討會論文集──「台灣文學出版」研討會》，行政院文建會出版，1996 年 6 月。

彭小妍：〈「寫實」與政治寓言〉，《台灣文學中的社會──五十年來台灣文學研討會論文集》「台灣文學發展現象」專輯，台北：行政院文建會，1996 年 6 月。

楊照：〈從「鄉土寫實」到「超越寫實」──八〇年代的台灣小說〉，《台灣文學中的社會──五十年來台灣文學研討會論文集》「台灣文學發展現象」專輯，台北：行政院文建會出版，1996 年 6 月。

張茂桂：〈是批判意識型態、抑或獵殺巫婆？對於趙剛〈新的民族主義，還是舊的？〉一文的回應〉，《台灣社會研究季刊》二十三期，1996 年 7 月。

魏玓：〈斷裂的邊緣、不變的帝國：對「邊緣帝國」的回應〉，《台灣社會研究季刊》二十四期，1996 年 11 月。

朱雙一：〈1995 年台灣文壇有關「本土化」的一場論爭〉，《台灣研究集刊》，1997 年 1 期。

李丁讚：〈邊緣，蛻讓與解放：再談「被殖民經驗」，兼答魏玓先生〉，《台灣社會研究季刊》二十六期，1997 年 6 月。

蕭高彥：〈國家認同、民族主義與憲政民主──當代政治哲學的發展與反思〉，《台灣社會研究季刊》二十六期，1997 年 6 月。

呂正惠：〈鄉土文學中的「鄉土」〉，《聯合文學》十四卷二期，1997 年 12 月。

林載爵：〈本土之前的鄉土：談一種思想的可能性的中挫〉，《聯合文學》十四卷二期，1997 年 12 月。

施淑：〈想像鄉土・想像族群──日據時代台灣鄉土觀念問題〉，《聯合文學》十四卷二期，1997 年 12 月。

林育慶：〈從「批評歷史」的角度看陳映真三篇「政治小說」〉，《台灣文藝》一六六、一六七期，1999 年 1 月。

林鎮山：〈再會「淒慘的無言的嘴」──論陳映真的「將軍族」〉，「台灣文學經典研討會」論文，宣讀於國家圖書館，行政院文建會主辦，1999 年 3 月 19 日至 21 日。

宇文正：〈訪陳映真談新作〈歸鄉〉第三問〉，台北：聯合報，1999 年 9 月 24 日。

王潤華：〈白先勇《臺北人》中後殖民文學結構〉，宣讀於「戰後五十年台灣文學國際學術研討會」。1999 年 11 月 12-14 日假台大舉行。

大愛頻道：「大愛新聞雜誌」節目，楊渡所作訪談，2000 年 1 月 23 日及 30 日。

呂正惠：〈殖民地的傷痕：脫亞入歐論與皇民化教育〉，見江自得主編：《殖民地經驗與台灣文學》，台北：遠流出版公司，2000 年 2 月。

柳書琴：〈殖民地文化運動與皇民化〉，江自得主編：《殖民地經驗與台灣文學》，台北：遠流出版公司，2000 年 2 月。

陳芳明：〈現代性與殖民性的矛盾：論朱點人的小說〉，江自得主編：《殖民地經驗與台灣文學》，台北：遠流出版公司，2000a 年 2 月。

陳芳明：〈戰後台灣文學史的一個解釋〉，周英雄編：《書寫台灣》，台北：麥田出版股份有限公司，2000b 年 8 月。

柏右銘著、黃女玲譯：〈台灣認同與記憶的危機〉，周英雄編：《書寫台灣》，台北：麥田出版股份有限公司，2000 年 8 月。

三、學位論文類

羅夏美：《陳映真小說研究——以盧卡奇理論爲主要探討途徑》，成功大學歷史語言研究所碩士論文，1990 年 6 月。

蘇慧雲：《紅色的執著與白色的焦慮——陳映真及其小說研究》，成功大學歷史語言研究所碩士論文，1997 年 6 月。

管永仲：《陳映真小說主題研究》，華梵人文科技學院東方人文思想研究所碩士論文，1997 年 6 月。

四、陳映真作品

1984a《雲》，台北：遠景，1984 年 3 月，三版。

1984b《孤兒的歷史・歷史的孤兒》，台北：遠景，1984 年 9 月，再版。

1984c《山路》，台北：遠景出版事業公司，1984 年 9 月。

1985a《第一件差事》，台北：遠景出版事業公司，1985 年 4 月，九版。

1985b《夜行貨車》，台北：遠景出版事業公司，1985 年 4 月，四版。

1988a《陳映真作品集：我的弟弟康雄》，台北：人間出版社，1988 年 5 月 10 日。

1988b《陳映真作品集：唐倩的喜劇》，台北：人間出版社，1988 年 5 月 10 日。

1988c《陳映真作品集：上班族的一日》，台北：人間出版社，1988 年 5 月 10 日。

1988d《陳映真作品集：萬商帝君》，台北：人間出版社，1988 年 5 月 10 日。

1988e《陳映真作品集：鈴璫花》，台北：人間出版社，1988 年 5 月 10 日。

1988f《陳映真作品集：思想的貧困》，台北：人間出版社，1988 年 5 月 10 日。

1988g《陳映真作品集：石破天驚》，台北：人間出版社，1988 年 5 月 10 日。

1988h《陳映真作品集：鳶山》，台北：人間出版社，1988 年 5 月 10 日。

1988i《陳映真作品集：鞭子與提燈》，台北：人間出版社，1988 年 5 月 10 日。

1988j《陳映真作品集：走出國境內的異國》，台北：人間出版社，1988 年 5 月 10 日。

1988k《陳映真作品集：中國結》，台北：人間出版社，1988 年 5 月 10 日。

1988l《陳映真作品集：西川滿與台灣文學》，台北：人間出版社，1988 年 5 月 10 日。

1988m《陳映真作品集：美國統治下的台灣》，台北：人間出版社，1988年5月10日。

1988n《陳映真作品集：愛情的故事》，台北：人間出版社，1988年5月10日。

1988o《陳映真作品集：文學的思考者》，台北：人間出版社，1988年5月10日。

1988q〈被湮滅的歷史的寂寞〉，《聯合文學》第四卷第十期，1988年8月。

〈後街──陳映真的創作歷程〉，《從四〇年代到九〇年代──兩岸三邊華文小說研討會論文集》，台北：時報文化出版事業公司，1994年11月。

〈向內戰・冷戰意識形態挑戰──七〇年代台灣文學論爭在台灣文藝思潮史上劃時代的意義〉，《聯合文學》第十四卷二期，1997年12月。

〈近親憎惡與皇民主義──答覆彭歌先生〉，《聯合報》，1998年7月7日至9日。

〈歸鄉〉，收於《噤啞的論爭》，台北：人間出版社，1999年。

〈夜霧〉，《聯合報》，2000年11月26日至12月5日。

國家圖書館出版品預行編目資料

嚶啞的他者：陳映真小說與後殖民論述 ／曾萍萍著. --初版. -- 臺北市：萬卷樓, 2003 [民 92]

面； 公分

參考書目：面

ISBN 957－739－456－6 (平裝)

1.陳映真－作品評論

857.7 92016446

嚶啞的他者

—陳映真小說與後殖民論述

著　　者：曾萍萍
發 行 人：楊愛民
出 版 者：萬卷樓圖書股份有限公司
臺北市羅斯福路二段 41 號 6 樓之 3
電話(02)23216565・23952992
傳真(02)23944113
劃撥帳號 15624015
出版登記證：新聞局局版臺業字第 5655 號
網　　址：http://www.wanjuan.com.tw
E－mail　：wanjuan@tpts5.seed.net.tw
經銷代理：紅螞蟻圖書有限公司
臺北市內湖區舊宗路二段 121 巷 28 號 4F
電話(02)27953656(代表號)　傳真(02)27954100
E－mail　：red0511@ms51.hinet.net
承印廠商：晟齊實業有限公司
定　　價：300 元
出版日期：2003 年 12 月初版

ISBN 957－739－456－6